LES NUITS DE STRASBOURG

DU MÊME AUTEUR

La Soif, roman, Julliard, 1957.

Les Impatients, roman, Julliard, 1958.

Les Enfants du Nouveau Monde, roman, Julliard, 1962.

Les Alouettes naïves, roman, Julliard, 1967 ; Actes Sud "Babel", 1997.

Femmes d'Alger dans leur appartement, nouvelles, éditions des Femmes, 1980 ; édition de poche, 1995 ; Albin Michel, 2002.

L'Amour, la fantasia, roman, Lattès, 1985 ; Albin Michel, 1995 ; LGF, 2001.

Ombre sultane, roman, Lattès, 1987.

Vaste est la prison, roman, Albin Michel, 1995 ; LGF, 2002 ; prix Maurice Maeterlinck, 1995.

Loin de Médine, roman, Albin Michel, 1991 ; Le Livre de Poche, 1995.

Le Blanc de l'Algérie, récit, Albin Michel, 1996 ; LGF, 2002.

Oran, langue morte, nouvelles, Actes Sud, 1997 ; Babel, 2001.

Ces voix qui m'assiègent : en marge de ma francophonie, Albin Michel, 1999.

La Femme sans sépulture, Albin Michel, 2002.

Films (écrits et réalisés)

La Nouba des femmes du mont Chenoua, long métrage, prix de la Critique internationale de la Biennale de Venise, 1979.

La Zerda et les Chants de l'oubli, long métrage, 1982.

Chronique d'un été algérien, 1993, avec photographies de Wurstemberger, J. Vink, D. Dioury et P. Zachmann, éditions Plume.

*Assia Djebar a obtenu en 1996
le Neustadt International Prize for Literature (USA).*

ASSIA DJEBAR

LES NUITS
DE
STRASBOURG

roman

BABEL

Prologue

LA VILLE

Tu devins vide de l'écho de la céramique bleue.

FOROUGH FARROUKHZAD

1

LES HABITANTS de la ville chassés. Chassés ? Non. On a préparé leur départ en bloc, depuis des mois, plutôt depuis deux ans, ou trois. Depuis le massacre de Guernica par les Messerschmitt allemands.

La ville se trouve au-delà de la ligne fortifiée ; la ville ainsi qu'une frange de quarante villages. La ville, soit cent cinquante mille résidents – ou plutôt dix à vingt mille de moins, ceux-ci partis aux alarmes du dernier mois d'août. Avec les villages, cela représente environ quatre cent mille personnes. Tous, d'un coup, au-dehors, sur le pavé ou par les routes, c'est une armée, une horde ; un exode.

Les casernes, par contre, restent pleines à craquer de soldats, pour la plupart

venus d'ailleurs. Un minimum de per-
sonnel, parmi les représentants muni-
cipaux, est réquisitionné – ceux qui
ne sont plus en âge d'être mobilisables.
Ces trois cents personnes doivent main-
tenir le fonctionnement nécessaire, de
l'électricité, du gaz, et assurer des rondes de garde, une fois la population
partie.

Car les soldats, avec leurs officiers,
dans les casernements, il faudra les
nourrir ; prévoir deux ou trois centres
d'approvisionnement – la tâche est dévolue aux deux plus grosses brasseries et
à une cantine… Une unité de ravitail-
lement fonctionnera à circuit fermé,
autant dire de façon clandestine.

*

Les rappelés attendront l'ennemi :
deux jours, huit jours, peut-être plus ;
le pont majestueux sur le Rhin maintient en veilleur son soldat au-dessus
des flots. Ce sera lui, le fantassin en
bronze, qui, le premier, verra l'ennemi
déboucher sur l'autre rive : peu après,
derrière son dos et ses épaules, au-
dessus de sa tête casquée rouleront les
chars (leur sourd bourdonnement, il
ne les entendra certes pas), suivront

les cavaliers, puis, planant au-dessus d'eux tous, l'essaim des bombardiers, ceux de Guernica, assombrira aussitôt le ciel, eux qui voleront haut, au début du moins. Ciel noir de l'aube, car ils viendront à la première aube.

Moins d'une heure après, on se battra dans la ville vidée. Les soldats, exaspérés, jusque-là, d'avoir été trop longtemps sur le pied de guerre, s'écrieront : enfin ! Soldats trop nourris : ils sortiront, officiers et sous-officiers à leur tête, belliqueux, presque allègres. L'attente s'épuisera. Ils jetteront en avant leurs jeunes corps vigoureux, heureux enfin de bondir – pour beaucoup, ce sera le tout premier combat. Ils se lanceront, ces guerriers, avides du premier choc.

La furia : juste après le pont, sous le ciel alourdi par la nue des bombardiers approchant avec une fausse lenteur, tels des vautours, ou des aigles. Le soldat en bronze, au-dessus des flots du fleuve, percevra enfin la rumeur de la guerre, sa scie monotone.

2

Indifférentes aux hommes seront les statues, les églises et, de même, les ponts de l'Ill ainsi que les placettes étroites, chaudes et intimes à force d'avoir été désertées. Les pilotes des Messerschmitt contempleront ce désert.

Même la cathédrale, ainsi environnée, ne paraîtra plus tellement solennelle : ses hauts portails disparaissent déjà derrière des catafalques en bois. Comme si une liturgie étrange s'était préparée et que ces préparatifs n'avaient servi à rien !... Les vitraux sont absents, ils ont été mis à l'abri ; toutes les ouvertures du clocher altier, les voici masquées : cœur de dentelle rose de la cité qu'on s'attend à voir frémir et que les pilotes découvriront engoncé, apprêté ; glacé.

Ceux-ci pourraient tourner en rond autour de la flèche, attirés par son élégance de pierre tant célébrée : mais le grondement des avions ennemis ("Pourquoi, pourquoi le ciel entier est à eux ?", qui criera ce désespoir ?) ne signifiera plus rien à terre. Même plus l'effroi de ceux qui se seraient calfeutrés dans les caves, dans les sous-sols, comme en 1870, presque soixante-dix ans auparavant

– autant dire soixante-dix jours. Trois générations auparavant, il n'y avait pas d'avions en ce siège-là.

A présent le ciel semblerait-il trop peuplé d'acier, de vrombissements ? A quoi bon si, au sol, seules les pierres demeurent à l'écoute. ("Tenir, il nous faut tenir !" s'exaspéraient autrefois les habitants, guerriers, mais aussi vieillards, femmes et enfants.) Nulle épouvante ne se déploie plus, pas le moindre tressaillement avant l'orage. Ni résistance ; ni pleurs, ni cris : rien.

Les pilotes des bombardiers, au bord de leurs commandes, tournent, tournent. Une fête aéronautique où le public aurait été défaillant – les invitations ne seraient pas parvenues, les faire-part voletteraient au loin comme feuilles mortes ; c'est d'ailleurs l'automne, un automne précoce.

2 septembre 1939. L'on attend donc les Messerschmitt, les chars, la cavalerie et l'infanterie germaniques. Pour dans trois jours, pour dans huit jours ? Les casernes craquent sous l'attente des mobilisés. Parmi ces derniers, une minorité est venue des collines et des bourgades voisines ; quelques-uns, les plus rares, sont originaires de la ville même.

Et le maire se voit pilote d'un paquebot déserté ! C'est un élu socialiste ; il est
aidé de ses adjoints, de trois cents employés, y compris les vigiles.

Les statues, elles, ont des yeux. Elles
regardent. Elles s'étonnent : l'air a
changé, imperceptiblement ; la lumière
qui, chaque jour d'autrefois, scintillait
et dansait pour, peu à peu, s'affaiblir et
se terrer, la voici métamorphosée : une
abstraction, semble-t-il. Une vibration,
presque immobile, la pare ; l'irise par
instants brefs. Toutefois, à la halte de
midi, la splendeur du jour se dépouille
de sa durée.

Oui, les statues regardent ; quant au
silence, elles ne l'ont pas perçu tout de
suite. Autrefois, à l'approche du soir,
un frémissement de soie glissait, figeait
êtres et choses subrepticement ; de
même, juste avant le rosé de l'avant-
aurore, ce silence s'effaçait, reculait de
plusieurs pas en arrière : puis il se muait,
pour la journée qui s'épanchait, en un
secret que percevaient quelques habitants à l'ouïe affûtée, quelques-uns
parmi lesquels les aveugles, bien sûr…

Les statues seraient-elles accoutu-
mées à ce style d'approche et de fuite
à la fois ? Rythme un peu plus scandé

avec l'automne, avec des forte et des gravissime au moment des givres de l'hiver, à nouveau léger et comme gracieux dès l'irruption du printemps, puis en staccato, dans une arrivée martiale, à l'oppression des chaleurs, gonflées d'orages et du poids de l'été…

Les statues, cette fois, en ce seul premier jour, ont fait front à un mutisme étrange : comme s'il était à sculpter dans la vacuité, en somme vainement. Comme s'il fallait lutter contre un ennemi invisible ; ou trop visible : omniprésent. Survenu sans qu'on l'attende, indépendamment des saisons, des nuées, des strato-cumulus du ciel, au-dessus de leurs têtes…

Un silence qui n'aurait pas alourdi le décor ; qui aurait fait fi de l'espace, qui l'ignorerait, et pourtant il se gonfle, se creuse, hyperbole d'un mystère troué… Un mensonge se calfeutrait-il là, partout et nulle part ? Et il ne serait pas tout à fait une absence : un arrêt de qui, de quoi ?… Qui a épuisé les lieux, sans s'en être emparé, et ce sont elles, les statues des places principales (qui ne savent pas encore qu'elles seront plus tard déboulonnées, concassées, transportées à la remise, déportées !), mais aussi celles des squares humbles, des placettes oubliées, et jusqu'aux figures

17

ailées sur les toits, toutes sont prêtes, en compagnie des plus glorieuses bien sûr, trônant chacune sur leur socle, à attester que le silence s'est assis là, lourdement, dans son nouveau royaume.

La ville est immergée dans ce vide ; plombée.

3

Les deux ou trois jours de l'exode en vagues ne se sont déroulés ni dans l'alarme, ni par éclats. Aucun affolement ne s'est déployé dans cette ville grave, comme si un linceul imperceptible lentement, au-dessus d'elle, était secoué.

Lecture de la première affiche. Gens aux visages levés ; fermés. Puis épaules soudain voûtées pour rentrer chez soi, se préparer vite ! Une première, une seconde silhouette : on n'en devine ni le sexe, ni l'âge. Seule se perçoit la brisure de la toute première inquiétude.

D'autres affiches, dans la demi-heure qui suit, apparaissent dans des avenues plus larges : la colle, encore visible, dégouline sur la pierre grise du mur. Des groupes de passants, par deux ou trois, rarement plus, lisent dorénavant ensemble, grommellent, une façon d'échanger entre eux, au hasard, les ordres imprimés sur le papier : un vieil homme, sa main droite portant un cartable à demi fermé, une ménagère opulente, aux hanches rebondies, un grand col blanc amidonné cernant son visage rond, un sac de provisions tombé vide à ses pieds. Elle lit, les yeux élargis, les lèvres murmurantes. Plus loin, à un autre coin, une très jeune dame, élégante, tire de chaque côté un enfant ; elle se fige devant l'affiche humide ; puis elle s'enfuit vacillant sur ses hauts escarpins, les deux garçonnets traînés derrière elle, son visage en avant secoué pour cacher aux petits les larmes de son désarroi...

Devant la même affiche, un chien errant vient flairer au bas du mur quel danger soudain ?... Un couple de vieilles gens arrive à petits pas, peu après ; de l'autre trottoir où ils ont surgi, ils traversent puis stationnent ; lèvent en un mouvement synchrone leurs têtes comme deux boules. Ils sont courts, trapus, noyés dans des capes ou plutôt des manteaux informes, d'un noir terni ; liés par une étrange ressemblance ; ils ne semblent pas forcément des époux retraités, peut-être sont-ils frère et sœur.

Manège répétitif de leurs têtes rondes, sans bonnet, relevées, nez et menton en avant, puis rebaissées. L'homme porte lunettes. Ils dialoguent bas.

Le chien s'en va. Il fuit leur bruit : ils l'ont dérangé, lui et son flair sûr. Il ne peut plus tester la menace anonyme, liée certes à l'odeur de la colle, mais aussi à quels inconnus qui, juste avant le jour, ont plaqué le papier sur la muraille. Ont disparu.

*

A trente kilos de bagages, on a droit. Que prendre d'abord ? Le linge de première nécessité, une couverture au moins pour le froid, surtout les papiers (d'état civil, bien sûr, cela a été spécifié, mais aussi les papiers de la maison – pourquoi ceux-ci, les murs du logis resteront là, immuables, n'est-ce pas, sauf si les bombardements commencent et détruisent tout, oui, emporter donc les titres de propriété, telle une ombre rassurante avec soi). Rechercher les vieilles photographies, de la grand-mère morte, les images des vacances d'enfance, du seul oncle resté à la ferme.

Quelqu'un, le visage dans la pénombre, les mains fiévreuses, fouille dans un coin de bureau ; il soliloque : "ses lettres, toutes ses lettres d'amour, même si elle est partie, même si elle est retournée au mari !... Avec ces mots tendres, notre seule photo !..." Doigts impatients qui trouvent, qui s'agrippent. Partir le cœur apaisé : "trente kilos ? cinq kilos me suffisent ; ne plus jamais revenir ; c'est ma chance désormais, la seule que m'offre enfin cette cité de la séparation !"

La jeune mère avec ses deux garçons est assise chez elle, sur un divan bas, au milieu de tout un désordre, de sacs, d'étoffes en vrac. Découragée à l'avance se sent-elle. Qu'est-ce que "le linge de nécessité" ? Les petites capes des garçons ; ses robes à elle, mais lesquelles choisir ? L'automne sera ensoleillé, comment assortir ?... Partir, serait-ce vivre toujours dehors : est-ce qu'ils n'auront pas froid, eux ? Où vont-ils dormir, demain, après-demain ?... Les papiers se trouvent dans la boîte, près du coffret à bijoux : documents du père parti il y a deux mois, lui qui fut parmi les premiers mobilisés. Lui qui a décrit son malaise, presque chaque jour ; qui, là-bas, ne parle à personne, qui hait l'uniforme... Sa plus récente photo : "un visage de victime, s'était dit sa femme, il se fera tuer, c'est sûr !"... Elle laisse le plus petit qui pleurniche la tirer par sa jupe : elle se voit veuve de guerre… "Je serai seule sur les routes… Ici ou ailleurs… Ailleurs au moins, ils se chargeront de nous !" Elle songe au beau-père à Nancy qui s'opposait au mariage ; il lui faudra bien, cette fois, accueillir ses petits-enfants. Mais elle ne quêtera rien ; elle ira où le destin sera ! Le second garçon pleure à son tour : ils font un chœur… Un court instant, elle pense aller demander conseil au curé de l'abbaye proche : aller retrouver les beaux-parents à Nancy ou, sinon, se décider à avancer sur les routes, en anonyme avec les bagages… Elle se dresse, animée d'une énergie convulsive.

Dehors, un carillon égrène quelques coups. Les petits se taisent. Silence des choses : le logement confortable attend qu'on le quitte ; armoires fermées, tiroirs vérifiés. Une pause, la plus longue, s'amorce dans la cuisine. Pour leur dernier repas, la mère chantonne, redevient tendre avec ses petits : sa hâte est tombée, tempête oubliée. Il sera toujours temps, après le midi…

Les deux vieux qui pourraient être frère et sœur sont sur leur terrasse, face à un jardinet. Une grande chienne est allongée dans un coin. La femme s'accroupit près de la bête : deux jours que celle-ci est mal ; elle boit seulement, ne mange pas. Elle se lève sur ses hautes pattes ; ses flancs frémissent ; elle retombe au sol… L'homme, à demi baissé, murmure : "pour les gens de notre âge, l'affiche a bien précisé : se rendre à la gare la plus proche… On n'aurait pas à marcher, nous !"

Sa compagne ne dit rien ; elle pose sa main tavelée sur le ventre de la chienne qu'elle caresse :

— On n'part pas, fait-elle à l'animal. Reine, on n'te laisse pas ! Ils n'amèneront pas l'ambulance pour toi. Alors, pas question pour nous… Prends ton temps pour mourir !

— Mourir ! hurle le petit vieux avec un geste du bras théâtral, comme si on l'avait frappé d'un coup fatal. Tout de suite avec toi, gronde-t-il, les grands mots, les catastrophes…

— On n'part pas ! reprend, entêtée, la voix rauque de la femme.

Le vieux a quitté la terrasse ; il fonce droit vers sa chambre, au premier étage. Vers son bureau. Il ouvre des tiroirs pleins de cartes, de médailles anciennes ; ses pipes ; ses vieilles lettres bien classées. Ses doigts farfouillent, mettent du désordre… Par quoi commencer ?

Prendre tout, surtout les quitter elles toutes deux, la vieille et la chienne. Soudain il se jette sur le sofa derrière. Il éclate en sanglots.

Seul, il est tout seul ! Dehors, un déferlement de cloches ébranle l'espace… Le vieux se relève, ses mains tremblantes bouchent à demi ses oreilles. Le vacarme s'affaiblit. Dehors, songe le vieil homme, certainement, les premières files de marcheurs ont dû démarrer !… Eux, ils vont être en retard ; à cause de la chienne. Il marmonne, assez haut :

— Je vais à la gare, comme ils ont précisé pour ceux de notre âge !… Je demanderai une ambulance, une aide sanitaire. Je reviens la chercher avec eux… Ils l'emmèneront, elle et sa bête !

Il sort, sans un regard vers le désordre laissé derrière lui. Il souffre ; il s'apitoie : "c'est moi qui vais mourir sur la route, ou dans le train ! Pas elles : ni l'une, ni l'autre !" Il voudrait pleurer sur lui. Qu'on pleure sur lui ! Un seul fils, ils ont. Arrêté, condamné, avec les autonomistes ; il n'écrit plus. Il les a abandonnés, eux, ses parents qui auraient maintenant besoin de lui. L'ingrat. Ses grandes idées "politiques"… Cinq ans déjà d'internement. A quoi cela a servi ? Lui et ses années de forteresse. Eux, les vieux, les voici désormais orphelins.

Il revient vers la terrasse. "Elle a raison, songe-t-il, soudain calmé : rester avec Reine ! Se cacher. Fermer les fenêtres de la rue. Vivre du côté de la terrasse…" Lui, malgré sa faiblesse aux genoux, il se remettra à jardiner. Il entretiendra le potager… Ils vivront en autarcie : deux semaines, deux mois s'il le faut !
Au-dehors, le carillonnement n'a pas cessé. A nouveau, des cloches vigoureuses se mêlent aux cristallines : c'est un vrai concert et qui le rassérène. Le vieux s'approche de la femme : elle s'est endormie, accroupie près de la bête qui gémit doucement, qui regarde sa maîtresse, ses yeux noyés d'eau… "La chienne veille sur ma femme ! se dit-il, attendri. Rester là, ni dehors, ni dedans. Ils nous oublieront ! Il doit être passé midi."
Premier jour du départ ; du non-départ.

4

Dehors, les files noires d'expulsés se forment irrégulières. Un cheminement de termitière fait zigzaguer son tracé, à travers d'abord les petites artères... Il dessine des lignes inégales, incurvées. Elles ne sont pas composées de gens allant à pied, tout seuls : ils se sont encombrés de charrettes à bras ; certains, de simples bicyclettes ; de temps à autre, une vieille camionnette ou quelque guimbarde trop encombrée les suivent ou les précèdent.

Ailleurs, tout un bric-à-brac se distingue parmi les piétons : certains objets en bois ou en acier, informes, dressés telles des sculptures orgueilleuses, se meuvent au-dessus des têtes.

Des bibelots, des outils, des instruments insolites, quelques-uns aux couleurs criardes ; au milieu, les visages sans regard, faces d'effarement : tel portant sur une épaule une herse géante qui, derrière lui, cause un vide ; son chapeau sur le front dissimule ses yeux, mais l'homme crache de temps à autre, comme un balourd du hameau le plus retiré ; là, une bourgeoise, engoncée comme si elle s'était attifée de plusieurs toilettes l'une sur l'autre. Juste derrière, une machine à coudre Singer portée des deux bras, par un petit gaillard costaud au-devant de sa large poitrine : il affiche l'objet comme une statue pieuse et s'avance ainsi, à petits pas, pour ainsi dire sur un chemin de calvaire, dans une ferveur frileuse. Plus loin, au milieu d'une autre file, cet homme, un colosse, brandit une horloge du siècle dernier installée au creux de son coude et, avec cela, un sourire attendri élargit sa face rougeaude : "mon seul trésor ! ma mémoire", est-il sur le point de déclarer.

Tous ces objets annonceraient presque une kermesse imminente, une noce villageoise où toute la foule serait conviée… Ces bibelots, dérisoires souvenirs, participeraient à la fête, si du moins l'on effaçait les visages, les regards, l'allure mécanique de la marche.

Le rythme s'est manifesté assez vite, martelé, dès lors que la première file s'est constituée. Le départ s'ordonne, malgré lui quasiment, en groupes d'affinité.

Les enfants, eux, crient, appellent ; leurs voix pourtant se perdent. Un chat persan avance, ou plutôt glisse dans l'air, installé dans son panier : deux fillettes, des jumelles, le portent de concert, avec des mines de femmes énamourées… Puis des ballots se meuvent, à niveau d'épaule d'homme : ils sont de toutes sortes, certains énormes. Quant aux marmots, les tout-petits, à peine s'ils se distinguent d'emblée, dans des bras nus de femmes silencieuses, ou là, dans un berceau porté par une adolescente, semblant heureuse de partir…

Ce gaillard – douze ans au plus, malingre, avec un air de clown – fait tanguer sur son crâne un énorme paquet de draps, ou de couvertures, ficelé de partout ! Il sourit aux corneilles, d'un sourire lumineux ; il tient en arrière, sur sa frêle nuque, sa tête presque écrasée sous le poids énorme et garde une belle foulée, comme s'il marchait en pleine jungle africaine, avec un allant d'aventurier.

Ainsi la foule avance, bigarrée, souvent d'un même pas. Indéfiniment, semble-t-il : ce jour, est-ce le 2, ou déjà le 3 septembre ?

Dans la nuit entre ces deux jours, un temps incertain a coulé ; une durée presque irréelle s'est dissipée. Lesquels furent les derniers à partir, à vouloir passer une ultime nuit chez eux ?

— Chez nous, dans la maison de mon père.

— Où va revenir mon fils, une fois démobilisé ? S'il vient, et que moi, je ne suis pas rentrée pour l'accueillir ?... Pas de voisins à qui laisser la clé ! Même les concierges d'immeuble sont contraintes de partir...

L'ultime veillée s'est déroulée par bribes de soupirs, de craintes éparpillées, à demi formulées, chez les retardataires : les corps ont tourné, se sont retournés entre les draps – les draps jetés ensuite ou pliés. Quelques-uns, les plus rares, mais aussi les enfants, ont dormi au contraire d'un trait, comme on arrive assoiffé, au bord d'une source familière.

Ah, ouvrir les yeux aux premiers rayons du jour éclairant en biais la chambre d'enfant, entre les murs où sont morts, l'hiver dernier ou le printemps d'avant, les parents, le grand-père octogénaire !... Les bagages à fermer, partir au plus vite, ne plus tarder pour se retrouver au dernier rang d'une file. Ne plus penser : l'espace entier s'offre.

La France est vaste. "On" nous accueillera partout, plus loin, jusqu'à l'Atlantique... "On."

Qui, "on" ?

5

Les oiseaux sont partis, juste après l'exode humain et comme pour le couronner.

Dès le premier matin où la lumière d'automne se mira, contre les pierres, entre ciel et pavés sonores, sans nul passant ni flâneur, sur les places rendues plus vastes, au centre (place Kléber, place Gambetta et celle naturellement du Dôme…), se sont abattus plusieurs vols, presque simultanés, de colombes. Elles se sont pavanées, en reines frémissantes et immaculées dans ces lieux redevenus vierges.

Les statues qui trônaient fixaient les tourterelles, qui, par dizaines, n'osaient roucouler, qui picoraient çà et là, tournaient les unes autour des autres : quelque rite mystérieux et perdu se réanimait !

Le lendemain, en multiples essaims, secrètement ordonnés, piaillant une ultime fois, flottant assez bas, sans se poser, tout palpitants dans le silence dérangé, les pigeons, en foule, dessinèrent un premier cercle, un second plus haut, jusqu'à se rapprocher de la flèche de la cathédrale : la gerbe de leurs bruissements ultimes fut suivie d'une rumeur d'étoffes crissées.

Soudain, d'un même élan, ils prirent de la hauteur, surplombèrent la ville d'une immense ligne transversale, se dirigèrent vers le fleuve, puis, filant droit vers le sud, ils disparurent.

Sous le bleu concave du ciel, dans un calme compact revenu, planent des grappes de nuages blanchâtres, cotonneux.

*

Ainsi les oiseaux ont émigré les premiers ; après les pigeons, puis les hirondelles, les cigognes ont suivi un peu plus tard. Elles semblaient guetter d'en haut les dernières cohortes d'humains qui rejoignaient les lieux de regroupements, appelés "centres de recueil". De là, démarraient trains et cars qui emmenèrent, plusieurs jours sans discontinuer, tant d'Alsaciens vers l'ouest et le centre du pays.

Les cigognes donc, par essaims en forme de trapèze, au-dessous des nuages, semblaient leur indiquer, à ces humains migrants, le tracé oblique de leur futur exil, puis brusquement elles les ont quittés pour bifurquer vers la Méditerranée, la franchir sans nulle halte, et vite retrouver la chaude Afrique...

Tous les oiseaux une fois expatriés, le ciel net reparaît immense : vaste caverne renversée d'un bleu incorruptible, chaque soir à peine obscurcie, virant au violet, puis au gris.

*

Plus tard, dans les rues de la ville, erreront les chats, et les chiens ; les rats aussi.

Les premiers combats se déroulent entre chats et chiens, sur les plus larges avenues ; après quelques jours, les chiens reculent, se calfeutrent, hurlent parfois dans les impasses. S'en vont à toute vitesse ; certains retrouvent, par des voies de traverse, la campagne, ses hameaux désertés eux aussi, mais aux granges pleines de nourriture et qui commencent déjà à être pillées.

Les chats, par bandes vociférantes, occupant fermement le centre-ville, se promènent, se prélassent ou caracolent à loisir ; s'endorment dans les ruelles en creux. Les jours passent ; une, deux semaines déjà. Les bêtes cherchent désormais pitance : leurs sens s'affûtent, leurs griffes étincellent au soleil. Echos au loin, dans l'air épuré de l'automne, de leurs criailleries : jusqu'aux chatons qui ont oublié les anciens résidents : leur liberté sera fauve. La faim s'avive.

Alors sortent les rats… Batailles successives dans les avenues, à la tombée du soir. Ils font fuir à leur tour les cohortes de chats ; parfois, ceux-ci font face, et ils terminent les combats, tout ensanglantés. Ils se sont réfugiés sur les murets, dans les arbres, aux plus hauts balcons : installés là, ils demeurent à l'affût, de plus en plus maigres, tout haletants, à la lueur froidie du soleil d'hiver ; affamés.

*

Auparavant, dans le zoo ouvert à tous vents, deux vigiles portant fusil avaient pénétré ; ils avaient abattu les lions vieillis et le tigre royal. Les singes, eux, avaient eu la chance d'obtenir leur liberté : nul ne les a revus pourtant, sauf le premier jour, lorsqu'ils s'étaient figés sur l'une ou l'autre des statues des squares. Un garde les aurait aperçus ensuite le long du fleuve, puis dans une allée des jardins de l'Orangerie. Un autre jour, la vieille guenon – celle qui obtenait, derrière les barreaux, tant de succès auprès des enfants – erra, semble-t-il, esseulée.

Ces bêtes en cavale trouvèrent aisément nourritures et même gâteries ;

elles durent, pour cela, escalader maintes barrières au quartier de la Robertsau, là où les maisonnettes ont, pour la plupart, un jardin avec réserves d'aliments séchés pour l'hiver.

Mi-novembre survient : deux mois déjà que la ville reste figée, sauf autour des casernes, livrée à l'armée des rats, les seuls maîtres, désormais, des rues de la nuit. C'est alors que Sa Seigneurie le Froid, et son cortège de neiges abondantes – giclées et giboulées, gel craquelé et bientôt comme banquises –, fait son entrée en force, peinturlurant d'un coup toutes les pierres, les hautes façades des immeubles jusqu'aux toitures – les briques de celles-ci rougeoient par éclats encore dans cet embourbement de gouache blanchie. Oui, le Froid s'installe, à son tour s'appesantit et pour des mois.

Strasbourg, blanche et fardée, tel le décor d'une tragédie fantôme, garde, sous ce gel et en dépit de ses canalisations crevées, un air de majesté offensée. Strasbourg, vidée dans une durée sans issue, se tait, se creuse et attend. Son malheur s'exhibe, devant nul spectateur, toutefois.

La ville et le poids de son vide. Plus de neuf mois vont s'écouler sans discontinuer, jusqu'à la fin du printemps suivant.

6

Le 15 juin 1940, les premiers chars de l'armée attendue passent le Rhin, mais pas sur le pont avec son soldat de bronze ; non, l'ennemi franchit le fleuve plus au sud, près de Colmar…

A Strasbourg, le maire ainsi que le commandant en chef reçoivent l'ordre de quitter les lieux. Le maire s'est opposé au dernier moment à ce que les ponts de la vieille ville soient détruits – le port a déjà été démantelé, les installations industrielles les plus importantes ont été déménagées.

Quatre jours après, l'armée allemande entre dans Strasbourg, sans combat.

Le 22 juin 1940, près de Paris, déjà occupé, le gouvernement français d'alors capitule.

NEUF NUITS

… cinquante ans après

L'éternel mirage plane encore avec toutes ses illusions sur mes nuits frémissantes.

HÉLOÏSE,
Deuxième lettre, v. 1133

I

THELJA

Je ne connais pas votre ville ; pourtant, je n'y suis pas encore l'étrangère. Pas encore.

Notre première rencontre, à Paris. Ces derniers mois, très régulièrement, toutes vos lettres postées de Strasbourg. Je vous lis, le cœur en suspens ; peu après, comme à présent, je vous parle tandis que je marche, je vous parle en moi. Ce que je devrais vous dire, ce que je vous dirai, ce que je n'oserai pas, au dernier moment, laisser échapper, ce que vous répondrez, à mes aveux, à mes silences.

Nous nous sommes retrouvés, trois ou quatre fois, au même café, sur une terrasse face au jardin du Luxembourg ; je ne vous dis alors rien, ou presque. En fait, j'épie : dès que vous tournez à votre tour la tête, j'observe, mais vite, une ou deux secondes, la lumière sur votre visage qui me rassure, votre regard au loin, votre tempe palmée de rides.

Je réponds à vos questions. Par quelques mots brefs. Je préfère vous écouter. Ce que je ne vous ai pas livré à Paris, je sais que je vais le dire là, dans cette ville.

Est-elle vraiment votre ville ? Avez-vous passé votre jeunesse dans ces rues étroites, fraîches et sombres que je parcours à présent : la rue des Pucelles, la rue du Ciel, la rue de l'Ail ?... "Votre jeunesse" : vais-je prononcer ces mots ? Comment cacher le fait que, dès notre premier face-à-face, de vous savoir de vingt ans au moins (ou vingt-cinq) plus âgé que moi, j'ai pensé avec une douceur mélancolique : "il est presque vieux" et, lorsque je vous découvrais par à-coups sur cette terrasse face au Luxembourg, un doute m'a saisie : "m'attirerait, sur ce beau visage d'homme mûr, quelque chose comme l'âge ?" Je me posais cette question surprenante, sans en définir ou la tristesse, ou le malaise.

Avez-vous été enfant ici ? Ou dans un village proche ? Ne serait-ce pas votre adolescence plutôt que je voudrais vous entendre vous remémorer ? Je sais que vous avez été étudiant à l'université ici, vous l'avez évoqué par hasard à Paris, vous avez parlé "d'un retour de l'université alsacienne de Clermont-Ferrand à Strasbourg, après la guerre". Je n'ai pas compris, mais je n'ai rien demandé... Vous interroger maintenant, je serais mue par une curiosité qui semblerait banale. Atténuer le fait que vous me devancez tellement "sur le chemin de la vie" et que j'en éprouve un sentiment ambigu d'attirance et de nostalgie.

J'avais plaisanté, lors du deuxième rendez-vous :

— J'ai trente ans, j'ai quitté mari et enfant restés chez moi, là-bas. Depuis deux ans, à Paris, je vis, voyez-vous, suspendue ! (Je vous expliquerai un jour l'expression berbère, dans le village de mon père : "femme suspendue".) Si je rentrais au pays, ai-je repris, je me sentirais vieille !

— Vieille ? vous êtes-vous esclaffé et votre regard, posé gaiement sur ma personne, me redonnait pour moi-même une fraîcheur de jeune fille.

— Vieille, rectifiai-je, c'est-à-dire sans avenir, sans une seconde vie de femme. Comprenez-vous ?

— Je comprends, avez-vous rétorqué, sur un ton à demi persifleur. Sinon ?

— Sinon, à Paris, je deviens une fugueuse... définitive !

Ce fut notre plus long dialogue parisien. Les autres fois, vous parliez longtemps. Vous racontiez vos voyages passés, les villes en Europe que vous aimez et où votre travail vous porte. Je vous écoutais, du moins au début ; ensuite, me restait un accent de votre voix, certaines consonances des finales que vous allongez dans une sorte de scansion régulière : bref, je m'habituais à une musique de vous... Autour de nous, une absence en moi creusait tout, sauf vos traits, votre regard, ce mouvement de votre main qui se porte à votre front, à vos cheveux, geste presque efféminé que vous avez quand vous semblez pris entièrement par votre discours.

Puis vous vous taisez. Vous me regardez avec insistance, remarquant après coup mon silence et cherchant sans doute à l'interpréter. Moi, je reçois cette lueur dans vos yeux, à la fois de bonté et d'une surprise quelque peu naïve. (Un jour, à cause de votre expression, j'eus une lancée : "comme vous deviez être un éblouissant jeune homme, il y a vingt ans !" me dis-je.)

Je ne fais pas d'effort pour relancer le dialogue. Vous me fixez. Maintenant que je m'apprête, dans cette ville, à vous rejoindre, je me souviens. Me saisissait, lorsque vous me dévisagiez ainsi, un désir étrange : je passais lentement ma paume droite sur mon visage, voulant comme l'effacer, le dissoudre, ou tout au moins le rendre, à vous, invisible... et pourtant, dans la même pulsion, soulagée presque, je me disais : "cet homme me voit-il, moi ?"... Pour la première fois, je le comprends ici, peut-être même vous le dirai-je ce soir (serait-ce dans vos bras ?), pour la première fois le regard d'un étranger ne se brouille pas avant de m'atteindre.

"D'un étranger ?" me répondrez-vous toutefois si du moins ce soir, je me livre.

Je serai contrainte, par besoin de vérité, de préciser quelque peu gênée :

— Enfin, le regard... d'un Français !

Puis je me rassurerai, me disant à moi-même, à demi interrogative, c'est un regard d'homme, est-ce un regard pur ?

A Paris, je préférais donc me taire. Même quand vous avez évoqué succinctement les dernières années de votre vie. Je retenais quelques bribes : que vous n'aviez pas voulu d'enfants, que vous vous heurtiez avec votre épouse sur ce point, que... Je n'écoutais plus. Mon embarras. "Je ne veux pas, me disais-je, qu'il me raconte sa vie privée. Non, je ne veux pas de cette effraction !" Comme si votre charme, je le cherchais dans un excès d'impersonnalité. Surtout, ne pas verser dans la banalité des rencontres à deux !...

Quand, une autre fois, vous avez fait allusion à votre femme morte dans un accident de voiture, la veille d'un voyage aux Indes pour lequel vous vous étiez préparés tous deux – et vous ajoutiez, très vite, d'une voix basse et altérée, j'évitais de vous regarder : "nous nous étions réconciliés vraiment, après de si longues disputes !" –, je changeai vite de sujet ; j'avais été tentée de parler de l'ami commun qui nous avait présentés la toute première fois et qui avait évoqué brièvement, devant moi, votre veuvage avec ces circonstances dramatiques...

— Ces deux années à Paris, repris-je avec une hésitation (le temps que vous reveniez au présent, à cette fin de jour d'hiver parisien), je suis censée continuer une thèse d'histoire de l'art... Retourner ? Bien sûr, je retournerai chez moi – et j'ajoutai joyeusement : Ma carte de séjour, grâce à ma bourse, vient d'être prolongée d'un an !

J'ai brandi le document – comme si je me convainquais ainsi que je n'étais que de passage, "pour un an". Mais, si je retournais, serait-ce vraiment "là-bas" ?

C'est au cours de cette même rencontre, me semble-t-il, que j'ai parlé d'une amie d'enfance qui vivait justement en Alsace.

— Une Algérienne. Une juive algérienne. A l'école primaire, nous ne nous quittions pas !... Ses parents ont fini par partir, six ou sept ans après l'indépendance. Je l'ai retrouvée plus tard, au Maroc. Depuis, nous nous parlons plutôt au téléphone... Elle a changé de pays, de ville. (J'ai ri.) Sa dernière lettre a mis six mois pour me parvenir !

Eve, mon amie, ma sœur, m'invitait en effet dans votre ville, croyant encore que je viendrai de là-bas, de l'autre rive... J'irai sans doute la retrouver, je ne savais quand...

— Si vous veniez en Alsace, et il ajouta, avec un sourire : en Alsace, quel heureux hasard, nous nous verrions enfin chaque jour, et sur toute une période !

Un silence. Nous nous levons et quittons la terrasse : l'habitude déjà prise de nous promener dans le jardin, autour du Sénat, avant de nous quitter au portail proche de Montparnasse où j'aime ensuite terminer seule mes journées. Je contemple à chaque fois les couples d'amoureux qui s'attardent, sur un banc ou dans une allée retirée, et la sensation me saisit, vivace, que je débarque de la veille. Je vous l'ai avoué : "ce spectacle

des amoureux, à Paris, m'emplit d'ala-
crité… – j'hésite, puis : Autrefois, adolescente puritaine, j'aurais détourné les yeux,
j'aurais eu honte moi-même qu'ils exhi-
bent ainsi leur émerveillement mutuel !"

Je fais une grimace : "je n'étais pas
drôle, allez ! Vous n'auriez même pas eu
envie de m'aborder !"

Alors, vous vous êtes moqué : "Madame l'intimidante, l'intouchable !" et
vous me preniez, tout naturellement, le
bras ; et je faisais effort pour dominer
mon retrait instinctif.

Vous avez fini par me dire – nous
nous étions assis sur un banc, face au
kiosque à musique déserté, et tandis
qu'un jeune homme, une raquette de
tennis à la main, passe devant nous en
courant, les gardiens vont bientôt siffler
la fermeture du parc :

— Vous ne m'écrivez même pas de
longues lettres, aux miennes qui sont
un bavardage sans fin…

Votre voix est basse, c'est presque un
aveu qui me frôle.

— Non, pas un bavardage ! m'exclamais-je. Quand je vous lis, c'est comme
si vous étiez là, comme maintenant, à
côté. (Pour la première fois, je pose ma
main sur la vôtre, et vous la gardez.)

— C'est vrai ! affirmais-je en libérant
doucement mes doigts.

"Se connaître dans la durée" est-ce vous, est-ce moi qui ai avancé cette expression ? J'ai observé de nouveau les rides sur vos tempes, elles ajoutent à votre regard bleu-gris une tendresse, ou une absence...

Au rendez-vous suivant, j'ai annoncé que je pourrai venir en Alsace, le mois d'après. Dix jours au printemps. J'ai retenu de justesse sur mes lèvres ce que j'ai pensé dans un élan, mais qu'aussitôt j'ai contenu : "je viendrai neuf nuits ! Pour vous !"

Les rues de Strasbourg, juste avant l'aube. Je n'ai pas dormi dans le train de nuit : la couchette de seconde classe s'avérait inconfortable. Le taxi à cinq heures du matin. Le brouillard sur les quais le long de l'Ill, et la moire grise de l'eau. La nuit glissait à l'horizon, tardait à disparaître d'un coup, sa chevelure s'effilochait au-dessus des toits de tuile en pente si basse... Une douceur, celle d'un calfeutrement, enrobait cette architecture que je découvrais pour la première fois.

A peine ma valise posée dans la chambre d'hôtel, je sors, je marche. Savez-vous (je vous parle), puisque notre rendez-vous n'est fixé que pour le dîner (l'avant-veille, vous vous excusiez plusieurs fois au téléphone, j'arrivais juste le jour où vous aviez tant d'obligations d'affaires ! J'ai éclaté de rire, avant de raccrocher) ; vite connaître Strasbourg sans les gens, puisque ce devait être sans vous ! Contempler les pierres, les statues qui se mettent, elles, à me dévisager, les places où les églises me paraissent des trônes géants figés devant moi, l'intruse. J'évite, pour l'instant, la cathédrale.

— Pourquoi, me diriez-vous (car je vous décrirai, c'est sûr, ce soir ou demain, ma navigation dans ce désert), pourquoi recherchez-vous les rues dépeuplées ?

Je ne saurai répondre ; je tenterai de comprendre devant vous ce que je quête confusément. Et la vérité qui, en moi, se dérobe surgira quand je vous ferai face.

(Il me semble, à chaque fois que nous nous trouvons en présence, qu'une concentration insidieuse me saisit, que quelque chose de sourd en moi se gèle peu à peu, puis laisse exhaler une évidence silencieuse, un soudain éclat intérieur qui m'inonde... Est-ce que, de devenir ainsi plus éclairée à moi-même, à chaque fois face à vous, ce serait la preuve – ou disons l'épreuve – d'une

séduction des âmes – l'expression semble convenue, je ne trouve rien d'autre
à ce qui se charge d'un attrait obscur !...
Mais j'analyse, j'analyse seulement dans
ma tête, tandis que je me prépare à
vous : cette sensation rare, au moment
de mon face-à-face avec vous, cette
lumière en moi – "malgré vous, malgré
moi" –, je la retrouverai ce soir, mais je
ne vous la révélerai pas ; non, peut-être
plus tard !...)

M'interrogeant, tout en marchant dans
la fraîcheur de la première brume, je
découvre que, plus je me sens ainsi
passagère dans une ville d'Europe, plus
je reconnais l'élan violent qui m'a saisie, il y a plus d'un an : quitter à la fois
ma terre de soleil, un amour brouillé,
un garçonnet aux yeux élargis de repro-
che, oui, partir d'un coup à trente ans,
cela me paraissait jaillir d'une tombe !...
D'une tombe ouverte au ciel certes, d'une
tombe quand même ! Oh Dieu, l'ivresse
de déambuler, de goûter l'errance, plongée dans une telle intensité ! Jamais,
pourvu que je marche, je ne cesserai de
me sentir légère…

Je parle donc en moi, sans me lasser
de m'adresser à vous. Après une heure
d'allées et venues (lire le nom délicieu-
sement désuet des rues médiévales, m'arrêter sous les porches, jeter un regard

de voleuse dans les cours, déboucher sur les places minuscules, passer et repasser sur les ponts au-dessus de l'Ill), tandis que les premiers bus circulent dans une longue écharpe de rumeurs, que les premiers passants se hâtent par petits groupes, je suis allée enfin dormir.

Tout habillée sur le lit non défait, la valise non ouverte à mes pieds, j'ai sombré ; longtemps après, un rêve précis, dans l'étirement d'un lent vertige, me projeta, après une fulgurance, à demi dressée, yeux ouverts, dans cette pièce que je mis du temps à reconnaître. En pleine lumière de midi où je surgis, je me recouche car les images du rêve étrange persistent, enflent et débordent, me semble-t-il, jusqu'au plafond. Je garde les yeux ouverts ; je regarde, je vois :

Visage d'homme, ou de femme, à plat, je ne sais, visage de gisant englouti sous un linge de lin blanc, une main – ma main – avec hésitation en découvre les traits sous le drap soulevé. Un regard, le mien, plonge, fasciné, vers le dormeur ou la dormeuse, en constate le sommeil mortuaire ; la courbe de mon torse penché, éploré, s'agrandit dans l'espace du matin, la face d'un proche aimé (mon père jamais connu ?) exposée là si près de ma main tremblante et un unique sanglot déchire en silence ma gorge…

Soudain, un carillonnement de cloches au-dehors dissipe la vision. Vous voyez, je vous décris ce réveil à midi et moi, me disant, vous disant, car je vous parle toujours, avec un début de tendresse réticente :

— Je suis venue vers vous, en Alsace, et je passerai, quoi qu'il arrive, ma première nuit avec vous !

PREMIÈRE NUIT

Temps arrêté. Une heure, deux heures pleines. Dans le silence, les souffles. La fenêtre entrouverte.

— Tu entends, la cloche…

— Je la reconnais, celle de Saint-Pierre-le-Jeune !

— Pourquoi est-ce que je parle bas, et comme avec de la crainte ?… Je tremble.

— Tu as froid ?

— Ce n'est pas le froid ! (Une hésitation.) Je suis nue dans tes bras, et enfin, je te dis "tu"…

Il ne répond pas, l'homme. Ses doigts tâtent le visage de la parleuse, en palpe les lèvres, l'une après l'autre.

— *Ce n'est pas le froid ! (Elle respire longuement sous ses doigts à lui, elle trouve en un éclair la vérité.) Je vis un commencement... (Elle respire ; soupire, comme si c'était du bien-être, ou un soulagement.) Tu es français. Jamais,*

Il attend, l'homme ; elle dirait encore, même à présent, elle penserait : "l'étranger". Il tend sa paume confiante qui recouvre l'une des épaules de celle qui a parlé, qui se tait, qui cherche... Les doigts creusés descendent aux seins, en frôlent le galbe. Elle étale son dos sur une partie du torse masculin ; elle respire profondément, creuse ses omoplates sur ses muscles à lui ; elle reprend :

— *Je suis née avant que ne finisse la guerre... Trois ans avant !*

— *La guerre d'Algérie –* répond-il dans son sillage. Ses mains tâtonnent, la serrent à nouveau, la lâchent. Elle reste recroquevillée en partie sur lui, pèse sur lui de tout son poids et chuchote :

— *Où étais-tu alors ?... (Sa question est impérieuse.)*

— *La guerre chez toi ?... Je ne me trouvais ni en Alsace, ni en Algérie* (il a comme une absence, il ajoute très vite, avec un accent amer qui la surprend). *Ni même en France !*

Elle se laisse caresser jusqu'à la taille : son torse, surgi hors des draps, reçoit

*un rayon de lune inopiné... Elle
s'étonne :*

*— Tu es mon amant et tu es fran-
çais !... Il y a dix ans, quand j'arrivais
à Alger pour aller à l'université, une
telle... intimité m'aurait paru invrai-
semblable !... (Elle rêve.) Tu aurais pu
débarquer là-bas coopérant ou touriste,
je t'aurais rencontré chez des amis, ou
à un cours, ou... Je ne t'aurais pas vu
vraiment ! (Elle rit, semble se trouver
une excuse de mauvaise foi.) D'ailleurs,
à cette époque, tu n'étais pas un homme
libre !... Tu ne m'aurais pas "vue", toi
non plus !*

*Elle a un mouvement heurté du bras.
Elle se reblottit sous le drap. Machinalement, il la cherche, la serre dans une
étreinte. Il rêve dans le noir comme s'il
n'avait pas entendu sa dernière repartie :*

*— Non, se souvient-il à nouveau, je
n'ai pas fait la guerre d'Algérie. Une
chance, sans doute, bien que ma
"classe" fût celle de 1956 ou de 1957...
En 1960, je me trouvais à Munich : huit
heures par jour, j'étais plongé dans les
archives de la ville... Ensuite, ce fut les
Etats-Unis : quelques mois à New York,
puis presque une année à Chicago... Je
cherchais,*

*Il s'arrête ; ses bras, encerclant
l'amante, s'immobilisent.*

— *Munich, murmure-t-elle (le bien-être de voyager, pelotonnée contre lui ; elle respire son odeur). Un cousin émigré qui, de Lorraine, avait fui en Allemagne pendant "notre" guerre est revenu de Munich, justement. Je me souviens : il débarqua un beau jour au village, avec une épouse allemande et trois ou quatre enfants... Je n'avais pas dix ans : l'Allemande, les premiers jours, gardait un visage apeuré. Ensuite, elle s'est mise à entrer de maison en maison : les femmes lui faisaient fête, elles l'ont habillée de nos toges anciennes – chaque jour, parée dans une robe de cérémonie – je me souviens comme hier !...*

Elle a ri ; puis la chambre s'est emplie d'un silence liquide. Au-dessus de leurs têtes, une fontaine invisible allait, semble-t-il, s'égoutter, se dit la femme dans les bras de... pas l'étranger, pas le Français, non... dans les bras de l'homme. Lui, absent et présent ; lui et sa peau que mes doigts parcourent rêveusement, car ce sont eux, mes doigts se mouvant, qui rêvent – elle se parle à elle-même, l'amante, elle qu'il a enlacée...

Elle ferme les yeux, se concentre intensément : plus tard, elle pensera à cet instant de la première nuit ; elle aime tant "regarder avec le bout de ses doigts", ainsi se rappellera-t-elle ce moment précis

*où leurs corps enchevêtrés se tendent,
s'allongent en travers du lit. "Je fais ta
connaissance encore et encore !" Sa voix
est fervente, sa bouche, par petits coups
lapés, descend le long du flanc de
l'amant. Sa jambe le chevauche à moitié,
elle glisse, s'accroupit entre ses cuisses, lui
caresse les aines ; ils se mêlent. Il la
pénètre à nouveau, elle garde, cette fois,
les yeux ouverts ; l'ombre s'est éclaircie.*

*Longtemps après. Leurs souffles tom-
bés. Dialogue dans le noir revenu :*

— *Dis-moi donc !*

— *Te dire quoi ?*

— *Souviens-toi, à Paris, plusieurs fois,
je t'ai demandé la signification de ton
prénom. Tu disais : "après, après, je vous
dirai !" Tu riais, comme si tu te moquais... en fait, tu esquivais,*

*Son ton, pour finir, si patient ! Elle rit
encore, sa voix, dans l'ombre translu-
cide, ruisselle, tel un bris de verre. Elle
retrouve une coquetterie manifestée
habituellement ni dans les gestes (les
siens, en plein jour et dehors, retenus),
ni dans la mise (ses toilettes, neutres le
plus possible, pour ne pas trop "appa-
raître") déployée surtout dans ses mots,
ou plutôt dans ses réticences de langue.*

— *Thelja, insiste-t-il, je voudrais te
dire "ma Thelja". Comment te le répéter
sans en savoir la signification première ?*

*— Tu le sais, commence-t-elle, je suis
née dans une oasis aux portes du désert.
(Thelja s'arrête, va pour rappeler une
superstition, celle de ces accouchées
d'autrefois qui cachaient sept jours et
sept nuits durant le prénom de leur
nouveau-né, par crainte du "mauvais
œil". Mais finit par avouer.) "Thelja",
mon chéri, signifie Neige !... Je n'y peux
rien, je suis une femme née dans une
oasis et prénommée Neige.*

*Elle se détache de ses bras ; elle se
retire vers l'autre côté du lit. Ailleurs,
elle se serait laissée tomber au bas de la
couche, sur une peau de mouton à même
le carrelage ; ailleurs, dans son logis
d'autrefois.*

*Il se rapproche ; désire la reprendre,
dans la hâte cette fois, ou la fièvre.*

*Elle se livre avec une volonté de len-
teur qui s'efface peu à peu, coule ensuite
dans une violence commune qui les
submerge : durée qui s'effondre, elle,
yeux fermés et corps avivé jusqu'à la
pointe des mains, des pieds, des cheveux... Elle imagine l'arbre de leurs
corps détaché d'eux – leurs yeux iso-
lés, à plat sur la couche comme sur le
sable d'une plage immense, eux, double
regard exorbité et abandonné. Elle voit
leurs corps dressés et liés se déployer
dehors, s'envoler jusqu'aux toits, flotter*

au-dessus des clochers, du beffroi le plus altier, lorsque dans un ressac de leur désir confondu, elle s'agrippe à lui, à ses hanches, à ses reins, à ses jambes et s'engloutit alors dans un mugissement profus. Souffle du fleuve invisible, poussées rythmées de l'amant, prolongées au tréfonds d'elle, et qui la portent... Elle s'étale, s'emplit, plonge dans ce flux luisant. Une houle battant ses tempes, elle coule enfin dans le cours de la jouissance qui va peu à peu s'épuiser.

Lavée, émiettée, multipliée, Thelja ne désire plus que s'endormir, que s'en aller, halée à l'autre corps qui la guide.

— Laisse-moi reposer ! demande-t-elle.

— O Neige, soupire-t-il, femme ardente qui me brûle !

II

CELLE DE TÉBESSA

Eve, me voici chez toi dès le second matin. Ne me demande pas ce que j'ai fait le jour de mon arrivée, ni la première de mes nuits, Eve de ma terre et que je peux, pour cela, appeler Hawa.

Eve nomade, depuis bientôt quinze ans, tu as quitté la cité ancestrale, Cirta la haute, le nid d'aigle. Nous avions vécu nos années d'enfance commune non loin, à Tébessa : depuis, dans combien de villes et de pays as-tu résidé ? D'abord au Maroc où tu t'es mariée, j'y suis allée pour toi, un hiver à Marrakech : j'ai déambulé de l'aube au couchant, dans toutes les ruelles de la médina, m'asseyant dans la poussière, me faisant bousculer au marché des femmes, entretenant avec les paysannes de passage des conversations sur le seuil des medersas, dans le plus humble des sanctuaires ou à l'intérieur des mosquées de

quartier, entre deux moments de prière…
Chaque soir, un mois durant, j'ai goûté
l'émerveillement de ma première liberté
("Je suis comme chez moi et pourtant
vagabonde !" m'exclamais-je ravie) ; je
revenais chez Omar, ton époux. Nous
bavardions longtemps dans la nuit : du
Maghreb que nous voulions un seul
pays, de musique ancienne, de peinture
contemporaine. Quel hiver d'enthousiasme ai-je connu et ma fierté jaillissait
de m'être initiée si vite au dialecte marocain ! Nous nous taisions au milieu des
musiciens du quartier qui chantaient
sans fin sur une terrasse, quelquefois
jusqu'à la première aube.

Je suis rentrée revigorée ; peu après,
à mon tour, je me fiançais comme si tu
m'avais transmis subrepticement un trésor contagieux d'une gaieté secrète.

L'année suivante, vous émigriez en
Hollande. Tu t'es mise à m'envoyer carte
sur carte, message après message : je
t'ai annoncé brièvement mon prochain
mariage à Oran et je t'ai accompagnée
de loin, comme en pointillé. Pourquoi
vous vous sépariez, Omar et toi, un ou
deux ans après, je ne le savais pas.
Pourquoi tu le laissais se réinstaller au
Maroc avec votre fille, Selma (deux ans,
comment as-tu pu quitter une fillette de
deux ans ?…) – "Je l'aurai chaque été et

ce sera une fête partout où j'irai, m'as-tu alors écrit. A Marrakech, elle a une grand-mère âgée de quarante ans seulement, trois tantes très jeunes et une dizaine de cousins-cousines ! Je serai remplacée dans la profusion ! Je pense à elle d'abord !"

Tu me racontais ton engouement pour la photographie. Tu m'écrivais non plus des cartes, mais des lettres que je déchiffrais difficilement sur du papier à dessin.

"Je ne reviendrai ni à Tébessa, ni à Constantine" m'écrivais-tu, et un feutre noir inscrivait ta parole en diagonale, en courbes semi-circulaires, avec sur la marge des esquisses de paysages tracées à la va-vite (un minaret, un arc romain, une foule de paysans à burnous... Une mauresque avec voile gonflé). "Tu sais pourquoi !"

Je savais pourquoi : tu venais de perdre ta mère qui n'avait pu supporter d'être ainsi transplantée en banlieue parisienne ("transplantée", c'est le mot que tu écrivais, mais au téléphone, ta voix se durcit en disant "déportée", elle a été déportée non dans le vrac de l'exode de 1962, mais dix ans plus tard, dans un arrachement mélancolique, dont elle ne put se guérir !).

— "Jamais – écrivait le feutre noir qui allait dans tous les sens – je ne retournerai dans la ville où est née ma mère, elle qui a demandé d'être enterrée au cimetière israélite, tout près de son mari, de son père, de ses frères !"

Tu n'ajoutais pas ce que j'appris par des amis communs, à savoir que cette inhumation fut non autorisée, ou plutôt "non conseillée" : la municipalité comptait les deux précédentes décennies sans demande d'inhumation, pour pouvoir dès lors transférer ce cimetière ailleurs et récupérer des terrains devenus précieux pour la construction immobilière.

Tu m'écrivais d'Amsterdam : tes désirs d'images, ta hantise – transportée si loin au Nord – des lieux anciens, "lieux du rire et des larmes" disais-tu, et tu me racontais :

"Je me suis mise à revoir chaque nuit Tébessa, les ruelles autour du vieux marché, les escaliers près de l'arc de Caracalla. Souviens-toi, nous aimions tant, fillettes, nous asseoir parmi les mendiantes et les marchandes d'herbes, des Bédouines qui secouaient la tête rehaussée des franges multicolores de leurs coiffes et qui dévisageaient insolemment les dames européennes ou les quelques touristes qui défilaient… Je désire photographier Tébessa pour ne plus en rêver, mais la retrouverais-je même si j'y revenais ?… Si tu me rejoignais, toi, ici, je ferais plutôt dix portraits de toi : tous en noir et blanc, toi habillée du même corsage sage, la lumière de Vermeer jouerait de ses variations sur les aplats de tes pommettes, sur ton nez droit et court, sur la moue mobile de tes lèvres (j'exigerai que tu peignes ta bouche en violet, en vert, en jaune… et que tu tires tes cheveux sur la nuque. A propos, les gardes-tu toujours aussi longs ?…)."

Je te répondais de chez moi, mais loin de Tébessa, à Oran où j'accompagnais Halim. Je t'envoyais de cette dernière ville que je découvrais une carte postale d'une laideur désolante, presque émouvante :

"Chère Hawa, j'ai coupé mes cheveux très court et j'ai une nuque de garçonne. Précision utile de nos jours, en 1987 : je ne porte pas de foulard, même quand il pleut ! – Nous allons nous fixer, Halim et moi, le mois prochain, à Alger."

Tu ne m'envoyais aucune des photographies qui te prenaient tout ton temps ; tu exposais, m'écrivais-tu, à Rotterdam. Au téléphone, tu me décrivais de cette ville le port, les quais ; dans chacun des paysages que tu saisissais, tout, dans ces images, se diluait, les hommes, les passants, les enfants… "Je n'immobilise que des ciels, de l'eau, des quais à l'infini, de temps à autre, un paquebot dans le brouillard !" Toujours au téléphone, tu gémissais mais à propos d'Amsterdam :

— Comment travailler ici, les musées trop riches, et tous ces fantômes de peintres illustres !… C'est une métropole pour devenir musicien, ou danseur, certainement pas pour quêter ses propres images !… Une ville pour rêver en aveugle !… Et pourtant (ta voix devenait si présente, si ardente la nuit – tu me téléphonais toujours la nuit, à cette époque), pourtant dans cet espace, j'ai l'impression de toujours flotter !

— O Hawa, que désires-tu enfin ? rétorquai-je, désemparée, ou tendrement ironique.

Tu t'arrêtais, hésitais, puis soudain :

— Je pars, je pars… Après cette exposition à Rotterdam, je déménage !… Demande-moi où ?

Je me taisais ; j'attendais.

— Je pars pour l'Alsace. Cette fois, je crois que c'est pour me fixer !

— Tu en es sûre ? Que se passe-t-il dans ta vie ?

— Je t'écrirai, je te le promets, et longuement.

Tu m'as informée ensuite, un an après (ta lettre, envoyée au pays d'une ville à l'autre, a mis des mois pour me parvenir à Paris). Tu m'écrivais que tu avais rencontré "le dernier amour" de ta vie.

Tu te moquais la première de l'expression mélodramatique.

— Pourquoi mon "dernier amour" ? continuais-tu, inscrivant les questions à ma place.

— Le dernier, parce qu'il s'agit d'un homme allemand !

Et tu ajoutais (toujours ton écriture en biais ou en cercle, et le même papier chiffon gris qui te sert pour tes esquisses) : "Si ça ne marche pas cette fois, je me fais religieuse. Catholique naturellement, c'est le seul état de chasteté déclaré. Pour en arriver là, je me convertirai. Je renierai la foi des miens enterrés à Constantine, ou ensevelis aujourd'hui aux quatre coins de l'univers, en Israël, au Canada, au Venezuela ou dans la plus petite des villes de province française, Nevers ou Angoulême !... Je ne me suis pas convertie à l'islam lorsque Omar, à Marrakech, le quémandait comme la seule preuve d'amour tangible : une «métamorphose» ironisais-je alors. Une juive convertie, non ! Selma, à ma place, ira prier à la Koutoubia avec sa grand-mère... Moi, si mon histoire d'amour allemande finit en cul-de-sac, alors je me ferai catholique en terre alsacienne. Voilà mon destin, ô Thelja !"

Ta lettre, je la relis dans le taxi qui me conduit chez toi, dans cette banlieue proche, le quartier de Hautepierre aux ensembles circulaires.

— Un Allemand à Strasbourg ? te demanderai-je.

— Pas du tout, un Allemand en Allemagne. A Heidelberg, plus exactement. Mais moi, te souviens-tu Thelja, fillette de neuf ans je te l'avais déclaré solennellement et je suis demeurée fidèle au serment de l'enfance : c'était après avoir pleuré à la lecture du *Journal* d'Anne Frank. – "Jamais, jamais, moi née d'un père juif andalou et de mère juive berbère, jamais je ne mettrai les pieds en Allemagne. Même pas pour un jour ! Me préserver !…"

Depuis, mon cœur a battu d'effroi, de malaise, de honte, lors de cette escale d'avion non prévue à Francfort. Je n'ai pas quitté l'aéroport une journée. Je serais restée deux jours, huit jours si cela avait été la seule issue… L'aéroport, en transit, restait territoire neutre.

Voici qu'à la suite d'un "coup de foudre" – une seule et longue rencontre à Rotterdam (trois jours et trois nuits, dans le quartier du port, sans nous être quittés), je me retrouve au cœur même de "ma" zone interdite, pour ainsi dire en terrain ennemi… Alors, j'ai tourné, tourné, je n'ai plus su où j'en étais !… J'ai répété : "pas l'Allemagne !"… Je suis encore la fillette de Tébessa… Pas l'Allemagne, va habiter le plus près possible : pas trop loin du Rhin. En avant de "ma ligne Maginot", nouvelle version !

Tes mots, je les réimagine maintenant, je les réentends puisqu'il y a eu d'autres lettres :

"Thelja ! Viens donc ! Je te raconterai de vive voix ; je ne peux tout écrire, je ne peux évoquer l'effervescence qui a accompagné mon installation. Viens en Alsace, de l'Algérie directement en Alsace ! Viens, car je ne vais plus voyager, moi, sinon avec l'homme de ma vie ! En attendant, je ne vis pas avec lui. Je l'attends et à Strasbourg… Cela va durer ce que cela durera !… Je trouverai du travail dans cette ville. Il faut qu'il apprenne un peu le français… Moi, je ne lui parle pas dans «sa» langue. (Tu le sais, toi, que j'ai appris au lycée l'allemand. Par défi.) Mais je ne parlerai pas avec lui cette langue.

Comment, ces trois premiers jours, à Rotterdam, nous nous sommes aimés ? Je ne me souviens pas, ou plutôt j'en suis sûre : sans les mots, en dehors des mots, lui et moi soudain muets… La stupéfaction, le trouble amoureux rend muet.

— C'est lui qui vient à moi chaque week-end et souvent un autre jour non fixé à l'avance ! Il traverse le Rhin. Il arrive à l'entrée de Strasbourg, à Haute-pierre, Maille Béatrice.

— Il s'est mis à étudier le français avec méthode ; il dit qu'il apprendra ensuite le dialecte… Moi, je me donne. J'ai tout joué d'un coup. Je suis en enfer et en paradis («en enfer» pour la mémoire, «en paradis» pour la volupté). A part cela, je tente, à Strasbourg, de travailler pas toujours grâce à la photographie (de si petites commandes, quelquefois comme «documentaliste» : de la recherche d'archives pour un journal avec de maigres moyens). J'ai confiance. Je resterai là et je deviendrai vraiment photographe… Je regarde : les pierres, les arbres, les arches d'un pont… Peu à peu, je me surprends à cadrer, à éclairer, à…

Toi, ma sœur de Tébessa, où te trouves-tu donc et quand pourras-tu venir ? Bien sûr, pour entrer dans mon histoire, tu as tout le temps !

Quand tu auras enfin le loisir de parvenir jusqu'à moi, je serai peut-être déjà seule, peut-être entrée dans un couvent de dominicaines, c'est une «ville libre» d'autrefois où ont pullulé des couvents de femmes, des harems en somme mais de béatitude… Toutefois, ne tarde pas trop, cinq ans, dix ans encore ; ou alors tu me trouveras avec deux ou trois enfants, mère de famille tranquillisée et, malgré tout, photographe !

La nuit, je te l'ai déjà écrit, me revient en rêve Tébessa… (Maintenant, je comprends, ces rêves ont commencé après la mort de ma mère.) Des rues pleines d'enfants et de paysans, du soleil, de la poussière et les ruines majestueuses… Tandis que ces images de «chez nous» s'effeuillent au profond de moi-même, dans un ralenti sans fin, des éclats de rire de fillettes – toi et moi, bien sûr – pépiant, courant, jouant me deviennent une écharpe de bruits et de caresses qui enveloppe mon sommeil…

Je t'écris sans nouvelles de toi… Tu viendras et si je n'ai pas d'enfants (enfant ni juif algérien, ni allemand, enfant alsacien), je ne pourrai pas photographier de visage humain… Certainement pas celui de mon amour !"

Eve, Hawa, ma sœur, me voici bientôt devant toi, ce second matin ; car je passe le seuil de ta porte.

L'homme n'a rien dit, la première nuit : rien de sa ville. Il a quitté Thelja peu après l'aube. Il s'éloigne du centre ancien ; sa voiture roule lentement. Il travaille au port du Rhin.

Il prend une demi-heure environ, avec cette allure, pour arriver aux docks.

Quand sa voiture s'est engagée sur le dernier pont au-dessus de l'Ill, puis a dépassé l'hôpital au loin, sur sa droite, l'homme a posé un regard bref sur l'eau – pas grise à cette heure, à peine d'un bleu noir, d'un bleu luisant et métallique. Soudain, il a frémi ; il a oublié la nuit (le corps nu, le corps liane pourtant ne le quitte pas. Il le sent, s'incurvant dans l'espace de la voiture à l'arrière, tout contre ses épaules, les frôlant presque)… Il conduit, il revoit, une heure auparavant, la jeune femme nue sous la douche, tirant d'un coup le rideau lui demandant dans un grand rire : "rejoignez-moi sous l'eau !" Il a avancé les bras ; ses mains sous l'eau ont sculpté le corps éclaboussé de gouttelettes. – "Non, j'ai froid !" a-t-il murmuré, gêné, en même temps fasciné par ce qu'il appelle maintenant "l'innocence de son impudeur".

Puis il l'a accueillie en l'enroulant dans une grande serviette. Il l'a à demi portée jusqu'au lit. Il l'a pénétrée nue, humide, fixant, tout le long de son spasme, son visage fermé, se disant : "ne pas oublier ses soupirs, regarder son chant et ses plaintes !" Il évita de jouir lui-même, lui donner d'abord à elle un plaisir long, soucieux d'une durée, celle qu'elle détaillera comme elle doit détailler chacune de ses faims : "je glisse, je coule, je m'enfonce et je m'envole tout à la fois !" soupirera-t-elle plus tard quand il l'aura ensuite essuyée.

Il l'a aidée à s'habiller.

Sa voiture qui a quitté la ville évite l'autoroute. Non, il n'arrivera pas en retard : prendre son temps. L'image du corps sous la douche, du visage paupières fermées qui soupire, qui chante, tandis que lui-même est assis là dans cette auto mais qu'il s'enfonce là-bas, les reins ceinturés par ses jambes à elle, entrecroisées…

Il arrête la voiture sur un terre-plein. Ouvre la portière. Reste assis, près de la berge du vaste fleuve, à contempler la ville au loin : la flèche de la cathédrale, la masse des toits comme une auréole, le brouillard se déchirant lentement. L'aube pâle, grise par plaques, s'éclaire de lueurs d'un blanc luisant. Derrière son dos, sur la route, l'homme entend le flot des camions qui va s'accentuant.

Il fume une cigarette à moitié. La jette nerveusement. Referme la portière. Il conduit cette fois d'un trait, jusqu'au grand portail qui ouvre l'entrée du port industriel. Il arrive quelques minutes avant huit heures. La file des ouvriers se hâte, s'épaissit en diagonale dans la cour, jusqu'aux hangars.

Par habitude, il a ralenti devant le parking découvert. Quand il sort, qu'il s'avance vers les escaliers qui mènent à son bureau, il entend le rire de la baigneuse de l'aube, irréel, emporté dans un mugissement des bateaux qu'on ne voit pas, qu'on pourrait entendre sur le Rhin. Il entre dans son imposant bureau ; comme chaque matin, il stationne devant l'immense verrière : au-dessous, comme à ses pieds, le fleuve énorme semble une large frontière mouvante.

Soudain, alors que s'asseyant il croit se plonger dans son travail, soudain…

— J'ai oublié ! J'ai vraiment tout oublié !

Ses lèvres ont murmuré ce qu'il ne savait pas encore : que lui prend-il, que cherche-t-il, pour ainsi dire, malgré lui ?

Toute la matinée, tandis que Thelja commence, là-bas, sa marche dans la ville, l'homme qui signe son courrier, qui écoute des rapports, qui donne son avis, qui ordonne, qui parle à sa secrétaire, qui tente de se concentrer pour travailler, l'homme cherche. Son esprit, il le sent gourd, certes dans un automatisme sans défaillance, pour ce qui est des directives données à l'entourage…

A treize heures, il ne peut manger.
Au lieu d'aller au restaurant (il déjeune
d'ordinaire seul, changeant de bistrot
ou de brasserie, ses mains consultant
un livre ou un magazine…), il décide
de retourner non pas à Strasbourg, plutôt dans un village à quelques kilomètres
de là : celui de sa mère. L'ombre de
celle-ci, il s'en rend compte, l'a frôlé dès
ce matin quand il a remarqué la proxi-
mité de l'hôpital, après le dernier pont…

Il va marcher longtemps, perdant la
notion du temps. Les rues sont désertées, les maisons confortables et fermées,
l'air de la bourgade, dans l'ensemble,
pimpant. Pas un enfant dehors. Le silence
est entrecoupé par quelques pépie-
ments… Cette campagne : prospérité
et paix, air figé du décor. Sa pensée,
indifférente, enregistre ces quelques impressions, comme s'il venait là pour la
première fois.

Il finit par entrer dans un premier,
puis un second bistrot. Il semble chercher quelqu'un : il boit au comptoir. Il
ne regarde pas les consommateurs : assis
par groupes de quatre retraités, ceux-ci
le considèrent, tête branlante et regard
circonspect… Pas de jeunes : ce n'est pas
l'heure ("Déjà, songe-t-il, le milieu de
l'après-midi !") ; au troisième bar à vin,
plutôt une brasserie où, cette fois, il

s'assoit pour enfin se reposer, le fond de la seconde salle est envahi par une bande de jeunes gaillards bruyants, persifleurs : sans doute, une équipe sportive ? – "Non, l'informe le patron en lui apportant sa bière, ils préparent une pièce de théâtre en langue alsacienne pour ce prochain dimanche !"

L'homme boit à nouveau. Son visage se détend et pourtant il se dit : "j'ai abandonné mon travail sans même prévenir !" Téléphoner à la secrétaire. Il ne se lève pas. Il ne téléphone pas. Il ne peut que se parler à lui-même.

"Neige, se dit-il ensuite, quand sera-ce l'heure de la retrouver ? Où se trouve-t-elle à présent ?"... Ce n'est pourtant pas elle qu'il cherche, même s'il avait déambulé de la même manière à Strasbourg.

Il est donc là au village de la mère ; la mère est morte il y a déjà trois ans, ou quatre. Il y revient, mais tel un étranger. Il ne fera pas l'effort d'aller à la maison d'enfance, pour s'asseoir dans le salon, celui que la voisine a ordre de dépoussiérer chaque lundi.

Qu'est-ce qu'il cherche ? Est-ce vraiment qu'il cherche ? Qu'il se cherche ?

Sitôt Eve quittée (j'ai déjeuné avec elle dans son petit appartement clair,

d'une cité populaire, et je me suis attendrie : j'ai touché son ventre rebondi – elle
est enceinte !), une fois dehors, mon
dialogue doux et monotone a repris
avec vous, coulé au rythme de mes pas.

Je ne vais pas compter combien il me
reste d'heures. Je ne me hâte pas. Vous
non plus, je suppose. Vous travaillez
absorbé là-bas, au-dessus du fleuve, dans
cette importante société de cellulose, je
crois. Vous devez être ponctuel, au
contraire de moi, fantasque. A six heures
exactement, la cloche sonnera pour la
fermeture de l'usine. Vous partirez parmi
les derniers. Vous irez vous changer.

Vous viendrez m'attendre au restaurant d'hier, sur la place Gutenberg où
j'arriverai avec cinq minutes, ou dix au
plus, de retard. Mon cœur battra et je le
dissimulerai. Je ferai la nonchalante.

Je n'ai pas parlé de vous à ma meilleure amie d'autrefois. Elle était volubile.
Elle avait tant à me dire. Je m'attendais
si peu à la retrouver ainsi, épanouie.
Comme au temps de nos jours anciens
à Marrakech. L'allégresse d'autrefois
renaissait, à peine atténuée, parée chez
elle de gravité, et, savez-vous, une
lumière nouvelle éclairait ses pupilles…

— Nous avons trouvé la solution : ce
concubinage laisse tout ouvert pour nous
deux ! précisait-elle.

Mais moi, inquiète pour elle, j'interrogeai :

— L'enfant (car je vous l'ai dit, elle est enceinte, de six mois déjà), tu l'as voulu ? Tu l'as attendu ?

Elle s'est tue ; à peine l'aile d'un sourire sur sa face brune et dorée. Comme moi (serions-nous, au moins pour la période du passé, un peu jumelles ?), elle a laissé là-bas ("là-bas" pour elle, c'est Marrakech) sa fillette que le père élève. Elle voit Selma chaque été ; six ans, ou sept, a maintenant la fillette – des photos de cette dernière me sont montrées d'emblée, moi qui ne l'ai vue que bébé !...

— L'enfant, murmure Eve, la main sur le ventre, c'est Hans qui l'a voulu. J'ai accepté !

Elle a prononcé ce prénom "Hans", je vous ai aussitôt interpellé en moi : Eve qui croyait avoir franchi l'impossible, l'interdit fiché en elle depuis l'enfance, Eve ma plus proche, nomme pourtant son amour !... Or moi (je vous parle, et je vous le dirai sans doute ce soir), je ne peux dire tout haut, ni même en moi, votre nom... Pourquoi ? Si longtemps après la guerre – je précise "la guerre chez moi entre les vôtres et les miens".

C'est le même hôtel que la veille : l'hôtel de la Maison-Rouge. Tandis qu'ils entrent dans la chambre, qu'elle va d'emblée à la fenêtre, qu'elle découvre le large balcon ("Restons là un moment, voulez-vous ?"), elle se souvient d'une lecture :

— J'ai retrouvé la réminiscence. Ce matin déjà, en sortant, je cherchais : que réveillait en moi le nom de cet hôtel ?... Je viens de me rappeler une lecture, le mois dernier : André Malraux, parmi les libérateurs de la ville en 1945, s'était, disait-on, installé à cet hôtel ; il recevait, il parlait de ce lieu, lui, l'écrivain-guerrier !

— Sauf, précisa l'homme en souriant, qu'alors l'hôtel de la Maison-Rouge se trouvait sur la place Kléber, au cœur même de la ville, qu'il a été ensuite détruit, qu'on l'a reconstruit un peu plus loin, dans cette rue.

"Vraie conversation mondaine !" – se dit-elle, tout en acceptant de boire un verre – ("Un jus de fruits ! Le champagne, non, merci !") – et elle aurait voulu dire qu'elle ne se préparait qu'à une autre forme d'ivresse, pas à celle de l'alcool. "Si on mélange, pensa-t-elle toujours

79

dans son silence, ce sera moins pur !"
"Pur, reprit-elle, est-ce le mot adéquat ?"

— Vous rêvez ? demanda-t-il, après avoir vidé sa coupe.

"Peut-être qu'il m'ennuierait – se remit-elle à penser ardemment, comme on court, comme on fuit, pour précéder le temps, pour… – à Paris, non, mais ici, je préférerais par moments qu'il soit totalement étranger : on ne pourrait échanger des mots, seulement des caresses !…" Soudain, elle comprit qu'elle avait envié, ce matin même, l'état de Hawa amoureuse.

— Si vous voulez que l'on vous monte une boisson chaude, proposait-il, prévenant. Je peux téléphoner.

Elle refusa de la tête ; ne fit pas l'effort de sourire. Soudain, le carillonnement des cloches de la cathédrale les assourdit, là, dehors, sur le balcon où ils avaient fini par s'installer. Ils rentrèrent, s'assirent dans le coin "salon".

— Il est dix heures du soir ! murmura-t-il.

— Depuis des siècles, ces mêmes cloches ont marqué le couvre-feu à des kilomètres à la ronde : et les juifs de la ville devaient ne plus être là. Pourtant, il paraît que, parmi les émigrés alsaciens du passé, leurs enfants se faisaient raconter "la grand-mère", comme on disait !

— *Vous voilà avec une mémoire alsa-cienne !* dit-il en lui caressant le bras : il s'était assis assez près.

— *Hawa – enfin, Eve – m'a raconté autre chose sur cette "grand-mère" si troublante pour les générations d'émi-grés !... De ses cousins retrouvés par hasard ici, elle a appris que la commu-nauté juive a protesté récemment devant cette survivance.*

— *Certes, jusqu'à la Révolution fran-çaise, les juifs ne pouvaient résider en ville, seulement y passer et y travailler dans la journée !... Mais tout a changé à la fin du XVIIIᵉ siècle... (il se tut, puis reprit) enfin, jusqu'en 1939 !*

— *Pourquoi 1939 ?* intervint Thelja, puis se rappelant... *Excusez-moi, la ville s'est vidée entièrement dès le premier jour de la déclaration de la guerre !*

— *Les juifs autochtones, comme les autres habitants, ont été évacués vers l'ouest... Après l'entrée des Allemands en juin 1940 et au cours de l'été, quand soixante-dix pour cent des habitants furent de retour, naturellement, les juifs de la ville ne revinrent pas !*

Le silence tomba d'un coup dans la chambre et hors de la chambre, sur le balcon.

— *Mettons-nous au lit !* dit Thelja, à la manière d'un couple ayant ses habitudes.

Elle n'alla même pas à la salle de bains pour se déshabiller. Elle se dévêtit tranquillement, sans apprêt, au-devant du lit.

Les gestes de Thelja, précis, découpés par le halo jaunâtre de la lampe. Elle s'était détournée pour dégrafer, les bras en arrière, son soutien-gorge. Sa nuque eut un mouvement brusque ; sa main fit tomber la barrette, ou un petit peigne d'écaille.

L'homme regardait, attentif ; il s'était simplement assis au bas du lit, à l'extérieur de la zone lumineuse.

Thelja tourna sa face vers lui ; sans sourire. "Un visage serein", pensa-t-il… Elle entra d'un mouvement des jambes entre les draps, gardant encore son slip étroit, et, comme par habitude, un de ses bras pliés sur ses seins pleins, qu'elle écrasait presque.

Sous les draps, elle tendit son autre bras vers lui ; elle eut une ombre de sourire pâle… Intimidée encore, se sentait-elle.

— Venez ! murmura-t-elle, mais elle n'entendit même pas sa propre voix.

Il se dressa, il se pencha. De tout son long, il tomba en travers du lit, en bras de chemise et tout habillé. Il engloutit sa tête entre ses seins, s'y ficha ; elle l'entendit balbutier des mots confus, de tendresse, de puérilité, ou de désir : elle le laissa, ne comprenait pas. Il se frotta ainsi à elle, et elle l'attendit.

Titubant un peu, il se leva, d'une main éteignit la lampe, se dévêtit dans le noir.

Elle aurait voulu dire : "non, je préfère la lumière, pas le noir !" Elle ne dit rien. Elle fut soulevée presque entièrement par des bras vigoureux et elle reconnut l'odeur : un relent de cigare, un reste d'eau de toilette à la verveine, mais surtout, la senteur de sa peau ; le grain que déjà ses doigts retrouvaient.

— Puisque tu as éteint, et c'est dommage, laisse-moi, en te touchant et en prenant le temps, te redécouvrir à nouveau ! Refaisons connaissance !

Ses mains cherchèrent patiemment les repères de la veille, là où la peau était douce, presque veloutée : près des aisselles, plus bas contre le flanc, surtout, à la naissance des jambes, à l'aine, "Là, c'est aussi doux que la peau d'un enfant" se dit-elle, et elle se glissa, souple, elle alla jusque-là vérifier de ses lèvres – "non, chuchota-t-elle, il y a une autre caresse ! Te frôler là, avec la peau de mes paupières, tu vas sentir au moins

mes cils, tendresse contre tendresse !"
Elle aima ces retrouvailles de préciosité
sensuelle ; s'amorça alors le premier em-
brasement.

Qui dura.

Elle se leva soudain, quitta le noir de
la chambre, entra dans la salle de bains,
prit une douche chaude, violente. Elle
revint, alluma : elle s'était entourée jusqu'aux épaules d'une serviette blanche,
épaisse.

Elle s'accroupit à ses pieds à lui, sur
le lit. Il fumait en l'attendant.

— Peut-être préfères-tu dormir ?
demanda-t-elle. Il fit non de la tête.

— Après... j'ai eu envie d'un flot
d'eau ruisselant sur moi !... Pour ne
pas m'endormir, pour prolonger ce...
bien-être.

Elle bavarda : comme s'il était midi
et qu'ils se trouvaient sur le balcon, au-
dessus de la ville. Elle raconta son amie.
Son concubinage avec un assistant de
Heidelberg. Son attente d'un enfant.
Elle revenait souvent à Tébessa, à leurs
escapades de fillettes ; elle se surprit à
décrire méticuleusement l'arc de Caracalla ; elle se rappelait la poussière
aussi, elle revécut ces bourrasques qui
faisaient chanceler les deux fillettes
courant à l'heure de la sieste, s'éva-
dant. L'odeur, l'odeur de l'été là-bas...

Elle s'arrêta : pourquoi ces évocations là et maintenant, s'étonna-t-elle. Est-ce que je dialogue, est-ce que je monologue ?... Même ce matin, chez Hawa, Tébessa n'avait pas resurgi aussi vivacement.

L'homme s'était arrêté de fumer ; il lui tendit la main.

Elle enleva la serviette ; s'exhiba, assise, lui exposa son corps encore humide ; se retourna : "essuyez-moi le dos, et je vous retrouve !"

Il lui frotta le dos comme s'ils se dressaient sur une plage. Elle lui tendit ses pieds, l'un après l'autre : il fit de même pour chaque jambe. D'un bond, elle sauta près de lui, plongea entre les draps :

— N'éteins pas, je t'en prie ! gémit-elle dans un souffle.

Il baissa seulement la lampe.

Elle désira à nouveau se souvenir, comme si c'était hier... Tout le temps de son évocation, son désir à elle affleurait, naissant et latent à la fois, mais elle parla et ses seins gonflés recherchaient les jointures de l'amant, les muscles de son torse, de ses bras, elle parlait, et sa jambe pliée allait et venait contre le ventre à plat de l'homme, légèrement au-dessus de la verge, qu'elle évitait d'exciter, pour parvenir au bout de son souvenir aussi pressant que son désir.

Elle ne voulait maîtriser pour l'instant que ce dernier, pas le jaillissement, lait de palme inépuisable, de la mémoire d'enfance prête à déborder...

Lui l'étreignait, devinait les moindres vibrations du corps de Thelja : mais il veillait à laisser cette parole vive et gratuite aller à son terme.

— Pourquoi, répète-t-elle, ai-je l'envie de parler des palmiers d'autrefois ?... Au début du printemps : au moment de la fécondation. Jusqu'à mes dix ou onze ans, ma mère m'envoyait, durant les vacances scolaires, dans l'oasis où vivaient encore les frères, les neveux et les cousins de mon père. Elle ne venait pas, elle, ou si rarement. Et moi, chez Djeddi – que j'ai perdu à vingt ans, je ne vais désormais là-bas que pour des séjours très courts – c'était la fête, la liberté – elle s'arrêta, rêva si bien qu'elle suspendit ses gestes, ses frôlements, s'absenta un instant, engloutie, si loin et en arrière. C'est alors la reviviscence des plantes : des arbres, des moindres pousses, sais-tu, c'est le temps des amours... pour les palmiers !

Elle retomba dans son étreinte, quémanda des baisers, des attouchements, des débordements, puis, se remettant à dialoguer abruptement, le dévisageant de très près, lui – son regard, ses traits, sa bouche – elle demandait sérieusement :

— Un palmier, tu sais comment se fait sa fécondation ?

— Je sais seulement, répondit-il, que le palmier-dattier a un nom en botanique, et c'est le "phoenix".

— Le phénix, s'étonna-t-elle, l'oiseau de renaissance ?

— Exactement, dit-il, celui qui va jusqu'en Haute-Egypte, à Héliopolis, pour mourir, et renaître de ses cendres...

— Ce n'est pas par hasard, rêvat-elle un instant, puis elle se replongea dans son enfance... Dans une palmeraie, il y a beaucoup d'arbres femelles et seulement quelques arbres mâles... A l'état sauvage, m'a-t-on dit (mais ensuite, je l'ai vérifié dans Pline l'Ancien), au temps de la floraison, là-haut au sommet des palmes, c'est le vent qui, faisant ouvrir les fleurs, envoie la poussière de cette efflorescence vers les arbres femelles...

Elle glissa ses jambes nerveuses sous les siennes, se remit à le caresser longuement.

— Moi, ce qui me fascinait enfant, c'était comment, en ce début de printemps, les hommes de l'oasis aidaient à la copulation... C'étaient toujours les deux ou trois jeunes gens les plus vigoureux qui grimpaient prestement le long des stupes mâles, un sac sur le dos ; ils

détachaient délicatement là-haut la semence qu'ils conservaient dans leur sac... Je restais la tête levée pour admirer comment les jeunes grimpeurs redescendaient : chacun d'eux, comme un danseur, se fichant sur une palme qui se déploie en arc de cercle s'inclinant peu à peu jusqu'au sol... C'est ainsi qu'ils se laissent glisser, presque voluptueusement... (Elle rit, elle reprit ses caresses plus tendres, presque chastes.) Le plus dur reste à faire alors : regrimper sur chaque arbre femelle, et, de la main, entrouvrir, en son sommet, chaque fleur... Le faire ainsi dix, vingt, trente fois pour chaque arbre dont les régimes s'alourdiront, au moment des premières chaleurs, des fameux fruits d'or...

— "Deglet en nour", dit-il doucement, ce sont les plus belles dattes, celles de ton oasis ?

— Certes, dit-elle, mais je pourrai te réciter, une autre fois, comme déclaration d'amour, enfin, déclaration de désir – rectifia-t-elle – les noms arabes de vingt espèces au moins de dattes, y compris ces "doigts de lumière" de chez moi !

"Mes doigts, dans ce noir, sont notre seule lumière" pensa-t-elle, ne désirant désormais que la jouissance : sa durée, sa pente lente puis sa gravitation, et son encerclement, et ses débuts de vertige.

— *Je t'en prie*, souffla-t-elle, *baise-moi
les seins, l'un après l'autre et longtemps !*

Il obéit ; elle soupira : au fond de sa
gorge, dans ce chant, comme un voise-
ment puéril, inabouti. Des deux mains,
elle lui prit avec violence le visage – en
vérité, elle semblait scruter en plein soleil,
là-haut, eux ensemble flottaient au-
dessus des palmes –, elle s'empara gou-
lûment de sa bouche, s'emplit de sa
salive, *"bois-moi ou laisse-moi te boire !"*
articula-t-elle tout en le dévorant de
l'intérieur, puis, après avoir repris souffle,
après s'être séparée de lui :

— *Ne continuons pas ainsi ! Restons
côte à côte pour nous endormir !...*

— *Trop tard !* murmura-t-il, et il rit,
presque paisiblement dans le noir, sans
vraiment se rapprocher d'elle. Elle l'entendit ensuite :

— *Tu voudrais faire comme ces grimpeurs de palmiers de chez toi : monter
là-haut puis redescendre, mais sans
même poursuivre la fécondation, simplement pour se laisser redescendre sur
la tige, "voluptueusement" disais-tu ?*

Ils rirent tous deux, mêlèrent leur
gaieté, puis leurs bras, puis leurs souffles, et comme, en fait, il bandait, il
s'empara d'elle d'autorité alors que, se
sachant moins taraudée par le désir que
précédemment, elle aima, à cause des

rires partagés en cette éclaboussure, accompagner l'amant dans cette navigation concertée du plaisir.

Quand il s'endormit d'un coup entre ses bras, elle écouta son souffle qui s'assagissait… Elle ne dormirait que lorsqu'il se réveillerait bientôt ; ainsi écrasée sous le poids masculin, elle repensa à l'oasis dans le passé, au printemps.

Lorsque l'homme se réveilla, qu'il glissa sur le côté en murmurant quelques mots à demi ensommeillés, elle lui posa la main sur les lèvres. "Chut !" Elle emmêla ses jambes, en biais, aux siennes, reprit l'autonomie de ses bras, de son torse. L'oreiller rejeté, elle s'endormit les bras élevés au-dessus de la tête, ses seins contre le matelas, ses jambes seules restant, en travers du lit, prisonnières.

III

L'ABBESSE

1

"Quand vas-tu arriver ? Est-ce ce soir, serait-ce demain ? Et pourquoi ne viendrais-tu que demain ? Demain, c'est "shabbat", j'ai promis, depuis longtemps déjà, que j'irai déjeuner chez les cousins : lui, David, venu, il y a vingt ans, de Casablanca, et elle, Denise, ma cousine germaine qui a quitté Paris pour se remarier avec cet homme que je connais mal. Il semble tenir à cette invitation, en signe de "solidarité" a-t-il même avancé ce mot.

Et si tu ne viens pas aujourd'hui, demain, sans avoir repris contact vraiment avec toi, il me faudra, au déjeuner familial de circonstance, répondre aux questions insidieuses du cousin par alliance :

— Qui est le père, cette fois, Eve ?

— Un Allemand, David.

Peut-être qu'il ne dira plus un mot. Peut-être qu'il aura soudain envie de pleurer (lui qui, en 1940, devait naître alors au Maroc, en somme en terre d'asile !). Ou alors, il fera mine de rien, il s'informera même des détails (qu'est-ce qu'il fait, ton fiancé ? Avez-vous décidé de vous marier ? Et quand ? etc.). Pendant ce temps, pendant que leur fille de quatorze ans, revenue de l'école, s'installera en retard, on se remettra à parler du reste, de la famille, de mon travail à Strasbourg et du délai nécessaire pour que je me fasse connaître comme photographe... M'attirant dans un coin, en sortant de table, David me fera remarquer, en tête à tête, d'un ton un peu geignant, qu'il m'aime bien, que je devrais venir plus souvent, que...

Tu viendras aujourd'hui, Hans. Je t'attends plus impatiemment que d'ordinaire. Hier, quand tu as téléphoné, à ta première faute de français :

— Si je viendrai demain,

— Si je viens, ai-je rectifié.

Tu as repris :

— Si je viens le matin, mais après-demain, seras-tu là ?

— Samedi, si c'est l'heure pour moi d'aller chez les cousins, tu monteras au troisième chez ma voisine, Touma. Je lui laisserai les clefs !

— Cela risque plutôt d'être samedi, je ne sais pas encore à quelle heure j'arriverai.

— Ce sera donc samedi, mon chéri !

— Ta voix est sèche… Tu n'es pas contente ?

— Déçue, seulement. Je saurai que tu n'as pas pu.

Tu as ensuite demandé si j'avais vu le médecin, si j'allais à la piscine ("Tous les matins, mon chéri !… Samedi, non !"). Tu n'avais pas envie de couper. Un silence. Tu n'es pas expansif. J'ai senti ta tristesse. J'ai ri.

— Tu ris ? (Soulagé, es-tu soudain.) Ta voix me paraissait si triste !

— Tais-toi, Hans, mais ne raccroche pas encore ! C'est un jeu : il me semble que je pourrais ainsi entendre ton souffle dans l'appareil… depuis Heidelberg et contre mon cou !

Tu as ri à ton tour.

— Chut !… Joue le jeu, deux secondes !

Tu ne peux pas ; tu reprends :

— Est-ce que tu ne veux pas plutôt que je te siffle quelques mesures de Schubert ?

C'était l'un de nos passe-temps de gamin, à Rotterdam, les premiers jours, quand nous n'avions pas tellement de mots à échanger : toi, dix mots français, et moi, deux ou trois fois plus... en anglais. Tu sifflais alors ; moi, souvent, je te suivais en fredonnant. Ainsi, tu fais appel à la complicité du début, de l'année dernière.

— Allons, trois ou quatre mesures de *La Jeune Fille et la Mort* : cette fois, je me sens là-bas !

— Là-bas ?

— Oui, à Rotterdam ! Sur ce quai désaffecté, pas loin de l'atelier de ton ami peintre... (Ce fut le lieu de notre première rencontre.)

Tu as donc sifflé les premières mesures de Schubert. Cela a augmenté ma nostalgie. C'était hier soir.

A présent, je me suis allongée au même endroit, sous la fenêtre, dans le salon, sur le matelas à même le sol, avec la couverture blanche. Là où tu aimes t'accroupir, tes longues jambes croisées si prestement en tailleur.

Mina est entrée peu après, avec son allure de chatte maigre. La fillette a regardé dans tous les coins ; elle allait pénétrer jusqu'à la chambre du fond.

— Tu cherches Hans ?

Elle fait oui en silence de la tête.

— Pas aujourd'hui ! Je crois qu'il ne viendra pas.

En même temps, alors, j'ai ressenti une peine acérée : pour la première fois, à

cause de cette vie en morceaux, de cette
attente. Je me suis surprise à user de cette
formule inattendue : "une vie en morceaux" ; je l'ai répétée, incrédule, vaguement alarmée, tout en souriant à Mina.

2

Thelja, ce matin, ne traverse pas la ville
en promeneuse ; non, elle ne manifeste
plus d'indolence de touriste. Elle tient un
cahier à la main ; elle demande la direction de la bibliothèque universitaire.
Elle s'attarde un instant sur un pont,
débouche sur une place que la bibliothèque domine par une double rampe
d'escalier imposante. Elle hésite, veut
d'abord prendre un café.
    Elle fait le tour de l'édifice, choisit un
bistrot accueillant dans une ruelle, s'assoit. Après ces deux précédentes nuits
si pleines, elle se concentrera davantage dans le passé, aiguillonnée était-
elle déjà à Paris par le souvenir d'une
abbesse qui, justement, a vécu dans cette
région… Soudain, elle pense qu'il y a
un an exactement, à cette même époque
des vacances de printemps, Halim, son
mari, était venu à Paris lui rendre visite

– il croyait alors qu'elle rentrerait l'été suivant...

Thelja se met à fumer une cigarette , elle redemande un autre café : Halim, à la tête alors d'un service d'archives à Alger (comme architecte, il se passionnait pour la préservation du patrimoine), Halim lui avait proposé :

— Viens avec moi cet après-midi : j'ai rendez-vous, dans un laboratoire de photo, avec un ami français. Deux de ses collègues, des anciens soldats de la guerre d'hier, avaient pris alors des photos au cœur de la Casbah d'Alger, mais de nuit. Ils profitaient du couvre-feu, et naturellement de l'impunité de leur uniforme, pour, dans des lieux vides, saisir en images les plus belles maisons anciennes ! Je suis impatient de les voir ! On pourrait monter, chez nous, une exposition pour évaluer exactement les destructions survenues, tout ce qu'on a négligé de préserver depuis, d'entretenir ! Viendras-tu ? J'aimerais avoir ton avis sur ces traces.

Thelja fume, l'esprit entièrement habité par ces photographies du cœur d'Alger, prises en temps de guerre : façades aux portes anciennes, aux terrasses désertées, et ces ruelles longues paraissant hantées à cause même de leur vide nocturne, pleines, en fait, des attentes apeurées de familles calfeutrées et sur la défensive, elles que Thelja imaginait aussi, si longtemps après… Elle songe aux remarques de Halim, lorsqu'ils sortirent ensemble du laboratoire :

— Certaines de ces ruelles, je les parcours ces jours-ci : tant de maisons presque en ruine ! Et le dernier séisme de l'automne, même s'il n'a pas fait de victimes, a été néfaste pour nombre de ces demeures séculaires ! Les habitants n'ont aucun moyen de les restaurer ; pourtant, ils ne veulent pas les quitter, car on leur propose de les reloger en dehors de la capitale !

Après un silence, Halim concluait, amer :

— Nos âmes ressemblent à ces lieux d'histoire et de mémoire : en danger d'être détruits, nous ne voulons pourtant pas nous exiler !

Elle fut sur le point de déclarer car, elle le comprit, il pensait à elle :

— Moi, je devance toujours ! Je préfère partir… – et elle aurait voulu ajouter : "c'est une question d'instinct, rien de plus !"

Mais non, ne point se disculper ! A quoi bon ? Rester muette. Cependant, comme s'il suivait la pensée de sa femme, Halim ajouta :

— Rentreras-tu tôt, cet été ?

Elle répliqua, presque trop vivement :

— Je ne sais pas : je ne suis pas sûre que je désire rentrer !

— Et Tawfiq ?

— Il serait si bien chez ma mère, au village ! L'air de montagne lui fera du bien !... (Elle ajouta, plus bas.) Bien sûr, il me manquera !... Il me manque déjà !

Halim la quitta sans un mot, là, en pleine avenue. Il traversa la rue Bonaparte, courut presque vers un arrêt de bus proche et monta dans le premier qui démarrait. Sans se retourner vers elle : comme s'il fuyait sa propre colère.

Elle l'attendit le soir, dans sa petite chambre au cinquième étage. Il rentra tard, grommela qu'il avait déjà dîné ; il avait dû surtout boire, c'était, chez lui, une habitude plutôt rare. Il ouvrit le lit pliant qui lui était réservé durant ce séjour et s'endormit aussitôt, en pleine lumière. Ensuite...

Ensuite, ils ne parlèrent plus de l'été qui allait venir. Halim repartit à Alger, trois jours après.

"Pourquoi, ce matin, me laisser engloutir par ce récent passé ?"... Thelja paye son café, se lève, monte, d'un air résolu, les hauts escaliers de la bibliothèque. Un groupe d'étudiants joyeux la précède : elle leur sourit, heureuse de se sentir, mais oui, en Alsace. "Je vais à la recherche de mon abbesse !" décide-t-elle.

Une heure après, elle se trouve plongée dans la contemplation d'un chef-d'œuvre ; du moins de sa copie, car l'original est perdu, hélas ! Elle recopie des vers en latin ; en face, elle y inscrit la traduction française. Quelquefois, des expressions et des notes en allemand, qui parsèment le texte, ralentissent son travail.

Son attention s'aiguise davantage. Elle lit trois, quatre pages avant de revenir en arrière, de relire, puis de décider de recopier quelques vers :

"Hortus deliciarum" murmure-t-elle ; elle pense intensément à cette ombre qui soudain s'approche pour l'accompagner – une inconnue si présente qui s'est mise à la hanter, à Paris tandis qu'elle allait à l'Ecole des chartes, ou le plus souvent à la Bibliothèque nationale. "La jeune abbesse" l'appelle-t-elle depuis des mois. Certes, ce n'est point pour ce fantôme – cette savante pieuse, cette enlumineresse, l'étonnante femme-écrivain du XIIe siècle – qu'elle a désiré venir à Strasbourg, mais pour retrouver

Eve, "celle de Tébessa", et, bien sûr, pour l'aventure des nuits avec cet homme. A propos de ce dernier, elle a pensé d'emblée "neuf jours", ou plutôt "neuf nuits", comme si les journées ne pouvaient devenir offrandes que pour Eve ; pour l'abbesse aussi et, surtout, pour la ville.

Auprès d'Eve, le temps étale de l'enfance, autre "Jardin des délices", allait, c'est sûr, réaffluer. Le souvenir d'autrefois redeviendrait scintillant : grâce à leur amitié, autant dire à leur gémellité. Or s'avivait tout autant la vision de l'abbesse : Herrade de Landsberg. Pour celle-ci, Thelja devrait, après son séjour à Strasbourg, aller jusqu'au sommet du mont Sainte-Odile, entrer au vieux couvent bénédictin où cette chanoinesse a vécu et écrit :

> *Ce livre, intitulé* Jardin des délices, *je l'ai composé, moi, petite abeille, sous l'inspiration de Dieu, du suc de diverses fleurs de l'Ecriture Sainte et des ouvrages philosophiques !*

Cette première phrase de la fameuse encyclopédie, Thelja n'a pas besoin de la rechercher, de la recopier : elle la connaît par cœur.

Ce matin donc, l'expression, modeste et tendre, a affleuré à ses lèvres : "moi, petite abeille". Sur quoi, elle a décidé d'aller consulter une des copies du *Jardin*.

Une copie ? Certes, pas l'original.

La magnifique encyclopédie alsacienne qui demanda à son inspiratrice, la jeune Herrade, vingt-cinq ans de sa vie, jour après jour – elle qui fut l'auteur, pour une grande part, de la prose latine parsemée d'emprunts en allemand souabe, elle qui écrivit, parfois avec le concours de l'autre abbesse, la vénérable Rélindis, nombre de poèmes mystiques, inscrits en calligraphie gothique et illustrés par plus de cent trente-cinq miniatures couleur – oui, le chef-d'œuvre d'Herrade, la poétesse, la dessinatrice et la compositrice de chants grégoriens destinés au réconfort, toutes ces années, de quarante-sept chanoinesses et de treize novices qu'elle dirigeait, ce livre donc conservé, en peau de porc repoussé et préservé dans un boîtage de velours rouge, oui, cette œuvre rare d'une femme – qui avait été épargné d'un incendie en 1546, qui était sorti à nouveau indemne d'un second incendie en 1860, ces trois cent quarante-deux feuillets de velin épais que se sont disputés, à travers les siècles, tel évêque, tel préfet de police, un aristocrate amateur, un ambassadeur de Prusse, finalement donc après tant de navigations, le livre d'Herrade ("l'abbesse" dira sobrement Thelja admiratrice)... fut détruit – irrémédiablement détruit – la nuit du 24 août 1870 par des obus prussiens tombés dans le chœur de l'église des Dominicains, place du Temple-Neuf. Strasbourg, assiégé depuis douze jours déjà, continuera à recevoir les bombes incendiaires, jour et nuit, durant tout le mois suivant.

Ainsi, l'*Hortus deliciarum* est brûlé ; sont partis en fumée aussi les chefs-d'œuvre du musée de peinture et de sculpture de l'Aubette ; détruites, les deux bibliothèques contenant deux mille cinq cents manuscrits précieux ! Sous les obus, tout le centre-ville est réduit en ruines : palais de justice, gare, théâtres, hôpitaux, maisons particulières, et jusqu'au clocher de la cathédrale majestueuse, atteint au point de soulever l'indignation de Victor Hugo, et, à sa suite, de tous les grands artistes européens d'alors !

— Or comment se fait-il qu'aujourd'hui, moi, l'étudiante algérienne, je souffre tant pour ce seul livre ?... Les pierres ont été reconstruites, mais l'original du *Jardin des délices* ? Les copies posthumes que rendirent possibles les reproductions de l'archéologue Bastard d'Estang, lui qui avait gardé, au siècle dernier, le fameux livre, ces copies récemment réalisées ne sont-elles pas une quasi-résurrection du chef-d'œuvre ?... Elles devraient me suffire, me consoler !

Sortant de la bibliothèque tout en soliloquant, les yeux pleins encore de l'éclat des enluminures, flottant presque dans la vision de leur rouge saturne, de leur bleu outremer, transportée par tant d'images somptueuses, Thelja persiste à voir, au-dessus du martyre de la ville, cet été 1870 – près de quatre mille morts et blessés parmi les civils, cinq mille maisons détruites – oui, Thelja croit voir flotter dans l'air tantôt "la femme de l'Apocalypse", tantôt "l'arbre de Jessé" d'inspiration byzantine, ou même "la procession Sybila" représentant la cinquantaine de nonnes du couvent d'Herrade, à la manière des mosaïques de Palerme...

Thelja, se dirigeant chez Eve, se dit que non, l'abbesse géniale n'est morte, ni lorsque les labeurs de sa charge eurent raison de son inlassable inventivité, ni davantage durant l'incendie d'août 1870.

— Comment me consoler de ne jamais pouvoir tenir entre les mains l'original du livre d'Herrade ? Est-ce parce que, à force d'avoir lu tant de documents sur le siège terrible de Strasbourg, je vois, oh oui, comme si j'y étais, j'assiste physiquement à la révolte des Strasbourgeois, sortant peu à peu des caves où ils s'étaient terrés durant les quarante-huit jours de bombardements : ils apprennent avec stupéfaction l'abdication finale de la ville, certains se mettent à appeler à l'émeute patriotique !… Vraiment, cet acharnement désespéré, comme il me plaît, comme il me paraîtrait familier : en tout cas digne vraiment de leur ancienne compatriote, la femme-écrivain la plus admirable de cette Alsace !

L'esprit enfiévré par les couleurs des enluminures et par le souvenir du courage des Strasbourgeois ("à peine cent quinze ans auparavant, autant dire hier !"), l'Algérienne, si détachée soudain de son histoire d'amour, entra gaiement et sans s'annoncer, chez son amie, à Hautepierre.

3

— Eve, je t'ai dit auparavant, je crois, que j'ai quitté Halim, qu'il est venu l'été dernier, que je n'ai pas voulu rentrer, que le petit Tawfiq me manque, mais que tant pis…

Eve s'est rapprochée de Thelja : elles sont assises par terre, sur un tapis plié en deux, des coussins à leurs pieds. La petite Mina, au fond de la pièce, examine sur le sol les photographies développées, peu avant, par Eve – son travail du matin, justement.

Thelja reprend avec difficulté :

— Je suis venue jusqu'ici pour toi, pas seulement pour toi !… C'est aussi parce que je passe mes nuits avec un homme, un étranger.

— Tu veux m'avouer des nuits d'amour ? taquina Eve. Pourquoi commences-tu ainsi, presque sur un ton coupable ? Je suis ton amie, non ? Tu parles comme tu veux, tu dis ce que tu veux, tu te tais si tu préfères… L'essentiel, nous nous retrouvons enfin, après si longtemps, n'est-ce pas ?

— Je te raconterai un jour… Enfin, bientôt, quand je partirai !

— Et si vous veniez tous les deux chez nous, pour une soirée amicale ?

Demain, Hans sera là… (Eve éclata de rire.) Peut-être que tu ne veux pas le montrer ? Serait-il "inavouable", comme disent les honnêtes gens ? Un homme marié ?

— Non, répondit Thelja, ou alors c'est presque pareil ! Un homme veuf. Un veuf dont je ne sais même pas s'il est toujours inconsolable… Cela, en fait, m'est égal : je le découvre soudain. S'il est hanté par l'autre, celle qu'il a perdue il y a seulement un an ou un an et demi, peut-être qu'au fond, c'est cela qui m'attire : je fais l'amour avec un étranger, et en plus il est comme sourd. Il semble m'entendre, il me touche, il caresse mon corps, mais tout ce que je dis, ce que je veux dire, ce que j'oserai avouer, peut-être qu'il ne l'entend pas vraiment, ou quand cela lui parvient, c'est trop tard !… Je ne serai plus là !

— Puis-je, demanda Eve en se levant (elle ajouta, en parenthèse : "je cours apporter du thé ; j'en ai besoin, toi aussi !"), puis-je, reprit-elle en s'éloignant, te faire une remarque ? Tu réfléchiras et tu me répondras dans deux minutes : tu as dit par deux fois : "un homme étranger". Qu'entends-tu par là ?

Eve disparut dans la cuisine. Au fond, Mina, accroupie au milieu des images en noir et blanc, chantonnait distraitement.

Thelja s'allongea sur le tapis, fixa le plafond assez bas. A cet instant, Mina, s'arrêtant de fredonner, s'approcha de l'appareil de sono, mit un disque de musique marocaine ancienne.

Au milieu d'une chanson de *melhoun* (une poésie savante vieille de trois siècles, conservée par les artisans de Meknès), un ténor de Fez, que Thelja reconnut et qu'elle aimait, continua une chanson si populaire chez tous les citadins du Maghreb, intitulée *La Complainte de la bougie* :

Pourquoi, ô mon aimée, pleures-tu
Pareille à ma bougie qui lentement s'écoule
Pourquoi...

C'était le refrain d'origine andalouse, adouci par les variations du dialecte : la douceur de la voix, la mélancolie des paroles l'enveloppèrent.

Elle allait répondre à Eve, mais Eve s'attardait à la cuisine, tout en ayant entrouvert la porte.

"Un étranger ? C'est-à-dire quelqu'un que je ne pourrai aimer ainsi, au creux de cette beauté de ma langue d'enfance !... Me retrouver au plus profond de moi-même, en me donnant, en m'anéantissant !... Oui, un étranger, pourquoi ai-je d'abord défini ainsi l'amant de ces nuits ?"

Mina arrêta le disque. Thelja cessa de se questionner, suspendue dans cet arrêt : elle allait tout oublier peu à peu, sauf cette chandelle qui fondait, sauf la tendresse chaude de la voix, le velours de la langue qui glissait sur l'empreinte, en elle, de son plaisir récent.

Mina, dressée, s'avança au-devant de Thelja. Son air était d'une curiosité aiguë :

— Tu le connais, cet air ? murmura-t-elle en arabe.

— Bien sûr, sourit Thelja en fredonnant le couplet interrompu. Mina, attendrie, soupira à regret :

— Je dois partir ! Touma va me gronder ! Elle doit se demander...

Prestement, la fillette tourna le dos, disparut alors qu'Eve arrivait avec un plateau contenant deux tasses de thé fumant et, naturellement, de la pâtisserie orientale.

— Demain, en soirée, je viendrai sans doute, seule ou avec "lui"... Si je viens seule, en fin de soirée, je me ferai déposer par taxi à l'hôtel.

— Un hôtel du centre ? fit Eve, tout en servant le breuvage.

— Tu vas rire : depuis le début, une fantaisie m'a prise. On se retrouve, lui et moi, au même café-restaurant, mais moi, je tiens alors à changer chaque nuit d'hôtel. Comme j'ai toute la journée pour arpenter les rues anciennes au hasard, je choisis tel ou tel quartier selon mon humeur… Je lui ai proposé ce jeu, dès le premier soir… Je ne lui dis mon choix de la nuit qu'au moment du dîner !… Pourquoi ? Peut-être une façon de lui faire sentir, chaque soir, qu'il doit devenir nomade ! Sans attaches, comme moi, mais dans sa propre ville, celle de son passé, celle où il travaille ! Peut-être qu'ainsi il ressentira, chaque matin, combien je suis prête, à tout instant, à partir : je ne suis pas venue pour une "liaison", comme on dit ici, je…

Elle eut un geste de désarroi, s'arrêta… Elle reprit d'une voix rêveuse :

— Ce soir, je sais déjà que je choisirai l'hôtel de l'Ecluse, en dehors de la ville… Demain, c'est samedi, nous pourrons flâner ensemble.

Un silence. Des éclats de voix dans l'escalier. Thelja ajoute vite :

— Si je lui demande, dès ce soir, que nous venions, demain, chez vous, il acceptera, il m'accompagnera… Je te téléphonerai, le matin.

— En somme, tu fais la fantasque !

— Oh, seulement pour les lieux… pour la chambre !

Thelja s'arrêta, sa voix chavira.

— Mais enfin, s'impatienta Eve qui voyait son amie se figer (elle lui entoura les épaules, s'approcha, ausculta de près ce chagrin-là, quel chagrin…), enfin, tout cela, c'est quand même une histoire d'amour, non ?… Tu es bien, au moins, dans chacune de ces nuits ?

Thelja, au bord des larmes, se laissa consoler, sans savoir de quoi. Elle but une tasse brûlante, tendit la main vers une pâtisserie ; geste à l'arrêt.

— Nous sommes pareilles, continuait Eve quasi maternelle, complice aussi. Tu es restée sage et studieuse depuis que tu as quitté Halim : une année entière sans faire l'amour !

— Ne parle pas ainsi, protesta Thelja qui se mit à rire, nerveusement.

— Fais comme tu veux, pour demain soir ! Si tu ne viens pas, ou si vous n'arrivez pas tous deux, toi et ton séducteur, eh bien, je me mettrai au lit très tôt avec mon Hans !…

Eve eut un sourire radieux.

— Moi, contrairement à toi, rétorqua doucement Thelja, je ne suis sûre que de cela : je ne serai plus jamais enceinte. En arabe, comme c'est révélateur, on dit "lourde" ! Non, je ne serai plus jamais lourde !

Ce fut le tour d'Eve, de choisir un disque, de faire entendre un air, son chant préféré d'il y a si longtemps, du temps de leur lointaine amitié : l'air de *La Traviata* chanté par Maria Callas.

Elles écoutèrent le lamento en silence, attendries par la souvenance de leur premier amour chacune, alors que Thelja s'émerveillait du lacis des venelles de Marrakech-la-Rouge. Autrefois…

Son sourire revenu, elle se secoua :

— Je pars, Eve ! Merci et à demain, promit-elle.

Dégringolant l'escalier, elle se heurta à un homme, très brun, la trentaine, l'air sombre et d'une fière allure. Risquant de la bousculer en montant, il s'excusa : dans son élan, elle continua à descendre, ayant à peine souri. En bas, les bribes de voix de l'inconnu lui parvenant enfin, elle nota machinalement un accent algérien : "ce doit être le père, ou le frère de Mina !" se dit-elle, découvrant alors une ressemblance de l'homme au regard vif avec la fillette des voisins ; elle oublia aussitôt l'incident. Elle prit le bus pour rejoindre le centre de Strasbourg.

Là-haut, dans le petit appartement, Eve, en rangeant la chambre, puis en examinant son travail de photographe du matin, revenait sur la façon qu'avait eue son ami de répéter : "un homme étranger".

"L'étranger absolu, songea-t-elle, demain, ce sera Hans. Lui, mon amour allemand que ne pourra s'empêcher de me reprocher mon cousin, à leur déjeuner du samedi !"

4

TROISIÈME NUIT

— *Si nous devions partager ensemble, pas seulement des nuits, mais des jours et des nuits sans fin – la voix de Thelja s'écoule en cascades d'un rire léger, si frais dans la pénombre de leur chambre –, j'aimerais aller au concert avec vous ! Vous viendrez à la sortie de votre travail ; moi, au contraire, j'aurais eu tout le loisir pour me préparer, m'habiller, paraître soudain coquette… Je serais pour une fois élégante… une dame, presque ! Nous nous retrouverions, vous me regarderiez comme la première fois,*

— *La première fois, je n'avais pas la chance de ce soir : tenir ton buste nu dans mes bras !*

— *Laissez-moi donc rêver ! Pour plus tard, ou pour jamais,*

Il éteignit la lampe. Il fut sur elle, avec violence. Il lui ferma la bouche, de sa bouche… Il l'écrasa de son corps, il la précipita dans des ébats impatients, puis fougueux… Elle résista un moment, tenta de glisser sur le côté, mais il lui étouffait ses lèvres, lui fermait les yeux de ses paumes fébriles, son rire à elle reprenait, en ultime défense… Il murmura, il répéta avec dureté : "pour jamais, non, non !", puis il reprenait sa bouche dans un baiser qui voulait la contraindre, lui faire avaler ses mots à elle ; il protestait à nouveau, scandant en murmures bas : "pour jamais… non !" et il le pressait encore comme s'il fallait extirper ces mots noirs, cette fois, de ses hanches, de son ventre, de… Elle ne lutta plus. Deux ou trois fois encore, dans le noir, la voix, encore presque coléreuse, de l'homme s'éleva : "pour plus tard, ou pour jamais… non !" Ils s'accouplèrent.

Sa bouche à elle ; il l'étouffait encore de son souffle qui se calma lentement. Elle se dégagea ; du moins, libéra son visage, ses cheveux, ses lèvres :

— Moi qui ne désirais, cette nuit, que parler !

— Parle, Neige… et pardonne-moi !
Il reprit, en amorçant avec douceur, quelques caresses, presque d'aveugle, ou d'amant distrait.

— Je ne te laisse que mes jambes, contre les tiennes. Allume, je t'en prie ! Même si tu t'endors – et elle craignit qu'après cette lutte d'amour il ne sombrât dans un somme même bref – je désire... parler pour toi, pour nous deux, pour cette nouvelle chambre à nous !

Il ralluma. Dans un éclair, le visage de François est décapé par une blancheur crue. Ses yeux cernés, son front dégarni... Il s'était soulevé, à demi penché vers la lampe ; il se laissa retomber contre Thelja, le souffle précipité encore. Le long oreiller glissa loin du lit.

Elle enjamba le corps de l'homme, sauta sur le sol, reprit le coussin, le rejeta sur les draps. Elle rit joyeusement, comme en plein jour. Nue ainsi, la ligne onduleuse de son corps se découpant contre les ombres du mur, elle parut soudain une passante sur fond de paysage nocturne. Elle se baissa, chercha sa chemise de nuit qu'elle avait, d'un mouvement du bras, ôtée dans leurs étreintes :

— Je me rhabille, à cause du froid !... Je reviens contre toi ! Tes jambes...

Finalement, elle s'accroupit en tailleur, face à lui, au fond du lit. Elle lui prit une cheville, la caressa jusqu'au genou, lentement, avec scrupule ; ses doigts remontèrent jusqu'aux flancs. Elle leva

à peine cette jambe (tout en pensant :
"j'apprécie ce mollet, presque d'un jeune
homme long et svelte"), puis elle frôla
seulement la cheville d'un long baiser
tendre.

— Ce baiser-là, c'est ma tendresse...
Souviens-toi, peut-être te l'ai-je déjà dit
une fois : les corps des hommes, même
tout habillés, je les considère toujours à
partir des jambes... Leur longueur dans
le rapport au corps entier, leur façon de
marcher ou de monter un escalier...
Parfois, à une terrasse de café, je me
surprends à observer... comme un
sculpteur... enfin (elle rit) une sculptrice !

Il l'écouta, n'osa demander — lui qui,
en effet, depuis son veuvage, avait abandonné les deux ou trois sports qu'il
pratiquait depuis l'enfance, avec régu-
larité — si elle l'avait remarqué, lui aussi,
pour ses jambes... Au café parisien, lors
de leurs premières rencontres, alors
qu'ils prenaient des habitudes, elle arrivait toujours un peu en retard, s'approchait les yeux baissés, souriait d'un
coup comme si elle se présentait pour
offrir son propre contentement. Ensuite,
quand il parlait, quand surtout elle écoutait, s'absentait presque ou le paraissait,
elle ne semblait regarder autour d'eux
que le vent, que les jeux du soleil dehors.

— Vous vous êtes emporté parce que j'ai dit "pour plus tard, ou pour jamais !"... Non, ce que j'aime – je le sens maintenant – dans l'amour (et voyez-vous, je n'ai que mon expérience avec Halim à Alger, puis ces jours-ci... avec vous ; c'est tout !), pourtant, j'en suis sûre : j'aime ce dialogue à la fois de nos corps, et la façon dont je peux délier enfin ma parole... A cause, à cause, bien sûr, du plaisir, mais aussi de notre attention au cœur même de ce plaisir, de la tienne aussi... et seulement après, de la tendresse !

Son visage se présente dans le halo de lumière de la lampe ; son regard, tandis qu'elle parle comme à tâtons, cherche dans les recoins de la chambre, aux quatre angles du plafond sur les franges de la pénombre, au-dessus d'eux... François ne dit rien ; il écoute.

— Oui, ce que j'aime, reprend-elle, c'est le vrai temps de l'amour, ou au moins son rythme, ses arrêts, ses silences, puis, comme tout à l'heure, à cause de mes mots imprudents, de ta vive réaction, cette brûlure soudaine... Tu vois, à peine commence-t-on à se connaître que c'est ce flux que l'on apprend, chacun de l'autre... La durée de l'amour, je ne vois pas d'autre mot : chaque fois, inventer, trouver l'approche lente ou

116

brusque, nous entrepénétrer, nous éloigner, nous frôler à nouveau, nous sentir, nous pressentir de loin… Cela devrait s'écouler toujours ainsi dans un couple : le cours secret de la recherche, ce code qu'établissent très vite les deux corps, aux aguets ou toujours en mouvement… L'amour, n'est-ce pas la métamorphose ainsi entrevue ? Je divague ? Je discours ?… Excuse-moi, je cherche… à dire mon désir en moi et mon désir de toi, durant ces nuits, dans ta ville.

Accroupie contre le bois du lit, elle palpait de ses doigts légers le pied, la cheville, le mollet de l'amant. Il s'était, lui, à demi relevé, pour ne rien perdre du visage de la parleuse : la peau qui semblait de couleur ambre, les sourcils arqués et si noirs, le regard sombre des yeux étroits, la ligne droite du nez, un peu courte, les pommettes hautes, triangulaires qui accrochaient la lumière, enfin la broussaille des cheveux frisés, mangée en partie par l'ombre… Ses mains remontaient, par touches légères, le long des jambes masculines, tandis qu'elle s'était remise à décrire – comme si elle soliloquait, car ses paupières restaient baissées et sa voix à peine chuchotante – ce que serait "pour plus tard ou pour jamais" (elle ne prenait toujours pas la mesure, se dit-il, de son *inconsciente cruauté), ce que serait, déclarait-elle, leur connaissance "dans la durée".*

Quand, au cours de ses méandres, vers la fin, presque sur un ton ensommeillé, il l'entendit parler de "la neuvième nuit". Il ne comprit rien, annonçait-elle le malheur ? Il savait certes sa présence ici momentanée. Mais pourquoi neuf... Neuf nuits ? Cela signifiait quoi ?

Il lui tendit la main, tout en délivrant ses jambes. Il la tira vivement à lui. Elle tomba sur sa poitrine avec un demi-rire. Il l'étreignit sans un mot ; de l'autre main, il éteignit la lampe.

Dans le noir, il la couvrit avec précaution ; il installa la tête de Thelja contre son épaule à lui. Il la voulait soudain enfant ; "son" enfant, le temps juste de plonger, de s'engloutir ensemble ; de tenter de conjuguer leur double sommeil, deux ombres libérées flottant sur un sentier d'ombre, indéfiniment... Peut-être surgiraient-ils le lendemain, exactement à la même seconde, à la lumière... Il désira débiter dans cette obscurité, pour l'amante, un chapelet de diminutifs, de surnoms tendres, d'abréviations drôlement dites, de... Elle dormait déjà : elle le devançait, elle s'élançait la première sur cette allée nocturne qu'il entrevoyait pour eux. Il ferma les yeux, avide

de la rejoindre, peut-être de la chevau-
cher hâtivement sans qu'elle se réveille,
lui seul ramant et ramenant au lende-
main la trace de leur fusion, ou, à défaut,
de leur sommeil gémellé.

A l'aube, le lendemain, ce fut lui, le
bavard. L'amoureux bavard : car il ne
parla ni de l'amour, ni des couples liés
pour quelques jours, ni même du leur
– pour cela, il lui aurait fallu demander,
avec précaution, comme on s'approche
d'un point douloureux (au creux d'une
hanche ou à une jointure, en brusque
lancée…), que signifiaient ses derniers
mots à elle, alors qu'elle penchait déjà
dans un sommeil alangui, "la neuvième
nuit". Quelle nuit, la prochaine, une
autre, écoulée et qui ne les concernait
pas tous deux ?… Il se garda de question-
ner. A quoi bon interroger, lorsqu'on se
réveille presque simultanément à la mi-
nute, pas tout à fait rose, et pas encore
d'or pâle, celle d'avant "les doigts de
l'Aurore" ? Simultanément : oui, la tête
de Thelja était restée immobilisée contre
lui, au-dessus de son épaule gauche. Ils
n'avaient bougé ni l'un ni l'autre. Ses
cils palpitant là, tout près, elle quémanda
un baiser du bout des lèvres, soupira,
prononça deux ou trois mots qu'il ne

comprit pas, "de l'arabe, c'était peut-être de l'arabe", il n'en était pas sûr, sans doute dialoguait-elle avec sa grand-mère qui, avait-elle dit brièvement une fois, ne parlait que le berbère chaoui... Elle se réveilla tout à fait en entrelaçant ses jambes aux siennes ; elle s'assit, se détacha et lui claironna un joyeux "bonjour". Un rayon de soleil, l'instant d'après, filtra par les persiennes.

Ils convinrent très vite – se recroquevillant à nouveau dans les bras l'un de l'autre – qu'ils ne se presseraient pas de sonner pour que leur soit monté le petit déjeuner. Rien d'urgent : c'était samedi. François était libre. Ils auraient toute cette journée pour eux !

Ce fut peu après qu'il parla. Elle avait d'abord gémi, avoué, un peu gauchement, qu'elle aimait faire l'amour au petit matin, qu'elle se savait exigeante, que le fait de le lui dire à présent, "c'était comme s'ils l'avaient fait, qu'il ne la prenne pas, par cet aveu, pour une goule" – car elle eut ce mot étrange, presque obscène sur les lèvres. Elle ajouta tranquillement que l'amour fait au petit matin se teintait certes de mollesse, qu'il entraînait rarement le vertige nocturne, ou l'ivresse longue, cahotée des après-midi,

120

d'hiver ou d'été, seulement "cette lan-
gueur" ou, rectifia-t-elle, "cette moiteur",
et elle conclut :

— Voilà, de vous avoir avoué mes
faims et mes fantasmes, au risque de
paraître obsédée, cela me suffit ! Je n'ai
envie à présent que de me tenir chaste-
ment dans vos bras !... Traînons ensem-
ble pour cette "grasse matinée". Quand
nous aurons envie de boire et de man-
ger, nous aviserons. Peut-être vaudra-
t-il mieux descendre ! Si un garçon, si
une jeune servante entrait maintenant
avec un plateau, j'aurais honte et ils me
seraient importuns !... Je ne supporte
pas d'être servie !

Ils se rendormirent à moitié, tout
emmêlés, leurs pieds se cherchant, se
battant ; Thelja riait à petits coups dans
son alanguissement. Elle se retrouva,
peu après, les yeux ouverts, lovée contre
les hanches de François : "je te pèse un
peu, tant pis pour toi !"

5

Il parla, sans l'avoir voulu. Il parla de la
ville, de sa ville. Il dévida ses jours d'enfant dans Strasbourg d'autrefois. Dans

Strasbourg vide ; ou plutôt vidé… Il fut projeté si loin, dans ce désert qu'il n'avait jamais évoqué ni avec Laura autrefois, ni à plus forte raison avec sa mère – une seule fois, pourtant, cette dernière s'était plongée dans les jours de Noël 1939, cela avait émergé d'elle, quatre ou cinq jours avant sa mort, quand elle n'arrêtait pas de délirer, à cause de la douleur lancinante et avant que les médicaments, avalés en dose de plus en plus massive, ne l'aient assommée. Elle s'était, par lambeaux de phrases, par mots déchirés et griffés, engloutie dans ces quatre jours du désert de Strasbourg – elle, l'épouse désespérée, traînant à ses basques le garçonnet de cinq ans.

François, dans la chambre de la clinique où il entrait – cela s'était passé trois ans auparavant –, François avait affronté ce délire, cette revisitation à vif de leur première douleur ensemble, dont ils n'avaient plus jamais parlé par la suite. Il comprit que l'agonisante était retournée là-bas, sans doute définitivement. Marchant dans les rues enneigées d'une cité abandonnée, elle longeait à nouveau sa torture la plus profonde, l'entaille indélébile. Il écouta deux, trois phrases, puis quelques bribes isolées, incohérentes, chargées de la même vibration ; pour finir, il saisit le prénom du père que la malade exhala, plusieurs fois, plainte soudain émise par une voix de femme rajeunie – oui, le prénom du mari qu'elle avait renié autrefois.

François sortit de la clinique, le cœur lourd. Il ne put retourner au travail : non parce qu'il pressentait la fin de la "mamma" autoritaire, épouse qui s'était voulue indéfiniment offensée. Il avait fini par croire qu'il avait oublié ces journées, la vacuité de la ville abandonnée de ses habitants, cette neige aussi qui ne fut jamais pareille à une autre neige, les hivers suivants. Il n'avait rien oublié. Il marcha dans Strasbourg ce jour-là, dans un début d'analgésie ; sa mère était gisante, délirante dans sa chambre de malade, lui déambulait sans voir les gens, les commerçants, la foule pressée, les enfants, la ville. Il ne distinguait que les façades de pierre ou de grès rose ; quelquefois son regard accrochait des pignons dentelés là-haut qui lui semblaient familiers, des colombages vénérables vaguement reconnaissables, dans une rue d'enfance. Il erra dans la "Petite France" avec son lacis de canaux, comme s'il découvrait ceux-ci pour la première fois, dans un gris cendré de rêve éveillé. Il s'attarda ensuite devant deux ou trois ponts sur l'Ill, préférant ne faire face qu'à leurs reflets dans l'eau fluctuante à leurs pieds.

Les statues, à leur tour, se découpaient devant lui contre un pan de ciel, quand il tournait la tête : on aurait dit qu'elles venaient à lui, immobilisées, mais vibrantes, orgueilleuses.

Quelquefois, un détail – un être vivant – retenait son regard exorbité ; il s'arrêtait, le pied à demi soulevé, la vision le figeant presque : c'était devant un chat, à la fourrure palpitante, qui l'observait, impassible ; un peu plus loin, il tomba sur le spectacle de trois ou quatre félins s'affrontant sans pitié dans un ruisseau. A un carrefour, il fixa dans les yeux un bouledogue, n'aperçut pas la laisse qui rattachait la bête pensive à son maître ; ce dernier le heurta. En somnambule, François ne voyait plus les humains ; cette journée où sa mère agonisait, s'étira, violette et vidée de sons... Il retourna à la clinique : la malade ne parlait plus. Son coma s'avérait irréversible.

A sa mort, deux jours après, puis aux funérailles, François fut d'un maintien presque froid. Il veilla à tout, reçut les condoléances, s'occupa des cousins, venus de loin et qu'il avait oubliés.

Il partit en voyage, la semaine suivante, sans sa femme, qu'il n'avait pas encore perdue, mais dont il se croyait, comme toujours, éloigné.

*

Il parla donc, tout contre Thelja qui, dès les premières phrases, l'enlaça, le retint, immobile, à demi nue, approchant son souffle à peine perceptible contre le cou de François.

Dans les bras de l'amante, l'aurore éclairait peu à peu la chambre… François s'étonna que l'image de la mère, réaffluant, ne fût pas celle de la vieille agonisante, mais d'une jeune dame en tailleur sombre, un garçonnet si frêle dans sa redingote à ses côtés, le couple s'avançant sur fond de paysage de neige.

… Une ville où les immeubles aux façades gelées, aux balcons dentelés de glace, transformaient la vision de la mère et de son fils en une séquence d'un autre temps.

Evoquer cet hiver 1939 et Strasbourg qui en était à son quatrième mois de dépeuplement. François explique (Thelja le presse avec douceur, sa main lui flatte la nuque) : la mère avait décidé de revenir à Strasbourg ; elle avait quémandé les autorisations administratives. Elle avait prétendu qu'elle devait emporter, de sa maison bourgeoise, au centre-ville, des affaires nécessaires, des papiers notariés indispensables !

— Car nous étions partis avant l'exode des 2 et 3 septembre. Comme certains privilégiés, au cours du mois d'août où s'étaient accumulées les menaces... Mes grands-parents maternels étaient de gros fermiers installés dans un bourg en arrière de la ligne Maginot... Mon père insista pour que nous les rejoignions !

— Ton père fut mobilisé sans doute ! remarqua Thelja.

— Oh non !

François fut secoué d'une quinte de toux. Thelja délia son étreinte.

— Tu veux vraiment parler ?... Tu pourrais laisser à une autre fois ! intervint-elle, inquiète.

Il retrouva une respiration régulière. D'autorité, il reprit l'amante dans ses bras.

— Tiens-moi comme tu le faisais !... Mon père, reprit-il après un silence, était un enseignant de l'université de droit, absorbé par ses recherches. Il sympathisait, bien des années avant la guerre, avec les autonomistes alsaciens... (Il murmura.) Je t'expliquerai ensuite ce mouvement, sa légitimité théorique, puis ses dangers, disons ses dérives à ce moment-là… En tout cas, mon père avait écrit en 1937 un article d'une polémique assez imprudente… Par ailleurs, il ne s'entendait plus très bien avec ma mère. Il fréquentait, les derniers temps, je crois, des réunions dont il ne disait rien… Sans doute ma mère soupçonnait-elle une femme dans sa vie !

Le soleil entra par la porte-fenêtre. Un carillon sonna au loin ; son écho se prolongea… Le narrateur ne semblait rien entendre du présent. Thelja posa un précautionneux baiser sur l'épaule froide de François qui continuait :

— Je me souviens du tocsin le 2 septembre, à l'aube… Nous étions à Oberhoffen : les villages devant être évacués n'étaient pas tellement loin de nous… Des paysans stupéfaits envahissent nos routes : leurs charrois de bœufs, leur bétail en file derrière, commencent à défiler… Je me trouve près de grand-père, à l'entrée du bourg ; nous sommes spectateurs. Des garçons à peine plus âgés que moi roulent à vélo, le porte-bagages chargé, le masque à gaz autour du cou… Ils ne paraissent pas effrayés, eux ; plutôt excités, comme au début d'une aventure… La foule s'épaissit : des groupes avec charrettes, des cyclistes, tout encombrés cette fois, s'avancent l'allure soucieuse ; les attelages à vaches, derrière, arrivent plus lents.

Près de nous, des gendarmes, à présent, tentent de canaliser ceux qui affluent de toutes parts... Grand-père et moi, nous nous approchons du restaurant si renommé de notre village : la patronne s'est mise à servir du café au lait et du pain aux enfants, à leurs mères qui font halte. Le soleil doit chauffer déjà...

Je me souviens d'un vieil homme, plus âgé que Grand-Père. Il va à pied, bras ballants, regard absent. Il s'arrête face à nous ; peut-être remarque-t-il le visage vénérable, à la barbe imposante, de Grand-Père. Une fillette de douze ans vient le tirer par la main, pour qu'il avance. Il résiste.

Derrière son dos, l'enfant s'approche de nous et explique :

— Il ne voulait pas quitter ses bêtes, surtout ses chiens ! Car nous avons dû les enchaîner, eux : c'étaient les ordres. Or les chiens, parce qu'ils ont compris qu'on partait sans eux, les chiens pleuraient... Ils tiraient sur leurs chaînes. Ils pleuraient vraiment !... Pépé a refusé de partir. Il voulait rester avec eux !... Il a fallu le forcer !

La fillette retourne, lui prend la main, réussit à le faire bouger...

François s'assoit contre le cadre du lit, cherche une cigarette. Thelja la lui tend, la lui allume.

— Après, toute la journée, les expatriés défilaient devant nous !… Ils ont dû passer la nuit plus loin, dans des granges ou chez l'habitant… Le surlendemain, aux centres de recueil, ils ont dû laisser définitivement leurs chevaux, leur bétail. Les trains leur ont fait traverser, en diagonale, la France, jusqu'au Sud-Ouest.

Un silence dans la chambre. François fume. Thelja épie les traits de celui qui a parlé, "alors que sans doute, se dit-elle, il a parlé surtout pour s'entendre, une fois au moins, après cinquante ans de mutisme. Il a parlé pour mettre des mots précis sur tant d'images, tant de fantômes aussi !"

— Mon père, reprend François (il s'est étendu de tout son long ; Thelja n'a pas bougé : elle lui caresse distraitement la cheville tout près d'elle), mon père, une seule fois, envoya une lettre à ma mère à Oberhoffen…

Une seule lettre de Père, puis plus rien… Il faut te dire que certains de ses amis autonomistes furent arrêtés, puis incarcérés à Nancy par les autorités françaises dès novembre 1939. Le jugement se fera début 1940 ; il sera terrible pour leur chef !… Je me souviens ensuite des jours d'automne à Oberhoffen. Grand-Père s'occupait de moi, chaque matin : il m'apprenait à lire, en allemand et en français… Il avait été enfant et adolescent peu avant 1900, sous la première occupation allemande… A la maison, il parlait alsacien.

François sourit : l'image de l'aïeul dans son rôle d'instituteur l'attendrissait.
– Cet automne, j'aurais dû rentrer à l'école, chez les Jésuites. Mais les Pères avaient fermé : tous s'attendaient à l'invasion allemande, qui n'arrivait pas… Sur quoi, Mère décide de retourner à Strasbourg, malgré les réticences de Grand-Père. Elle annonce qu'elle m'emmènera avec elle !

Thelja s'immobilise. Les secondes qui suivent, François rêve : il revient à sa hantise première, la ville étincelante de neige, le couple trottinant dans ces rues anciennes – la jeune dame durcie et décidée, son fils ne comprenant rien, accroché seulement à elle dans cette marche qui devient interminable… Elle s'était obstinément fixé comme but de retrouver l'époux. Comment avait-elle déduit qu'il se cachait d'elle, autant que des autorités, et dans la ville même ?…

Dans la ville, ne restent que les vigiles, les soldats des casernes, les pompiers ; quelques cheminots de la SNCF… Nous sommes là quatre jours avant la Noël. L'un des cousins de ma mère, qui travaillait aux chemins de fer, a dû venir un soir chez nous ; il nous propose un laissez-passer pour la messe de minuit, prévue dans la cathédrale… Ma première messe de Noël, s'exclame François avec un rire amer.

Thelja change de place dans le lit ; elle revient contre François.

— Je suis si bavard ! s'exclame-t-il.

— Mais je t'écoute, mais oublie-moi ! murmure-t-elle avec un léger baiser sur la main de François, comme si elle désirait, non pas s'insinuer dans ce passé, plutôt lui permettre de s'évaporer… ("La voix, remarque-t-elle, sa voix est plus rauque, ce matin : pas comme en pleine nuit, quand le passé ne réapparaît pas ainsi, en intrus ou en rebelle, comment savoir…")

François se laisse embrasser. Il palpe la chevelure de son amie, distraitement. Il s'est réimmergé dans ce froid : le couple, mère et garçonnet, repartait en quête, chaque matin. Autour d'eux, façades interminables, peinturlurées de neige solidifiée ; les canalisations crevées avaient déversé leurs eaux, vite transformées en glace, stalactites et stalagmites faisaient des avenues principales un décor fantastique pour opéra que nulle musique ne réveillerait…

— Cette nuit de Noël, reprend François, j'entends presque la neige crisser sous nos pas tandis qu'accompagnés du cousin, Mère et moi, nous avançons, à onze heures du soir, vers la cathédrale. Des monticules de sacs de sable cachent presque totalement le grand portail. Nous sommes entrés par le petit portail du côté de la rue du Dôme ; là, je me souviens, un contrôle strict… Ma mère devait être l'une des rares femmes… Obscurité profonde à l'intérieur ; la plupart des vitraux anciens ont été démontés, remplacés par des plaques de bois… A travers quelques-uns restés en place, des rayons de lune blafarde passent toutefois et trouent l'ombre… Nous descendons jusqu'à la crypte illuminée ! La plupart des assistants sont en uniforme… Emotion, ferveur de l'assistance. Un chœur d'hommes entonne un chant de Noël. A la fin de cette cérémonie, Mère resta figée à la porte, dévorant des yeux chaque visage de soldat, ou de simple civil, qui sortait !… Elle qui ne fut jamais très pieuse, sa recherche de l'époux ne la laissait pas en repos, même cette nuit !… Je vois les lumières, j'entends surtout

le chœur chanter : *"...still Nacht, Hei-
liige Nacht !"*

Ces derniers mots, Thelja ne les comprit pas ; elle supposa que c'était un
chant alsacien qui terminait cette évocation matinale...

Elle se détache des bras de l'homme,
saute du lit tandis qu'il fume à nouveau
en silence. Elle se retourne ("Pourquoi,
mais pourquoi tout ceci est-il remonté
ainsi, malgré le soleil ?"), elle embrasse
doucement François sur le front, sur la
main. D'un doigt, mutine, elle fait semblant de lui effacer quelques rides, entre
les sourcils, autour de la bouche.

— J'ai faim, soupire-t-elle. Je me douche, je m'habille. Je vous attends en
bas, face au fleuve, vous verrez... pourquoi j'ai choisi cet hôtel de l'Ecluse !

Elle disparaît dans la salle de bains.
François écoute le bruit de l'eau qui
gicle tout à côté, continûment, sur le
corps nu, le corps vivant de l'amante.

Elle chantonne, et pas en français ;
dans sa langue maternelle probablement. Elle apparaît peu après, enveloppée d'une serviette serrée au-dessus des
seins. Elle se ploie en arrière pour sécher
ses cheveux, en secoua la masse emmê-
lée. Disparut. Puis elle revient habillée

d'un slip et les seins libres. Elle enfile prestement un jean, remet son chemisier rayé de la veille.

Sans se rapprocher, ayant cessé toute câlinerie, elle lui fait un geste de la main :

— Vite, murmure-t-elle en clignant des yeux sous un rayon de soleil qui l'éblouit. Je vous attends !

IV

L'ENFANT ENDORMI

1

— Aujourd'hui samedi, presque dix heures déjà ! Ma séance de piscine ! Je me lève, Thelja. (C'est moi, Eve, qui, croyant soliloquer, m'aperçois que, te sachant dans ma ville, t'attendant ce soir – mais j'attends aussi avec impatience Hans –, oui, je m'aperçois que je dialogue, que je dialoguerai désormais avec toi, dans mon attente, ou ma solitude… jusqu'au moment, bien sûr, où je serai dans ses bras, lui, "mon dernier amour" t'ai-je annoncé l'année dernière dans ma lettre.)

Je tiens des deux mains mon ventre que j'examine, nu, dans le miroir à pied. Mina, chatte indiscrète, est entrée sans frapper dans le salon, puis s'est dressée sur le seuil de la chambre. Elle s'approche par-derrière. Dans le miroir, je distingue l'éclair de ses yeux jaunes, l'un de ses bras fluets qui entoure sa tête, lui faisant couronne. Je ne laisse pas retomber ma robe. Que l'enfant regarde ma peau tendue en ballon. Mes dessous doivent lui paraître élégants, Thelja : ce sont eux que Mina scrute d'ailleurs, pas mon ventre ni ma peau, plutôt mes jarretelles brodées et la culotte avec pochette triangulaire sous le ballonnement du ventre.

"Toi, où est donc ton regard ?" me dis-je dans une lancée, Thelja, et maintenant, je parle à l'homme de ma vie, je me harcèle moi-même de questions, je m'inquiète bien sûr… Loin de Hans, je questionne Hans ; entre mes jambes, au fond, dans le miroir, la gamine a fini par s'accroupir en tailleur.

Je me retourne : j'attends au moins qu'elle me sourit ou qu'elle se hasarde à venir tâter cette peau tendue.

Elle se tient immobilisée ; elle baisse la tête, toujours son bras entourant sa chevelure ; elle paraît une sorte de chatte-sphinge, noire et blanche. Elle marmonne :

— Hans !

Elle exige, Thelja, avec au moins autant de vivacité que moi, le jeune Allemand qui, ce matin, vogue déjà sur le Rhin.

Hans, Mina t'appelle. Je laisse ma robe retomber ; je tourne le dos au miroir. Je me chausse.

— Reste là, dis-je à l'enfant, écoute la musique que tu veux. Il viendra certainement si tu sais l'attendre. En début d'après-midi, peut-être.

Comme elle persiste à ne répondre qu'en arabe, dans son dialecte marocain (celui de ma fille Selma, restée là-bas), je ne sais si elle m'a tout à fait comprise. Moi, je ne parle plus ce dialecte, même si je le comprends encore.

Je claque la porte.

Dans l'escalier que je descends avec prudence, je me remets à te parler calmement, Thelja : "j'aurais dû, dès l'aube, aujourd'hui, développer les photographies de mes baigneuses, prises hier !... Pour te les montrer ce soir, quand tu viendras. Si tu viens !"

Aller à cette séance de piscine, une demi-heure, pas plus. Flâner ensuite une heure toute seule, avant d'aller déjeuner chez les cousins. Et toi, Thelja ma sœur, t'es-tu levée déjà à cette heure, ou restes-tu à paresser dans les bras de cet inconnu ?

Nous voici de nouveau, comme dans l'enfance, il y a vingt ans au moins de cela, nous voici à errer, à flotter, à dormir au cœur de la même ville...

Hans arrive à Hautepierre à midi passé. Il monte directement jusqu'à l'étage au-dessus de l'appartement d'Eve. Touma, un fichu de soie multicolore fauve et brun auréolant ses cheveux, lui sourit. Elle explique doucement :

— Mina... ma fille Mina... chez Eve. Avec clef..., et elle montre la clef sur sa propre porte.

Hans comprend, salue, a retrouvé dans un éclair le visage brun de la dame du Sud, son même tatouage (une sorte de croix de Saint-André) d'un noir bleuté entre ses yeux cernés de khôl, un peu humides. Il descend, trouve la porte entrouverte chez Eve.

Mina l'attend, se précipite. Il soulève la fillette dans ses bras, la porte en poupée heureuse, éblouie, au-dessus de sa tête. Rires emmêlés du jeune homme blond et svelte, de la fillette câline. Ils s'assoient sur le matelas, par terre.

En silence, Touma est entrée. Un plateau de cuivre dans les mains ; avec théière, des petites tasses, quelques gâteaux.

Hans proteste ; il n'a pas faim. Du thé chaud, c'est très bien. Touma s'est éclipsée.

Mina, à l'autre bout du matelas, paraît impassible.

— Tu attends la leçon ? demande Hans, en prononçant lentement ses mots français.

Ils commencent, comme souvent les samedis, leur dialogue le plus souvent mimé. Mina s'est installée à l'intérieur d'un cercle d'objets menus : une dizaine, des statuettes en bois et en porcelaine représentant des animaux, une famille de paysans miniature.

Elle débute par le chien, le bon gros chien-loup, aux oreilles pendantes :

— *Kelb !* articule-t-elle, et, d'emblée, elle rit. Il ne peut comprendre, l'étranger blond, ni trouver surprenant qu'elle commence à aborder le visiteur, attendu si impatiemment, par une insulte… ("Faudrait, bien sûr, lui dire que les Arabes insultent par le chien d'abord, qu'ils haïssent ensuite par le cochon, qu'ils admirent aussi mais en comparant au lion…")

Hans connaît le mot *kelb* ; la conversation débute par le plus facile. Il ne comprend pas le rire perlé de Mina qui s'arrête. Qui se concentre. Elle prend dans sa main le couple des enfants, miniature en verre coloré :

— *El oueld ! el bent !*

— Trop simple ! proteste Hans amusé. Moi, je connais tout ça… le fils, la fille, le père, la mère… Dis-moi une phrase entière !

Mina, en institutrice, ouvre des yeux ronds. Prend une mine perplexe : les derniers mots d'Hans, son français soudain précipité.

Touma est revenue en silence. Elle est restée un instant à l'écoute, debout sur le seuil. Elle s'est avancée. Elle fixe Hans ; se dit que cet homme de trente ans, si haut de taille, avec son regard bleu limpide, pourrait être son fils. Comme Ali, une sorte de double, en blond...

Touma interpelle avec vivacité Mina sa fille ; non, sa petite-fille qu'elle élève depuis trois ans. Elle semble la réprimander : Hans écoute, ne comprend pas pourquoi. Mina se dresse, boudeuse, lance un coup de pied vers tous les objets qui s'éparpillent. Elle court vers la porte, disparaît.

— J'veux pas, vous, être dérangé par elle ! Vous, fatigué par le voyage !

Touma s'approche, s'incline. Elle sert d'autorité au jeune homme une autre tasse de thé. Elle va s'asseoir à l'autre bout du matelas. Là où se tenait la fillette. Elle fixe le jeune homme avec un regard maternel, mais tenace.

Ensuite, dans son français coupé menu, haché, sans article le plus souvent et avec le verbe souvent à l'infinitif, dans son français niveau début d'école primaire, Touma, la dame de soixante ans, éprouve le besoin de raconter. Assez vite, Hans entre dans le rythme entrecoupé, suit l'écoulement et la fièvre des souffrances passées.

Touma a commencé par décrire son fils unique, Ali.

— Moi, un fils, seulement ; deux filles. Filles mariées, une en Algérie. L'Algérie, chez moi !

Hans l'interrompt :

— Je te croyais marocaine !

— Marocaine, algérienne, ici, pour Alsace, c'est pareil…

Elle se hâte dans ses justifications : Mina est la fille de son fils Ali. Mais la mère de Mina est marocaine ; la première bru de Touma. Une jeune voisine qu'a aimée son fils, il y a de cela maintenant dix ans ! La dame au foulard multicolore soupire ; ses yeux noircis se ferment à demi.

— Ali, comme toi, continue Touma, avec un sursaut. Très beau ! Toi, blond, lui, cheveux noirs, grands yeux noirs ! Ali, noir !

— Brun, rectifie avec un sourire Hans.

— Comme toi, s'attendrit Touma. La mère de Mina, marocaine : Ourdia. Mina parle marocain. Moi, avec elle, je parle comme elle. Comme sa mère… (Elle s'absente, semble souffrir, sa voix recherche soudain.) Sa mère, partie avec un

Français. Ali m'a donné Mina. Mina, ma fille à moi !

Et Touma se frappe presque la poitrine. Hans écoute patiemment. A quel moment la dame au turban multicolore, aux yeux noircis, si larges, séparés par le tatouage posé là, sur le front, tel un bijou, une broderie incrustée, à quel moment Touma s'est-elle renversée dans le passé, trente ans auparavant ou davantage ?

— La guerre d'Algérie, tu connais ? – demande-t-elle sur son ton scolaire, et avec une hésitation ("Il n'est pas français, l'ami de la voisine. Un Français, je n'aurais jamais posé cette question, je n'aurais pas continué…" se dit la dame, dans son parler).

Elle poursuit, à peine Hans a-t-il hoché affirmativement la tête.

— Je suis venue 1960… Ali est né au douar, chez nous !… Son père, mort, cinq ans maintenant !…

Hans fume, ne boit plus de thé. Fume et écoute, lui, le visiteur.

Pourquoi soudain ce souvenir, une journée d'été là-bas, dans quel Sud algérien ? La dame au turban fauve et brun semble statufiée : par miracle, son français la traverse en coulant presque, à peine quelques coupures, quelques hachures, ou des blessures peut-être…

— Un jour, eux, sont venus au douar.
Les soldats, avec un lieutenant, espa-
gnol, lui… Le nom ?… Je sais son nom..
(Touma cherche, puis renonce.)

— Tous, on est au soleil. Debout. Le
lieutenant appelle un voisin. "Amar !…
Aichi Amar !" (Elle grossit sa voix, Touma.
Elle théâtralise.)

— Amar Aichi vient devant.

— Et ta femme ? dit lieutenant.

— Elle est venue, lieutenant !

La femme d'Aichi Amar se met devant,
dans sa djellaba. Sa main tire sur son
visage le voile. Moi – Touma reprend sa
voix douce, rêveuse –, moi, je vois le
voile : il tremble, il bouge. Y a pas de
vent. La femme a peur.

— Et tes enfants ? il dit, le lieutenant.

Deux garçons, une fille sortent des
rangs. Marchent. Puis debout à côté de
la mère.

— Ton chèche ! il dit, le lieutenant.

Amar enlève chèche. Sa tête, à Amar,
sans rien. (Puis Touma explique, de
son autre voix, la plus âpre.) Ce n'est
pas bien, chez nous, un homme être sans
chèche devant ses garçons !… Le lieutenant prend le chèche. Devant nous, il
allume son briquet, il brûle le chèche.
Le lieutenant a pistolet à la main.

— Ton portefeuille ! il crie, il crie, le
lieutenant, son pistolet à la main.

Amar sort portefeuille gonflé, plein d'argent. Amar Aichi, le riche du village.

Le lieutenant crie :

— Avance, Amar Aichi, un, deux, trois !

Pauvre Amar, avance tout seul, devant nous… (Touma s'est à demi dressée, yeux exorbités fixant le vide.)

Hans voudrait s'exclamer : "Ça suffit ! Arrête !" Il trouve soudain les mots arabes *"yakfi, yakfi, Lalla !"* ; il les lui dirait d'une voix grave, d'une voix désespérée.

Il se soulève. Veut lui toucher le bras, la réveiller : "vois, le présent, le printemps, le soleil d'aujourd'hui !"

Elle a baissé son visage, Touma.

— Il a tiré dans la tête, le lieutenant ! Dans la tête d'Amar Aichi… La femme, les enfants, tous, on n'a pas bougé ! Jusqu'au soir, au soleil, debout : quatorze familles, c'est le douar : hommes, femmes, enfants… Debout, au soleil !… On attend ; il va tirer dans la tête pour les autres, pour nous… On dit, on attend !… La femme d'Amar Aichi : elle pleure, debout, doucement. J'entends, moi. Les garçons, je ne sais pas…

Touma, d'un coup, en automate se lève. Elle se tient face à Hans. Alors, un large sourire maternel illumine sa face basanée, le tatouage entre les sourcils se déforme.

— Comme mon fils, toi ! Tu es beau !
Tu es bon…

Elle ne s'excuse pas de l'intrusion
des souvenirs, Touma. Elle se baisse en
servante, pour reprendre la théière vide,
le plateau. Près de la porte, avec un sourire complice :

— Je monte chez moi ! Sûr, Mina revenir, tout à l'heure… Si toi, dérangé…

Elle esquisse un geste d'adieu. Son
parler est redevenu haché. Le vent de
la mémoire – d'il y a trente ans – est
tombé.

Seul, Hans met un disque, rapidement, sans presque choisir : un Schubert, celui de sa rencontre avec Eve, il
y a dix-huit mois, le flot de tristesse et de
force lyrique qui les réunit… Il s'allonge
sur le matelas.

Il garde les yeux fermés même quand
il entend la fillette se glisser à nouveau :
à peine un grincement de la porte l'a
décelée. Il sait que Mina se réinstalle
dans son coin, qu'elle range ses statuettes dans leur boîte, que sa patience
enfantine est sans limites. Qu'elle va
attendre que le Schubert finisse… Il
veut s'endormir, Hans, et se réveiller, il
l'espère, au retour d'Eve.

2

Je les ai trouvés, Thelja, j'ai trouvé mon homme endormi sur le matelas du salon, par terre, ses longues jambes au soleil. A ses pieds, en gardienne docile, Mina, ma petite voisine. Elle veillait sur son sommeil.

Elle ne fait pas mine de bouger, à mon arrivée. J'avais quitté les cousins brusquement, sûre intérieurement que Hans était à la maison, désappointé, seul. Je suis arrivée, haletante. Mina que j'avais oubliée, dans ma hâte ! Je l'ai prise par la main. Je l'ai accompagnée à la porte. Elle s'est laissé faire.

"Reviens ce soir, avant la nuit !" Je l'embrassai. A ce moment, Thelja, je compris : Mina, à sept ans, est un peu le double de Selma restée à Marrakech. Elle se tient près de moi, pour ce rôle… Etrange également, et Hans ne sait pas que je le sais, un autre samedi où, en arrivant, je les trouvais tous deux, devine en quelle langue ils conversaient, sans se douter que je m'étais arrêtée derrière la porte entrouverte : en arabe marocain, mais oui, Thelja ! Mina ne parle pas, ou ne veut pas parler français, même à l'école, me dit-on. Elle comprend tout : elle répond dans l'arabe de sa mère ;

quelquefois, dans la cour en bas ou devant les escaliers, je l'ai surprise aussi en train de bavarder avec les enfants des voisins : mais en alsacien !... Donc, ce samedi-là, j'entends Hans répéter après la fillette – celle-ci devenant son professeur quand il vient pour le week-end – des listes de mots... coïncidence, dans la langue de mon premier mari, de ma fillette restée là-bas !

Je ne lui ai pas révélé que je les avais entendus, à mon homme. Je n'ai pas posé de question. Une fois, au début de mon installation, Hans avait promis, dans un élan d'enthousiasme :

— Je vais faire des progrès en français, je promets ! (Et sur ce point, depuis ce moment-là, il a fait mieux que des progrès !) Mais il avait ajouté : je vais même me mettre au dialecte !...

J'entends encore la vivacité de son exclamation. Moi, naturellement, j'avais cru qu'il pratiquerait ensuite l'alsacien, ce qui, pour lui, allemand, serait plus facile !... Mais non, tu le vois, Thelja, et j'en suis encore toute troublée, c'était de l'arabe dont il parlait... Pourquoi ? Je ne sais encore...

Aujourd'hui, en tout cas, je mets à la porte Mina avec maintes gentillesses.

J'ai hâte et je ne sais pourquoi : je l'attends trop, cette fois, Hans ; ces jours-ci, je suis inquiète… Qu'il me touche, qu'il me parle, qu'il me touche surtout : je suis trop pleine des phrases de Denise ma cousine, de ses silences aussi, du bavardage de David, aimable oh oui, plus que d'habitude. Mais quand il pose son regard sur moi, il ne peut en dissimuler le côté soupçonneux… Leur adolescente de quinze ans est revenue en retard de son collège : ils la couvent des yeux, cela me gêne, la famille-cocon se resserrant sur elle-même, moi avec… Non !

Moi, j'attends seulement Hans, je le quête, mais pas pour ça !… Pas pour faire à mon tour une famille ! Autant dire une huître qui se fermera tôt ou tard sur elle-même… Je les ai quittés vite, les cousins. Je veux vraiment les oublier.

— Seule avec Hans enfin ! Et le bel homme dort ! Et je ne suis pas Mina pour le contempler inlassable, avec ferveur.

Je l'embrasse pour le réveiller. Je le veux pour moi, pour nous deux, ou nous trois peut-être cette fois… (Le bébé, non, lui aussi l'oublier !)

A peine réveillé, Hans m'enlace, me cerne, me porte à demi – je suis devenue lourde, il doit en tenir compte ! – jusqu'à la chambre.

— Au lit, mon chéri, au plus vite !
– je murmure, les yeux fermés et je te
dis, à toi, Thelja, pour un long moment – un moment d'océan – je te dis
"adieu !".

3

Ils font l'amour à trois heures de l'après-
midi, le jeune homme aux longues jambes, aux cheveux blonds bouclés lui
tombant sur le cou et la petite jeune
femme rousse, menue, avec un ventre
de presque six mois de grossesse.

Le lit est bas ; à même un tapis vieilli
d'Istanbul ou de l'Atlas marocain. La
couche prend l'espace de presque toute
la chambre. En face, la porte-fenêtre,
devant laquelle flottent à larges plis des
rideaux de soie blanche aux rayures
satinées d'un blanc plus mat… Le soleil
traverse ce voile flottant en deux pans,
irise les deux corps qui se cherchent,
qui commencent avec précaution à s'emmêler.

Auparavant, de longues minutes avant
de s'allonger, en se déshabillant dans le
désordre et l'impatience, ils connaissent
une halte : Hans, à genoux, regard

absorbé soudain devant le corps d'Eve. Les mains de l'homme posées sur les hanches rondes : la taille d'Eve se devine à peine, cela est nouveau ("Mais pourquoi ?" demandera-t-il). D'un coup oui, le ventre est là, quasiment autonome. Ainsi agenouillée elle aussi, il n'y a que la face – yeux fermes, sourire dans l'attente – de l'amoureuse, mais ce ventre qui penche d'un côté, indépendant...

"Attention ! chuchote Hans. Fais attention ! Il a grandi d'un coup, ces derniers dix jours !" Il rit.

Eve ouvre les yeux. Elle reçoit la surprise de Hans qui a jugulé son impatience.

— Je te l'ai dit déjà avant ! fait-elle, sereine... Je sens ses coups, pas tous les jours, mais presque !

Aujourd'hui seulement, Hans comprend. L'autre, vivant, désormais ? Plutôt, endormi ? Entre eux, avec eux ?... Les mains de l'homme dessinent le contour circulaire, mais fluctuant, des flancs de l'amante.

Ils s'allongent, tous deux, lui, l'amoureux précautionneux, habité d'une toute neuve appréhension qui rendra incertains, un instant, ses moindres gestes.

Ce sera dans la rondeur, dans l'enveloppement, dans le double regard mais venant des pores les plus ténus de leur peau – la peau à l'endroit de la taille, des flancs, du bassin jusqu'à la rive de l'aine : leur milieu du corps, leur mitan du corps, là où l'on croit la chair aveugle, passive, amollie, alors que celle-ci regarde, qu'elle est même à l'écoute... C'est grâce à ces antennes, supposées neutres, que ces deux-là font à nouveau connaissance (cette fois, avec vulnérabilité), leurs mains autour aidant, tâtant, palpant... Non pas qu'ils se quêtent, plutôt qu'ils quêtent l'enfant endormi, oh, endormi à demi seulement, qui les attend, qui, derrière la si fragile, si opalescente paroi, cohabite avec eux.

Il les entend aussi, et soudain ils le savent ; Hans surtout, qui se croyait jusque-là ayant l'initiative de la geste d'amour, s'entoure désormais des épaules, des jambes, des bras frêles de l'amante, les enroule autour de lui en armes nouvelles, pour oser avancer les mains autour de ce ventre plein, laisser celui-ci, de lui-même, se placer, et que son habitant obscur ne leur soit ni obstacle ni intrus !...

Eve devance, tranquillise son amant, le rassure : "il est là, chéri ! Bien sûr, il perçoit nos souffles, notre musique, notre halètement, et même notre bonne fatigue... Ne crains pas, on ne le dérange

pas, on peut même l'oublier !" Hans, à
présent, lui, si hâtif à chacun de ses pré-
cédents retours, prend le temps, entoure
et enroule le corps de l'amoureuse, qui
est aussi corps maternel portant cette
lourdeur entre eux interposée.

— Mais non, chéri, oublie-le !

— Je ne veux pas l'oublier, s'entête
Hans troublé qui, enfin, pénètre Eve,
allongée sur le côté ; il s'enfonce avec
lenteur, ressort son phallus, la repénètre
encore dans une lancée sur la fin, sort
à nouveau, se tient placé sur le même
côté en pensant à l'autre, l'enfant à
demi assoupi qui doit l'entendre approcher – (un choc, comme au fond de
profondeurs sous-marines, un choc au
ralenti, en vagues lentes) – ainsi, à plusieurs reprises, il fouaille Eve, accé-
lérant le rythme redevenu le leur et
elle s'essouffle, l'amante, elle gémit, elle
exhale un murmure étalé, également
marin, qui monte au-dessus d'eux, ce
chant seul existe, pour l'homme avec
son épée redressée encore, quant à celui
qui dort au fond des eaux maternelles,
seule oh oui ne compte plus que la
voix de volupté si bien qu'ainsi accou-
plés, Hans et Eve, durant de longues
minutes, tanguent, naviguent, leur lit déri-
vant sur le côté, glissant sous les voiles
de soie et de satin rayé, enlacement des

corps planant au-dessus, au-dehors, il fait nuit dehors, il fait creux en eux, dans ce rythme où ils se lient sans se délier, où son ventre à elle semble les conduire, où la dernière poussée de l'homme les hausse jusqu'à l'ultime escalade. Il jouit enfin de leur envol, de leur lenteur du début qui s'est intensifiée. La voix d'Eve suspendue là-haut. Les voiles du rideau se mettent à danser, Hans s'abandonne, mais ses bras retiennent les flancs et le ventre d'Eve qu'il recherche, qu'il palpe.

Elle se détache d'un coup. Elle se retourne. Elle lui fait face. Il la dévisage, comme s'il se réveillait à la lumière crue. Elle, les yeux fermés. Tout contre lui, et de face.

— Je t'en prie, gémit-elle d'une voix âcre.

Son visage en aveugle tout près : ce sont ses mains à elle qui supplient : sa semence. Le sperme de l'homme. Elle le veut. Ses mains s'en aspergent. Lentement, elle en humecte le ventre ; son ventre entier.

— Il aura sa part, lui aussi ! chuchote-t-elle, et elle ouvre les yeux, Eve. Eve rassasiée. Elle se caresse le ventre humidifié.

Elle ne parle plus. Elle pleure soudain.

— Tu es là, enfin ! Enfin…

Ils ont fermé la porte de leur chambre. Ils ne bougent pas. Sauf que Hans est allé chercher à boire dans la cuisine · pour elle, pour lui.

Allongée, le ventre nu, sec à présent, elle a contemplé le jeune homme, aux longues jambes bronzées, alors qu'il revenait.

Ils ont parlé ensuite : de tout, de la semaine, de menus riens. Hans va pour raconter sa matinée – pourquoi il a dû retarder sa venue à aujourd'hui, à cause de ce cycle de conférences dans des croisières pour touristes, sur le Rhin… Elle lui ferme la bouche de ses doigts. Le soleil de nouveau en flambée, par la fenêtre.

— Reprends-moi ! demande-t-elle doucement. Tu vois bien, cela ne rate pas : à chaque fois que, dans la journée, nous prenons du temps pour nous, le soleil éclate dehors. Pour nous saluer !

Après avoir bu, il l'enlace, la caresse.

— Même si ce n'est pas aussi bien que tout à l'heure ! soupire-t-elle. Pour te sentir encore en moi…

Il est affamé, lui aussi, Hans. Deux fois la semaine dernière, rentrant dans son studio de célibataire, il a été tenté de prendre la voiture, rouler en trombe, trois heures dans la nuit, et venir jusqu'à elle ; faire l'amour, en tomber de fatigue, puis repartir juste avant l'aube !… Deux fois, cette semaine.

Il l'enlace. Avec ce nouveau rite, inauguré aujourd'hui même. Gravité des mains, de l'attente méditée devant ce ventre… qui va leur imposer d'autres positions. Il ne la chevauchera donc plus, il ne va plus oser. Elle, bien sûr, sur lui en cavalière, elle pourrait, mais elle se fatiguerait plus vite…

Il tourne lentement le corps d'Eve. Négligeant le ventre doux, mobile, peut-être leur complice, Hans se saisit du visage d'Eve.

Visage seul : les traits, les yeux, le bombement des paupières baissées, l'incroyable grâce du tracé des sourcils, les pommettes à remodeler du doigt… C'est de son sexe en rut qu'il voudrait pouvoir redessiner ces traits, recréer ainsi ce visage à l'harmonie émouvante – ainsi, paupières baissées, elle, en elle-même donc, elle qui se prête à peine ! Il considère sa peau éclairée à demi, puis ses mains et ses lèvres en font lentement le tour, le détour, masque de celle qui ne dort pas, qui veille, qui sent en elle affluer le lent désir, il la boit alors, elle, et elle seule, il oublie l'autre cette fois, l'endormi dans sa nuit provisoire, il asperge de salive la bouche d'Eve dont il se saisit, violent, il l'étouffe presque, dur désir de l'asphyxier, de l'ouvrir elle à lui et à lui seul, puis il la libère, la laisse respirer mais dans sa bouche à lui, entrouverte pour elle, il la reboit, il lui demande ses yeux ouverts, son regard d'eau si près, contre ses pommettes à lui et qu'ils s'aveuglent de concert, il effleure du bout de la langue ses cils, il continue, ses mains cernant son cou, quand ses paumes, plus rapides que lui-même, ayant à peine glissé, ont rencontré les seins d'Eve, coupes familières dont il connaît et la forme et la souplesse fluctuantes, il ferme à son tour les yeux – son profil alors, enfoui dans le cou de l'amante – quand soudain ses paumes, chaudes, font la découverte – c'est le jour des découvertes : "tes seins se sont élargis, je ne peux plus les garder dans chacune de mes mains, tes seins...", sa voix a souligné la surprise de ses doigts : les seins d'Eve débordent, hors des larges paumes de Hans... –" Gonflés du lait qui va bientôt arriver, sans doute !" avoue-t-elle, elle chuchote "la peau parfois me tire !", alors, lui, l'amant, il a peur, il s'affole : "les seins pour celui-là, pour qui arrive, qui vagit, qui...", elle rit, Eve : "prends-les donc, ne crains rien, palpe-les, redessine-les, ils ont pris du volume, ils débordent chacune de tes mains ! A toi, ils sont à toi seul, je te promets", il avale, de ses lèvres, ses remarques si légères. Hans revient aux seins, il veut oublier le ventre, les hanches. Il s'accroupit, se met à baiser Eve à partir des pieds (les miens), des orteils (à moi seul, pour toujours, au lit, et quand tu marches, quand tu t'envoles devant moi nuit et jour) – certes, je concède les cuisses (pour que tu l'asseyes un jour), les hanches (qu'il habite déjà) – pas les seins, promets, promets maintenant que tu n'allaiteras pas le môme, avoue, cède-moi, j'ai le dessus, j'ai préséance sur tout nouveau venu et l'homme n'attend pas la réponse, il la boit dans sa bouche à elle, il l'asphyxie derechef, il ne veut plus de ses mots, ses mots seront doubles, mots de l'amante, mais aussi mots de la future mère. Ainsi il reprend souffle, ainsi nous ne sommes plus deux, mais trois !

— Viens en moi, je n'en peux plus ! gémit-elle.

— Toi, et toi seul, promet-elle quand il se saisit de ses seins.

Il va pour la chevaucher de face, négligeant le ventre, au risque d'écraser celui-ci, tout au moins de le bousculer. Il se retient et lui redemande :

— Promets "Toi, et toi seul !" et elle le supplie des mains, des épaules, des

seins, elle est collée à lui, il lui faut être
pleine de lui, de lui seul, tant pis pour
la chevauchée, mais l'emplissement,
l'immersion lente et intérieure, la marée,
"vite, mes oreilles bourdonnent", supplie-
t-elle. Il hésite, Hans, quelle posture pour
ne pas… Il n'a plus la patience du premier accouplement, un reste seulement
de prudence pour eux deux, pour eux
trois, il la veut qu'importe le risque, lui
en cavalier de course éclair, de violence !
Mais il la plie doucement en posture
lente, ses genoux à elle protégeant le
ventre bien couché sur le côté, il glisse,
lui, plus en dessous, pour la pénétrer
seule, elle toute seule, elle secouée par
multiples coups de boutoir de plus en
plus courts, heurtés, scandés, elle ne
chante pas, Eve, cette fois, son râle par
à-coups, l'homme se met à jouir davantage, étoilement et poudroiement, elle
murmure "mon lait de palme", elle pense
ces mots pour le sperme qui va monter
en elle, l'inonder, tous deux, bras enchaî-
nés, s'engloutissent, ils s'envolent aussi,
ils explosent presque.

Ils halètent, sans se détacher. C'est
lui qui, reprenant souffle, s'emplit les
mains de sperme pour en humecter le
haut des cuisses d'Eve ; elle, à son tour,
apaisée, se saisit de cette eau blanchâtre
et floconneuse, s'en pétrit, souriante, les

seins élargis. Ses yeux étincellent : face à lui, jambes en croix, elle se masse lentement sous les yeux de Hans et pour lui.

Il se glisse entre ses jambes, l'aide, sculpteur à son tour. Elle se laisse faire, assourdie, épanouie...

Est-ce parce que le soleil s'est retiré de la chambre, ou que Hans a fini par s'allonger contre elle, et peut-être – mais elle n'est pas sûre – s'assoupir ? Est-ce à ce moment-là – longue volupté en deux actes si étranges et si différents – que les voix du matin qui la hantaient, celles de la cousine, avec son époux, d'autres autour, de "la famille" d'avant, d'avant avant, toutes ces voix minaudantes, ou creusées, ces voix fantômes comme elle les appelle, ont approché, insinuantes, autour de leur couche...

Hans dort-il ? Non... Il rêve, à qui, à leur enfant, dont elle ne veut pas savoir le sexe, pour qui il n'a jamais osé proposer un prénom, un prénom androgyne... Il rêve, c'est sûr, à eux trois. Pour la première fois, ils ont fait l'amour à trois, l'enfant endormi entre eux, les divisant et les multipliant...

— Hans ? hèle-t-elle, alertée, presque aux abois, ne sachant encore pourquoi.

Il ne répond pas. Il ne fume jamais, lui.

— Hans ?

— Oui, dit-il avec calme, et sa main la cherche, pour frôler ses lèvres, ses joues, ses cheveux. "Eve est bien là", doit-il se dire, après cet épuisement.

— J'ai pensé, commence-t-elle (alors, à cet instant elle constate vaguement : je parle presque avec la voix de la cousine !…)

Elle reprend souffle, chasse la remarque parasite, hésite encore, reprend :

— Hans ?

— Je suis tout à fait réveillé, je t'écoute ! l'encourage-t-il.

— Si c'est un garçon, Hans, au septième jour,

Il attend. Et elle, à nouveau : "ma voix, est-ce vraiment ma voix, ou l'autre, les autres ?"

— Au septième jour, continue-t-elle plus haut (accent presque nasillard, mais la phrase amorcée garde son mouvement. Eve se lance tout à fait). Oui, vraiment, au septième jour, si c'est un garçon, je le fais circoncire !

Hans ne dit rien, ne la regarde pas, ne la frôle plus. Il cherche sans doute sa réponse, qui tourne, tourne, une plaisanterie peut-être, une pochade, ironie légère pour ce qu'elle dit, ou pour la voix avec laquelle elle a dit, un sursaut en dessous, "je le fais circoncire", sur un ton résolu vers la fin. Hans en a soudain assez de cet intrus, de celui qui est tellement là sans être vraiment apparu !…

— Si c'est un garçon, réplique-t-il, et la réponse (une galéjade ?) tourne une ultime fois dans la tête de l'homme (le père vraiment, lui un père, lui plutôt l'absent, ou qui sait, l'endormi à son tour ?… Elle, la mère, la Mè-è-è-è-ère et l'autre, le tout-petit, eux deux inséparables, déjà le programme, les cérémonies, le rituel, "elle et lui" gronde celui qui ne se veut pas père, qui ricane, de lui-même, de tous…).

— Si c'est un garçon, reprend-il – et la réponse est enfin lâchée – tu mangeras, je suppose, le prépuce… en bonne mère juive !

Le silence dans la chambre. Un silence de plomb, comme on dit. Il fait gris dans la chambre, la chambre d'amour. Les deux corps allongés ; nus encore. Elle a parlé avec, elle le sait, la voix de la cousine, filtrée à travers les yeux du cousin, peut-être aussi éclairée du sourire triste de la mère morte, morte et pas enterrée à Tébessa, du regard fixe de la grand-mère qu'elle a oubliée, morte et enterrée, elle, à Tébessa.

D'ailleurs, lui, l'homme allemand, il a dit : "en bonne mère juive". Il a osé le dire. Il a osé ?

Elle se met à genoux, Eve. Elle regarde autour d'elle. Une lumière d'un gris délavé. Plus de soleil ni ici ni dehors.

— Qu'est-ce que tu dis ?... (Sa voix monte, un peu sifflante vers la fin. Une voix d'emprunt... Elle halète un moment, puis elle s'exclame très haut.) De qui, mais de qui tu te moques ?

Hans va pour se redresser ; il se retourne vers celle qui, une minute avant, était l'amante. Il fait face à la voix ennemie :

— Je te taquine, c'est tout !

— Tu te moques, gronde-t-elle. De nous ? (Elle crie, cette fois ; elle s'entend crier.) Tu te moques ? Toi, c'est toi – elle ne sanglote pas, elle crie !

Soudain, son teint de rousse empourprant son visage, elle lui fait face, assise sur le lit ; elle le dévisage, les yeux fixes (monte en elle, l'antienne : "toi, c'est toi ?"). Elle lève le bras, la main, et avec une violence qu'elle ne se soupçonnait pas, Eve gifle Hans.

Il est à demi assis. Il a quand même, une seconde, chancelé.

Il lui saisit le poignet. Sa main à elle est encore tout contre la joue de Hans. Sa poigne est vigoureuse.

Ils luttent une longue minute, l'un contre l'autre. Elle risque de pencher contre lui, de tomber sur lui, elle, avec ses yeux en fureur et ses traits convulsés.

Ils luttent encore, sans ardeur et sans haine, poussés par un obscur entêtement qui entend aller à épuisement. Une autre minute si longue : leurs souffles, tout contre... Hans lâche enfin la main d'Eve.

Calme, il énonce doucement, avec un reste de vibration, ou d'ironie :

— Tu veux frapper sur l'autre joue, maintenant ?... Je ne suis pas le Christ, "my love" !

Il a terminé en anglais, au moins un terrain neutre, un minuscule espace, un tout petit terre-plein d'espoir, "my love", deux mots passe-partout, voletant d'une autre rive...

Elle a perçu l'ironie : "je ne suis pas le Christ !"... Elle a compris : "frappe encore, frappe donc ! My love, my sweet love !..."

Eve éclate en pleurs. Des sanglots, qui couvaient là, depuis le matin, qui dormaient tout le long de cette semaine... Elle a ramené avec hésitation sa propre main à sa face. Elle l'examine comme celle d'une autre. Cette main, une pale, une massue ? Avec elle, j'ai vraiment tant caressé ? Avec cela, j'ai frappé mon

amour ? "I would like my love to die !"
Le vers d'un poète irlandais lui revient
précisément là, pas avant ?… Pourquoi
ne vivent-ils pas leur amour en Irlande ?
Pourquoi pas dans cette île, dans n'importe quelle île, mais pas dans cette
ville (île dans l'Ill, pourtant) où Eve
croyait… Tout oublier ? Ainsi il passe le
fleuve chaque semaine, mon Tristan, et
moi, me voici soudain non pas en la
véritable Iseult, plutôt en la fausse
Iseult aux blanches mains. En la Iseult
aux mains ennemies…

Elle sanglote, Eve. Elle soliloque aussi :

— Que me prend-il ? Cette nervo-
sité hier déjà, cette peur, cette hâte
aujourd'hui… Or je me crois si pleine
de toi, tant de plaisir ne me suffit donc
pas ? N'a pu tuer quelque venin qui
croupirait… Toi qui plaisantes, moi qui
crie…

Elle se tord les mains (elle repense à
Iseult la fausse, la menteuse, celle par
laquelle le malheur arrive, mais elle est
l'autre aussi, la véritable Iseult, l'amoureuse, celle qui mourra d'amour, ou
tout au moins s'enfoncera dans un des
nombreux couvents de Strasbourg, elle
l'a même écrit comme programme l'année dernière, à Thelja…).

Elle murmure : "s'il t'arrivait malheur,
que deviendrais-je ?" Il s'est penché sur

elle, Hans. Il lui met la main sur les lèvres :

— Chut !… recommande-t-il. Ne parle plus. L'oubli vient vite, et il ajoute, dans un murmure, trois mots ou quatre d'un vers allemand.

— Qu'est-ce que tu dis là ?… chuchote-t-elle, se retrouvant allongée, sans savoir comment, dans ses bras.

— Rien, ne parle pas… Après… Je te berce, je te calme !

Peu après, contre la porte, Mina se met à cogner, à petits coups réguliers, puis de plus en plus fort.

— Ne disons rien ! Elle se lassera. Elle partira. Reste là… Dors, je te veille, si tu veux, si tu peux ! C'est toi l'enfant, pas la fillette derrière la porte !

Hans murmure encore contre sa nuque, près de ses cheveux ; il répète les mots de douceur pour les yeux qui se ferment, pour les joues que secoue un dernier spasme, les lèvres enfin moins serrées, pour le souffle redevenu régulier de l'amante.

Mina, derrière la porte, s'est accroupie. S'est endormie.

4

Au milieu de l'après-midi, Eve entend au téléphone Thelja lui annoncer sa venue :

— Je viens dîner ce soir chez toi, enfin, chez vous !... (Un court moment.) Nous serons deux, François et moi.

Eve éclate d'un long rire taquin :

— Tu vois, réplique-t-elle joyeusement. Je sais enfin son nom : bienvenue pour François, bienvenue pour toi !... Laisse-moi te dire qui il y aura parmi nous : Hans, naturellement, arrivé tout à l'heure de Heidelberg... J'ai invité deux amies : Jacqueline – elle est la "bonne fée" de Hautepierre. Une autre amie : Irma. Elle est orthophoniste, assez timide... Je ne suis pas sûre qu'elle ne s'effarouchera pas de ce petit monde ; elle s'est annoncée avec un ami...

Eve écoute Thelja raconter ses promenades près du Rhin, en dehors de la ville.

— N'arrivez pas trop tard ! recommande-t-elle en raccrochant.

Dehors, par la fenêtre, le jour peu à peu se meurt : Eve et Hans ne sont pas sortis comme aux autres retrouvailles : hors du lit encore entrouvert et gardant trace de leurs moments de volupté, aussitôt après, ils recherchaient dehors, dans

une faim d'espace, les bruits de la foule
– "sortons, marchons, dans les rues
anciennes de cette ville qui devient enfin
la nôtre !" disait avidement Eve, rassurée
d'avoir à son bras son amant.

Cette fois, que vite les amis arrivent !
Qu'elle oublie, Eve, non pas l'enfant
qui l'alourdit, non, qu'elle efface, ou
qu'elle engloutisse pour plus tard, pour
les jours et les nuits où elle sera seule,
le souvenir de sa violence inexpliquée,
de sa colère épuisée…

Elle revient à la cuisine vers Hans
qui, les mains dans la farine jusqu'aux
poignets, malaxe une pâte de sa composition. Il tient à confectionner des
raviolis, selon une recette rare. "Je pré-
tends être… (il a cherché le mot) expert,
c'est cela ?… expert en cuisine italienne,
attention, version calabraise !"

Et Eve, l'enlaçant par le cou, tandis
qu'il travaille, lui propose :

— Je voudrais te débiter un poème
que j'ai appris cette semaine ; il
m'émeut !

— Je t'écoute, répond-il attentif à
ses doigts englués et à la pâte un peu
liquide, peut-être :

— *"Tant la passion m'avait saisi
pour cette amante délectable, moi non
exempt d'épanchement et d'oscillante
lubricité,"*

Hans suspend son travail, se tourne vers Eve, bouche contre bouche car elle l'enlace toujours :

— Tu es l'homme dans ce poème, tu es l'amoureux ?…

Elle continue, un doigt sur les lèvres de Hans pour qu'il ne la distraie pas, elle hésite, cherche :

— *"et d'oscillante lubricité, je devais, ne devais-je pas mourir en sourdine ou modifié…"* – elle a perdu le fil. Elle reprend :

— Surtout le second verset, j'ai pensé à toi, Hans, en l'apprenant :

"Les nuits de nouveauté sauvage" – elle s'arrête à nouveau.

Hans reprend, les doigts dans la pâte :

— *"Les nuits de nouveauté sauvage"*…

— J'ai oublié la fin, s'attriste Eve. Puis, mutine : Tu sais pourquoi j'ai été émue ?

Hans attend, doigts toujours empêtrés. Eve lui fait face, visage animé :

— C'est le dernier poème de René Char : *Eloge d'une soupçonnée.* Sais-tu, il avait quatre-vingt-un ans. Il meurt deux mois après.

— L'année dernière, en effet.

— *"Les nuits de nouveauté sauvage"* répète Eve, les yeux dans le vague : le vieil homme a eu des nuits de jeune homme, un coup de foudre sans doute. Le bienheureux !...

Hans s'est remis à son travail de cuisinier.

— René Char, on devrait dire "le roi René".

Hans travaille la pâte, termine sa mixture, lave ses mains, laisse reposer sa préparation. Eve continue :

— A l'époque de la Résistance, dans les maquis du Centre, tu sais l'autre nom du roi René ?... (Elle sourit.) C'est mon amie Thelja que tu connaîtras ce soir, qui s'attarde toujours sur ces sortes de détails... René Char, maquisard, s'appelait Alexandre !

— Puisque nous sommes en Alsace, remarque Hans, en 1939 et 1940, je crois que Char était soldat... en Alsace justement. Pas à Strasbourg, mais pas loin.

Eve sourit à son amoureux : "Tout, oh oui, tout est oublié, de l'orage d'il y a deux heures à peine" se dit-elle, soulagée.

Jacqueline arrive la première, les bras chargés de lilas. Ils sympathisent, Jacqueline, quarante ans, animatrice culturelle dans cette banlieue strasbourgeoise, et Hans passionné de théâtre.

— J'ai passé l'après-midi dans l'avant-dernière répétition de mes jeunes. Une autre séance aura lieu, demain. Puis "la couturière", vendredi prochain. Si tout va bien, préparez-vous, dans huit jours, pour la générale !

— Je vais la connaître enfin ? demande Hans, tandis qu'Eve dispose la table.

— Celle qui joue Antigone ? intervient-elle, en disposant la gerbe de lilas dans deux vases.

— Oui, Djamila… (Jacqueline s'inquiète.) Je ne sais si son physique ne va pas surprendre : elle n'est pas fragile ; Djamila est même boulotte, et puissante, et violente…

— Antigone est forcément violente. (Hans cherche.) Intransigeante !

— Djamila, Jacqueline tente de se rassurer, dès que sa voix monte, c'est le personnage ! J'en ai été sûre, à ce "filage"…

La table servie, Eve pose des bougies sur les tables. Les deux autres couples arrivent, presque simultanément : Irma, son chignon noir faisant auréole à son visage, une robe de velours vert sombre moulant son corps ample, Irma au sourire si doux, escortée de Karl, un peu plus jeune qu'elle.

Aussitôt après, Thelja, cheveux courts, habillée d'un pantalon et d'un corsage léger, tient le bras de François, un homme mûr à la taille haute, au regard à peine souriant.

— C'est François ! (Thelja le présente à Eve.)

Elle se met en retrait ensuite. Entre spontanément en conversation avec Hans qui s'est incliné devant elle – elle le trouve si beau, elle retient l'accent cahoté de son français lent dans lequel, d'emblée, il converse. Il lui parle de la voisine, Touma, "qui doit être de chez vous, je la croyais marocaine…".

Ils se sont tous assis ensuite, autour des bougies allumées ; Eve et Thelja, face à face, se sourient tendrement d'une façon intermittente.

Irma s'est éloignée de son ami, Karl, qui a amorcé un dialogue avec François. Sans doute se connaissent-ils : "ils semblent, en tout cas, les seuls originaires de la ville, remarque Thelja. Avec Jacqueline, sans doute ?…"

Hans sert son plat, dont il est fier. Il reçoit, avec une vanité puérile, maints compliments. Au dessert, Jacqueline met de la musique. Les invités se lèvent et s'éparpillent.

Hans qui est urbaniste, debout, près de la fenêtre, a demandé à Thelja ses impressions sur la ville. Thelja se surprend à parler, non des rues qu'elle parcourt chaque matin ni des sculptures médiévales dont elle ne se lasse pas dans ses déambulations. Elle s'est mise peu après à parler... du siège de 1870, de cet autodafé de tant de livres rares, de peintures irrémédiablement perdues, du bombardement de cette nuit terrible d'août... Elle en vient au manuscrit de l'abbesse Herrade, et c'est l'original, "détruit à jamais", qui la hante !...

Hans, surpris, interroge : "pourquoi s'attarder sur la disparition ? Autant dire sur le vide... Pourquoi pas sur ce qui se transforme, sur ce qui s'est maintenu, ou modifié, malgré les guerres ?..." Il suggère à Thelja, à François qui rejoint leur groupe, une visite à l'immense salle où se réparent, se restaurent, se nettoient les statues de la ville.

— Près des fortifications de Vauban... Vous devriez, insiste-t-il en se tournant vers François, l'accompagner dans cette visite : c'est un spectacle... surréaliste !

— Les statues ? s'étonne Thelja.

Eve a veillé à laisser les petits groupes se rechercher librement. Elle parle avec Irma et Karl, un musicologue qui a toujours travaillé à Strasbourg. Eve rappelle qu'elle accompagne Irma, lundi après-midi, dans un village, à une heure de route de Strasbourg.

— Le 18 mars ! confirme Irma, d'une voix pâlie.

Karl ne pose pas de questions. Irma ne lui a rien demandé à lui. Il note le ton de confiance entre l'hôtesse, si jeune, et Irma qu'il aimerait ne pas quitter tous ces jours.

Eve tourne la tête ; elle vient d'entendre François héler Thelja, debout, à l'autre coin.

— Neige ! a appelé François, à mi-voix.

Irma et, à ses côtés, Eve s'étonnent en même temps :

— Neige ?

Thelja, s'approchant, explique :

— C'est ainsi qu'il me nomme, du moins depuis que j'ai dû – il insistait – lui révéler la signification de mon prénom.

François ainsi que Karl et Hans font cercle. Eve éclate de rire, longuement :

— Moi qui te connais depuis vingt-cinq ans au moins, jamais – et je croyais comprendre alors assez d'arabe ! –, jamais, je n'ai pensé que ton prénom (elle prend affectueusement son amie par l'épaule) avait un sens… Et, celui-là !

La discussion dériva sur l'existence de la neige en Algérie : en Kabylie, dans les Aurès… Eve reprend :

— Thelja, c'est en fait un prénom bien rare ! J'ai toujours cru qu'il était berbère, pas arabe !

— Eh bien, sourit mélancoliquement Thelja, tu as connu ma mère, tu l'as rencontrée quelquefois... là-bas, chez nous !

— Bien sûr...

— Elle m'a prénommée ainsi : je ne l'ai compris que bien plus tard, à ma vingtième année, presque. Au moment où tu partais d'ailleurs. (Elle se tait, rêve une seconde. Son visage s'obscurcit.) Mon père au maquis : j'ai cru qu'il revenait comme d'autres, certaines nuits, au village... (Elle ajoute, plus bas : "je suis née en 1959, mon père a été tué au combat, trois mois avant ma naissance, toujours au maquis.") Eh bien non, pour ma mère, et c'était l'hiver, un hiver rude, une vieille est venue la chercher et l'a emmenée à travers la montagne proche... Elle est restée dans des grottes je ne sais combien, deux ou trois nuits je suppose, avec mon père !... Quand elle fut enceinte, on disait qu'elle était gênée... mais que les femmes (mon père commandait une section de la région) la félicitaient avec chaleur... Ma grand-mère me disait, à moi toute petite : "ma consolation, c'est que mon fils, juste avant de mourir en brave au combat, mon fils a su que sa femme lui donnerait un héritier !" Je ne plaisante pas ; à moi, fille unique et née orpheline,

ma grand-mère tenait ce discours fièrement… J'avais cinq ou six ans alors !

Elle s'absente, Thelja, les yeux perdus.
Jacqueline, qui du fond la contemple,
se dit que l'atmosphère de la répétition
d'*Antigone* continue, que se prolonge
un étrange écho…

— Et la neige, dans tout cela ? demande, de sa voix douce, Irma.

Le visage de Thelja s'est durci. Elle ne
répond pas tout de suite ; elle a regardé
Irma, comme si la question prenait du
temps pour s'infiltrer en elle. François
la scrute :

"Elle se souvient cette fois devant
tous, mais autrement. Autrement que
dans mes bras ! Cependant elle parle et
elle va en être soulagée !" se dit-il.

— La neige, reprend Thelja en souriant avec confiance à Irma et à son
beau visage maternel. Ma mère est
revenue de là-haut, après la troisième
ou la quatrième nuit. Après, je sais
qu'elle ne revit plus jamais mon père.
Elle eut encore des nouvelles par la
vieille qui faisait l'agent de liaison (j'ai
vu celle-ci une fois, juste avant qu'elle
ne meure : elle se trouvait presque
paralysée sur une couche, j'avais dix
ans alors… Les villageoises prenaient
leur tour chaque jour pour la soigner
l'une après l'autre).

Un silence où Thelja, de nouveau, plonge :

— Quant à ma mère, je suppose qu'elle fut déçue que je ne sois pas un garçon. Ce fut elle, à peine remise des douleurs de l'enfantement, qui, de sa couche, intervint, tandis que grand-mère se demandait : Comment la nommer, cette orpheline de Dieu ?

Ma mère, raconte-t-on, s'écria d'une voix énergique :

— Elle s'appellera "Thelja" (donc en français Neige, dit-elle) car, depuis cette nuit d'hiver où j'ai dû redescendre pieds nus, des heures et des heures dans cette nuit glacée, j'ai tant souffert de mes pieds gelés, brûlés, et cela, pendant toute ma grossesse !

— Thelja, appelez-la ! ordonna-t-elle, et elle transgressait les usages, car l'habitude est, chez nous, que ce soit l'aïeule qui décide du nom !

"Elle t'a appelée «Thelja», me disait plus tard ma grand-mère avec une rancune dans sa voix pour sa bru... Tu ne l'as pas brûlée, tu ne nous brûleras jamais, au contraire !" me murmurait-elle chaque nuit, quand, étudiante, je remontais au village, justement pour grand-mère... Elle me répétait, peu avant sa mort : "tu me réchauffes ! Tu me réchaufferas, moi !" Par moments, quand elle s'oubliait, elle soupirait : "ma petite Kenza !"

— Kenza, intervint Eve, cela veut dire "trésor"… Ta grand-mère a été ta vraie mère, tu vois…

Eve s'arrêta, se figea. Thelja leva les yeux sur son amie, fut la seule à comprendre : "Elle pense soudain à sa fillette, Selma, élevée à Marrakech par sa grand-mère !"

Thelja but d'un trait une grande tasse de thé amer. François, qui s'était approché, s'absorba – ou fit semblant – dans la lecture d'un rayonnage de livres. "Grandir dans un village berbère, comment cela doit être ? Deux femmes derrière l'orpheline, l'«orpheline de Dieu»… Deux gardiennes : la mère aux pieds brûlés et l'aïeule, à la fois tendre et forte !… Puis il y eut Tébessa, et l'école : elle partage ces années avec notre hôtesse !" François se sentait heureux de connaître Eve et il s'imagina revenir plus tard dans cette maison.

Hans le rejoignit. Les deux hommes se mirent à dialoguer un peu bas, en allemand.

Irma regarde la dislocation du groupe : les hommes, là-bas, que noue soudain quelque chose de cordial (Karl réservé, un peu en retrait), et les deux amies, Eve et Thelja, côte à côte, sans parler. Irma, dans des besoins de silence, ou de distraction, qui la prenaient parfois au milieu des autres, avait craint de s'ennuyer. Elle avait sympathisé très vite avec Eve, mais toujours à la piscine – toutes deux, le corps mouillé, parfois épuisé, et qui se détendaient ensemble… C'était la première fois qu'Irma venait chez Eve – elle avait prévenu Karl qui, elle le savait, aurait préféré un tête-à-tête avec elle.

— Non, avait-elle répondu indolemment au téléphone, même si nous risquons de ne connaître personne, nous serons ensemble… avec les autres !

Karl avait accepté de l'accompagner. Pour l'instant, il écoutait Jacqueline.

Irma se rapprocha d'Eve.

— Je disais à Thelja, expliquait cette dernière, que j'avais gardé dans un carton des photographies anciennes de nous deux, de… (elle hésita) de nos proches d'il y a six ou sept ans.

— En Algérie ? demanda Irma, curieuse.

Eve, essoufflée, prit une chaise et s'assit. Leva la tête vers les deux femmes.

— Non, au Maroc !

Eve se leva, prit par la main ses deux amies :

— Venez, mais venez donc !

— Mais non, dit doucement Thelja avec un demi-sourire. J'ai certes hâte de revoir ces photos d'autrefois, mais au calme...

Irma regardait les deux amies, indécise.

— Au Maroc ? s'étonna-t-elle.

— Eve, intervint Thelja, ne le saviez-vous pas, a vécu plusieurs années à Marrakech...

Hans et François à sa suite, un verre à la main, rejoignaient lentement le trio des femmes.

— Je ne sais si vous avez lu *Les Voix de Marrakech* de Canetti, commença, avec une certaine gravité, Irma. Je l'ai lu en allemand, il y a longtemps ; je ne suis jamais allée au Maroc. Il y a, dans ce récit, plusieurs moments qui éveillent en moi des... (elle chercha le mot) des vibrations profondes.

Eve, sautant presque sur ses jambes, se dressa :

— Mais je l'ai là, bien sûr, en traduction française !

Irma était concentrée, le visage rosi. Jacqueline s'approcha et, à ses côtés, Karl attentif :

— Rappelez-vous le passage sur les cris des aveugles – et elle le résuma : Canetti ne sait rien de l'arabe ; peu à peu d'écouter le même groupe de mendiants aveugles qui scande, tout le jour durant, sur la grande place Djemaa el Fna leur complainte, Canetti découvre qu'au moins un mot arabe, grâce à la répétition de la prière, il le comprend Allah, Allah !

— Je me rappelle, murmura Eve.

— Il ne fait pas de doute que ce voyage a un accent autobiographique. Canetti a fait ce séjour en 1953, je crois !

— J'ai habité Marrakech, il y a maintenant onze ou douze ans, intervint Eve... Je n'ai lu ce récit qu'une fois partie en Hollande !

— Auparavant, ce passage du chant des aveugles m'émouvait... Mais je n'ai compris l'impact sur moi de ce livre sur Marrakech qu'en débarquant à Strasbourg, il y a dix-huit mois ! – et Irma eut un petit rire.

— Trois mois avant mon arrivée ! s'exclama Eve, attendrie.

— Avant nous deux ! rectifia Hans.

— Je rangeais mes livres – poursuivit, de la même voix entêtée, Irma – dans mon nouvel appartement. Cela faisait un mois que j'étais installée. J'ai dû vous dire, Eve, combien, les premiers temps quand on arrive pour rester à Strasbourg, l'accueil des autochtones est le plus souvent distant... Il a fallu trois mois pour qu'un premier collègue, que je rencontrais environ trois fois par semaine à l'hôpital, m'invitât à boire un verre "pour échanger nos points de vue sur nos patients !"… Or j'ai relu un soir cette relation du voyage de Canetti à Marrakech et, à Strasbourg, j'ai compris pourquoi j'emportais partout ce texte !

Elle s'était entre-temps assise, les joues colorées, la voix animée. Karl remarqua combien la beauté, plutôt froide ordinairement, d'Irma s'illuminait : ses yeux, un peu étroits, ses traits si fins, ses cheveux en tresse lourde, d'un noir luisant faisant contraste avec son teint d'ivoire…

— Souvenez-vous (Irma se tourna vers Eve) combien Canetti est bouleversé quand un Juif marocain, entendant le nom d'Elias Canetti, le redit à sa manière : le son de sa voix, la scansion du nom… Canetti comprend que ce Juif de Marrakech lui est plus proche que tous les Anglais et les Allemands avec lesquels il partage pourtant un trésor de culture… Les aïeux de Canetti, des siècles auparavant, étaient partis d'Andalousie pour l'Europe danubienne, sous protection ottomane. Ce Marocain parlait à l'écrivain comme s'il avait été un aïeul ressuscité : le son en langue arabe, pour Canetti, avait reproduit l'exact bruit originel !…

Un silence méditatif s'empara de l'auditoire.

— C'est pour cela (Irma retrouve une voix presque sereine) que je me suis attachée aux voix – à celles qui se cherchent, à celles qui se perdent, celles qui ont brusquement un trou, comme une maille filée… L'essentiel soudain glisse, va se diluer… Peut-on réparer ?… Par la voix, tout parfois remonte, même l'essentiel entendu il y a des siècles !…

Elle se tut.

— C'est beau, ton métier d'ortho-phoniste, conclut Eve qui se leva et se rapprocha de Hans.

Des flots de musique submergèrent la conversation. Jacqueline, en arrière, avait mis un disque, volontairement assez fort.

— Ecoutez cette voix, proposa-t-elle. Elle a bercé mon enfance !

Tous se retournèrent. Jacqueline mit un doigt sur les lèvres, leur sourit, en secouant sa longue et fluide chevelure sombre. Tandis que la voix pure, fré-missante, de Billie Holiday s'élevait en un seul jet – (une chatte énervée, caho-tée, puis se griffant elle-même, si trem-blée, entre le cristallin et l'échevelé) –, Jacqueline les regarda tous, en fantômes soudain sans corps, avec leurs regards interrogatifs ou dans l'attente. Elle comprit qu'elle ne se libérait qu'en cet instant, du théâtre – la passion d'Antigone, ou plutôt l'"hybris" de Sophocle, en auréolant quelques adolescents des faubourgs, tardait à se dissiper en elle…

Thelja et François partirent les premiers. Thelja promit à Jacqueline de passer pour l'ultime répétition le lendemain, en matinée. Elle nota l'adresse du petit théâtre, non loin de Hautepierre.

Eve précisa qu'elle irait, elle aussi, mais en photographe : un tirage de quelques prises devrait servir pour l'annonce à la presse locale, la semaine suivante…

François aida Thelja à s'emmitoufler dans une veste de velours. Ils s'excusèrent.

— Où allons-nous pour cette nuit ? demanda-t-il, dans la voiture.

Il commença par l'étreindre.

— Il me semble que nous ne nous sommes pas parlé, de la soirée ! remarqua-t-il.

— C'est vrai ! s'exclama Thelja. Je vous regardais de loin en loin…

— Où veux-tu que nous allions ? reprit-il.

— J'ai laissé mes affaires à l'hôtel de l'Ecluse ! J'ai demandé qu'on nous garde la même chambre, cette nuit encore.

François démarra. Il pensait proposer d'aller dans le petit appartement qu'il s'était aménagé à un étage de la maison de sa mère. Il n'était pas sûr de ne pas rencontrer une certaine réticence chez Thelja... Il se dit qu'ils auraient pour eux tout le dimanche.

5

QUATRIÈME NUIT

Quand ils entrèrent dans la chambre de la veille, la lampe, dans un coin de la table, restait allumée. Un vase avec des fleurs champêtres – marguerites, dahlias et un tournesol – trônait sur la commode.

— Une surprise, fit en riant Thelja. Souvenez-vous, ce que nous avons cueilli ensemble cet après-midi, j'ai tout laissé à la réception. Pour que tout cela ensuite nous attende !

Elle se débarrassa de sa veste, de ses chaussures. S'affala sur un fauteuil.

— Presque chez nous ! murmura-t-elle alors que François, brusquement et tout habillé, s'accroupit sur le tapis à ses pieds.

— Enfin seuls ! dit-il en fourrant sa tête contre le ventre de la jeune femme. Elle lui effleura les cheveux, qu'il avait drus et d'un blond parsemé de mèches grises.

— Je voudrais, commença-t-elle presque pour elle-même.

Elle garda sa main sur ses cheveux. Il leva son visage vers elle : elle lui frôla le front, les sourcils, le considérant comme si c'était la première fois.

D'un coup, inopinément, lui revint l'image du garçonnet de cinq ans trottant dans les rues enneigées de Strasbourg... En surimpression, ensuite, des pieds nus, à la plante rougie de henné, des pieds de femme, tout craquelés sur les bords, les pieds brûlés d'une femme de vingt ans se hâtant en pleine montagne, dans le noir, avec au fond un panorama de neige...

— Je voudrais, reprit-elle.

François attendait... Elle énonça son désir :

— Je voudrais ce soir... Une longue nuit chaste, entre nous !... Comprenez-vous ?

Lui tendit ses lèvres. "Un seul baiser" pensa-t-elle, seulement un, et fraternel, ou d'amitié au moins. En d'autres lieux, *elle aurait demandé, cherché, exigé, un matelas pour elle seule, ou au moins une peau de mouton. Elle l'aurait jetée sur un sol de pierres ou une dalle rouge. Elle se serait couchée en chien de fusil, avec ou sans couverture sur elle, elle aurait plongé toute seule, ardente mais seule, dans un sommeil réparateur...*

Voici que François se lève, la soulève dans ses bras, l'amène dans un lit dont les draps sont entrouverts. Voici qu'il l'embrasse, légèrement, sur les paupières, sur les joues, dans le cou.

"Peut-être qu'il m'entend, qu'il entend mes désirs de solitaire".

— Veux-tu que je te déshabille ? – les mots lui parviennent de si loin. Or il l'interroge si près, contre son oreille.

Son dernier baiser d'amant, il le lui place dans la coquille creuse de l'oreille. Le baiser résonne longuement en elle, étiré à l'infini. Sa musique se déforme, en ondes intérieures, Thelja a fermé les yeux, ne sait plus qui l'allège de son corsage, comment son pantalon glisse sur ses jambes, elle s'endort, le sommeil lui devient une grotte, son ultime du baiser dans l'oreille, avec des battements aux tempes, s'approche d'elle un seuil ouvert, seuil de sable s'écoulant vers le noir, à la neuvième heure de la nuit, pense-t-elle confusément avant de sombrer.

*Il dormira, François, tout habillé, de
l'autre côté du lit. Il fumera auparavant
dans l'ombre. Il errera en pensée dans
la chambre de ses ordinaires week-ends,
dans la maison maternelle qui, se dit-il,
les attend tous deux.*

Thelja et son rêve ; dont elle s'extirpe
avant les premiers brouillards de l'avant-
aurore ; en pleurs. Elle ouvre les yeux,
comme une convalescente, ou comme
l'on ressort d'une longue anesthésie. Elle
se retrouve nue entre les draps. Elle a
oublié : qui l'a déshabillée, qui l'aurait
apprêtée ? Elle n'a pas froid. De sa main
gauche, elle tâte à côté d'elle : l'homme
dort de l'autre côté, manifestement sur
le couvre-lit.

Thelja ramène sa main sur son propre visage qu'elle palpe, elle le découvre baigné de larmes ; celles-ci coulent
encore. Elle s'essuie : "pourquoi, mais
pourquoi ?" s'interroge-t-elle une seconde.
L'âme vide, le corps réparé : elle ne
s'est pas entendue pleurer. Elle se
retourne : d'un coup, le rêve, zébré,
revient, aux couleurs d'une mosaïque
orientale, mouvante, ondoyante, pas
encore lisible.

Elle s'essuie à nouveau des larmes :
pas froides, presque tièdes. Les siennes,

vraiment ? Elle serait ainsi une sorte de fontaine creuse, mais humide ?… Les larmes tarissent d'un coup : lui reviennent intacts, à la fois son affolement et sa peine à vif, sans motif : vertige rétrospectif. La seconde d'après, le rêve se déroule devant elle – elle, yeux grands ouverts dans la chambre baignée du bleu sombre de la nuit qui s'épuise. "Dernières minutes de la nuit, ou les premières du point du jour" se demande-t-elle…

Elle se trouve dans un champ, plutôt une prairie sous un ciel immense, d'un bleu impavide. Face à elle, un adolescent, de moins de vingt ans. Elle le reconnaît, Thelja : ce visage d'ange aux cheveux bruns, bouclés, ces yeux rieurs, ce teint bronzé, presque métissé, cette allure gracile… Oui, il a un regard allumé : elle le connaît, cherche ardemment son prénom : son premier amoureux dont elle se moquait – "tu es entre un enfant et un homme". Ils riaient tant ensemble, autrefois. Elle s'esclaffait à ses déclarations d'amour : "un jeu" disait-elle. Elle avait alors son âge, mais elle se sentait austère et grave. Elle riait pourtant et seulement avec lui.

Elle le laissait dire, étonnée elle-même par l'indulgence amusée qu'elle lui manifestait… "Si beau" dans ce rêve, et ce halo autour de son visage brun.

Or le voici qui s'apprête à monter sur un immense rocher ; plutôt un pan de montagne rocailleux dont elle n'aperçoit pas, là où elle se trouve, le sommet… Elle se sent effrayée : elle cherche le prénom du garçon, elle a oublié :

— Que fais-tu ? crie-t-elle, éperdue.

— Je monte au ciel ! lance-t-il légèrement.

En effet il grimpe, et très vite. Voici qu'elle se met, elle (la Thelja de vingt ans, bien sûr), à pleurer à chaudes larmes.

Autour d'elle, soudain du monde, des inconnus, des passants en groupe et même gais… Elle, elle pleure comme une gamine, avec des hoquets, des sanglots : elle voudrait l'en empêcher… Il disparaît de sa vue, il monte encore…

Tandis qu'elle sanglote, dans une lumière douce, sous le même ciel au bleu inaltérable, la campagne redevient déserte et le jeune homme réapparaît : il est redescendu.

Il raconte, l'air un peu plus grave mais avec le même halo autour de son si pur visage, au regard luisant :

— Je voulais monter au ciel. La Dame là-haut (il a pointé l'index perpendiculairement vers l'azur), la Dame, celle qui est enceinte et qui allait décider de ma mort, en fut empêchée... devine comment ?

Thelja qui pleurait s'arrête, reste suspendue aux paroles du jeune homme, sérieux maintenant, comme imbu de lui-même.

— Elle en a été empêchée par... par son ventre ! Oui, oui, oui... Un ventre transparent, je pouvais tout voir comme derrière une lucarne. Le bébé dans le ventre a protesté : "s'il meurt, je meurs aussi !" La Dame a alors changé d'avis. Elle m'a simplement dit : "tu peux repartir !"

Thelja, les yeux ouverts, se rappelle son écoute dans le rêve. Elle s'arrêta de pleurer, se rappela les habituelles gamineries du garçon dans le passé. Mécontente, elle protesta :

— Mais voyons, comment as-tu pu, toi, là-haut, entendre la voix du bébé dans le ventre de la Dame ?

Comme si, dans ce rêve, la Dame, l'escalade jusqu'au ciel, tout cela s'avérait vraisemblable, mais pas cette voix du bébé pas encore né...

— Je le voyais, affirme sérieusement le jeune homme. ("Mehdi", il s'appelait Mehdi, se souvient-elle soudain, et elle pense, à présent seulement, à ce prénom de prophète.) Je le voyais derrière une

190

lucarne transparente et je l'ai entendu..
C'est tout !

Mehdi, dans toute sa beauté et son
éclat, se détourne d'elle, quelque peu
offensé. Thelja, dans le rêve, continue à
s'étonner : non de la présence de la
Dame, "une déesse, une sorte d'Isis !".
Mais comment cet enfant, endormi dans
le ventre de sa mère, pouvait-il s'exclamer : "s'il meurt, je meurs aussi !"

Sur quoi, Thelja reprenait ses pleurs,
intensifiait son effroi, versait d'autres
larmes : là-haut, la Dame restait mena-
çante. Mehdi se remettait à escalader la
montagne...
— N'y va pas ! N'y va pas ! criait-elle
en silence, comme si en fait le rêve en
deux actes refaisait défiler ses deux moments, indéfiniment. Mehdi allait donc
redescendre, expliquer à nouveau que
le bébé dans le ventre... "S'il meurt, je
meurs aussi !"
Thelja réveillée, le visage inondé de
larmes d'effroi. "Larmes de mon amour,
se dit-elle, tant d'années après !..." Je
l'aimais donc, ce garçon ? Je croyais
seulement rire, être complice du jeu,
rien d'important, ni de sérieux... Je n'ai
même pas accordé le baiser que, si
souvent, il quémandait.

Mehdi... et cette dame enceinte, et cet enfant lié à son amour premier ? La Dame serait-elle Eve d'une autre époque...

Thelja se lève, contemple l'homme qui dort tout habillé... Le songe a été si oppressant qu'elle se dit, une seconde : "qu'est-ce que je fais dans cette chambre ?... Quel est cet inconnu qui dort ?"

Elle a détourné la tête, mal à l'aise. A cet instant, le premier rayon du jour a traversé la chambre.

"Vite prendre un café, admirer l'écluse devant l'hôtel. C'est l'aube !"

La porte claque légèrement alors que François se réveille.

V

LE FLEUVE, LES PONTS

1

— Je vois le Rhin chaque jour, quasiment à mes pieds, des fenêtres de mon bureau ! dit François en proposant à Thelja, ce dimanche matin, une promenade.

Il travaillait au port autonome du Rhin, avec une responsabilité sans doute importante. Elle ne répondit pas à son offre d'aller lui rendre visite à son bureau, un des prochains jours... Il suggéra peu après qu'ils franchissent le pont de l'Europe – "assez récemment inauguré", précisa-t-il, et il ajouta qu'ils pourraient au moins s'arrêter à la ville allemande la plus proche.

La voiture roulait donc dans cette direction et le temps était printanier. Le pont semblait encore loin.

— Savez-vous, commença Thelja qui, depuis ses rêveries sur l'abbesse, se plongeait plusieurs heures par jour dans le passé de la ville (la moindre bibliothèque de quartier rencontrée, une vaste librairie sur une place où elle se retrouvait à errer, chaque lieu lui devenait havre familier), je lisais que de nombreuses reines de France ont fait autrefois notre trajet, mais en sens inverse ?... Elles arrivaient en royale escorte jusqu'à Strasbourg où se déroulait leur mariage par procuration... Après quoi, elles rejoignaient Paris en qualité de nouvelles reines de France !

— Cela a dû fonctionner de même du côté des Pyrénées, vers Bayonne ou Perpignan, intervint François. Les reines de France venues d'Espagne, il y en a presque autant que des reines d'origine germanique, non ?

— Celles auxquelles je pense ne sont pas toutes allemandes ! rétorqua Thelja... (Elle affiche son savoir avec une joie puérile.) Laissez-moi vous les énumérer : d'abord la gentille et naïve Polonaise, Marie Leczinska qui se maria donc à Strasbourg, puis alla convoler à Versailles avec le Dauphin, le futur Louis XV – elle, par la suite, versant dans la piété et lui, assez vite, dans la débauche. Ensuite, il y eut l'Autrichienne, la si belle Marie-Antoinette : elle aura certes un mari plus aimant, mais qui aurait osé prédire à cette princesse, tandis que tant de cérémonies fastueuses se déroulaient pour elle, à Strasbourg, qu'elle finirait à la Conciergerie, puis sur l'échafaud, place de la Concorde ?…

— J'y pense, l'interrompit François, Goethe se trouvait étudiant dans notre ville, au passage de la princesse… Il raconte, dans ses mémoires, comment il la voit passer dans un carrosse à glaces et plaisanter avec ses suivantes…

— La troisième, vous allez la deviner aisément ! s'exclama Thelja tandis qu'ils arrivaient devant le pont de l'Europe.

François arrêta la voiture ; il écoutait son amie dévider sa science neuve avec allant… Il se dit que, restant dans cette ville au passé si riche, elle serait prête à en épouser la mémoire fluctuante, contrastée : il pourrait donc garder cette enfant trop vive, cette étudiante encore… non, simplement cette amante !

— Vous ne m'écoutez pas : la troisième arrive et franchit le pont sur le Rhin non pas en future reine, mais en impératrice ! Vous voyez, c'est facile !

— Pour Napoléon, l'Autrichienne ? fit-il en redémarrant.

— Oui, c'est Marie-Louise, la princesse livrée par son père à l'"Ogre" que haïssent toutes les monarchies de la vieille Europe. L'empereur du Saint Empire germanique donne donc la pucelle, presque comme Agamemnon avait sacrifié sa fille… En tout cas, Joséphine une fois répudiée puisque stérile et Napoléon auréolé encore de sa victoire d'Austerlitz, la jeune Marie-Louise passe par Strasbourg, probablement effrayée… avant d'aller passer sa nuit de noces à Paris avec le petit Corse !… Vous savez bien comment cela finit, moins de dix ans après… Elle retourna chez son père, cette troisième mariée de Strasbourg, et Marie-Louise, raconte-t-on, se consola assez vite !

— Trois reines peu chanceuses ! conclut François qui, le pont dépassé, arrêta pour le faire admirer à Thelja…

Ils sortirent, firent quelques pas jusqu'à une esplanade, alors que François, versant à son tour dans le passé, certes plus récent, évoquait comment en juin 1940, alors que les troupes allemandes, venues par Colmar, approchaient de Strasbourg, tous les vieux ponts du cœur historique de la cité avaient risqué d'être détruits.

— Il a fallu l'intervention du responsable militaire d'alors ; il refusa d'obéir aux ordres… Les ponts détruits, cela n'aurait plus servi à rien !…

— En 1945, avec la division Leclerc, comment cela s'est-il passé, au recul de l'armée allemande, puisque les Français ont occupé la ville avant les Américains ?

— Les ponts de la vieille ville furent de nouveau sauvés de justesse !...

2

Leur voiture roulait maintenant en banlieue allemande. Thelja, qui s'attendait, après le pont de l'Europe, à un contrôle de police ou de douane, et qui en constata l'absence, s'exclama :

— Me voici en voyageuse clandestine ! Je devrais avoir un visa pour entrer en terre allemande...

— Vous n'êtes qu'en transit pour quelques heures ! s'amusa François, puis, tranquillement, il s'engagea au cœur de Kehl assoupie.

Tandis qu'ils faisaient rapidement le tour de la ville frontalière, Thelja remarqua, au portail d'une énorme bâtisse, un drapeau tricolore français qui flottait. Elle s'étonna.

— L'armée française ! dit machinalement son compagnon.

— Presque cinquante ans après ? fit Thelja, vraiment surprise, elle qui savait pourtant, jusque-là théoriquement, que l'occupation des "Alliés" continuait outre-Rhin.

Elle ajouta, songeuse, après un silence – elle descendait de voiture :

— Je serais née allemande, j'aurais vingt ans, ou comme maintenant trente, je ne réagirais certes pas à ces scories de la guerre comme la génération des parents ! Je sentirais vraiment mon pays occupé ! Je ne le supporterais pas !

François, qui la guidait vers une brasserie, rétorqua vivement :

— Pas si vite !… cinquante ans, ce n'est rien ! La preuve en est que vous, avec moi…

Il s'arrêta.

Thelja se tourna vers lui, devint toute rouge et prolongea tout haut la pensée du Français :

— Vous voulez dire… Avec vous, ces jours-ci, je ne cesse d'évoquer la guerre entre les vôtres et les miens !… Une guerre d'il y a trente ans !

Ils étaient rentrés dans le café vide ; s'étaient assis dans une sorte de pénombre. François s'absorba dans la discussion déclenchée :

— Je voulais dire : la mémoire des parents, la nôtre… Tout ça, la même glaise, la même boue !

Et, dans ce café prosaïque, où la servante allait et venait, les joues rebondies, l'allure joviale, François, se penchant au-dessus de la table, débita, le regard perdu...

— Moi-même, mon adolescence a été empoisonnée par la peur que j'ai eue, la honte que j'ai ressentie, le trouble... Personne ne m'en parlait autour de moi, grand-père l'aurait fait, bien sûr, mais il mourut quand j'avais quatorze ans. Oui, les complications en moi, l'humiliation en moi, tout cela parce que mon père avait dû combattre sous uniforme allemand !... Malgré lui ! Or, je n'en étais pas sûr ; ma mère, en épouse vindicative, ne m'aida pas en cela ; au contraire, elle m'enfonça à sa manière... Il m'a fallu dix ans – jusqu'à l'âge au moins de vingt-cinq ans – et en faisant, moi tout seul, des recherches d'historien quasiment, pour apprendre avec précision que mon père était mort dans l'affreux camp de Tambov, en territoire soviétique : victime une première fois des Allemands (comme tant de "malgré-nous"), puis des Russes !... Il tenta de s'évader, fut repris, dut mourir dans des souffrances terribles... Un de ses compagnons de détention a pu me faire renouer la chaîne... Sinon, cela n'aurait été qu'un trou ! (il ricana) qu'un gouffre de mémoire plutôt !

Thelja ne bougea pas, devant le visage contracté de François.

— Alors, conclut-il, comme s'il désirait expulser définitivement ce passé. – Alors, quand tu dis cinquante ans, mais cinquante ans, c'est hier vois-tu et particulièrement sur ces deux rives du Rhin, cinquante ans, c'est aujourd'hui encore ! Bien sûr, tu le vois bien, tout a été reconstruit, au moins les pierres, les maisons et jusqu'aux statues remises sur leur socle… Mais les êtres ? Ils accumulent, strate sur strate, des couches de passé contradictoires, après quoi, ils se taisent.

— Levons-nous, murmura-t-elle, et elle songea que, décidément, il se souvenait en écorché.

Ils ne restèrent pas dans la ville. La voiture roula vers la France et ils gardaient le silence. "Tout cela, pensa-t-elle, parce qu'ils avaient vu flotter un drapeau à la porte d'une caserne française !"

Ils ralentirent, une fois sur le pont. Non, Thelja ne désirait pas descendre : le Rhin, large et gris, malgré le soleil vif. Un paquebot s'éloignait, vers le nord. Thelja se rappela que Hans, l'ami d'Eve, avait dit, la veille, qu'il faisait des conférences pour les touristes des croisières rhénanes.

— Quant à la présence des soldats français, chez nos voisins germaniques, reprit François qui semblait rivé encore aux propos du café, nous sommes vraiment à la fin…

Thelja écoutait avec politesse – elle aurait voulu être ailleurs, décider où ils s'arrêteraient, sous quels arbres marcher, vers quelles berges descendre…

— Oui, nous sommes probablement à la fin de cette "occupation", vous avez employé ce mot, continuait François.

— Vous ne lisez pas les journaux ? reprit-il, intarissable. Le président américain vient de proposer aux Russes d'alléger considérablement la présence de ses troupes en Allemagne de l'Ouest… Les Américains, trois fois ou cinq fois moins nombreux ici : les Russes vont être trop contents de ne plus monter la garde de leur côté ! Alors, en Allemagne de l'Ouest, Français et Anglais vont vite rentrer à leur tour chez eux !…

Thelja écoutait ce long exposé avec effort :

— Depuis huit jours au moins, je n'ai pas ouvert un journal, je n'ai pas écouté la moindre information de radio ! avoua-t-elle.

Elle descendit de voiture. S'aperçut que François, comme il l'avait annoncé un peu vite le matin, quand ils avaient quitté l'hôtel, l'amenait chez lui – "ou chez sa mère", se dit-elle, sur le qui-vive. Elle espéra que la visite – courte, se dit-elle – serait quelque peu formelle.

"Si je pouvais ne rien regarder, n'avoir rien à observer, ne laisser traîner mes yeux nulle part… Un fantôme, me voilà fantôme parmi les siens, les siens morts !" Elle se désira sourde ; ou imperméable : par les yeux et les oreilles.

Où suis-je ? Où ai-je débarqué ? Dans quel antre ? Dans quel confinement ("pièces claires pourtant, mais trop bien rangées !") ? Elle s'assoit, Thelja. Un salon ? Peut-être. Un bureau sans doute. Une chambre : sans lit, sans table, sans… Un passage.

— Attendez-moi juste une minute ! murmura François, et il disparut.

Elle se leva, ouvrit une baie, sortit sur la véranda. Respira longuement : un assez beau jardin devant, des carrés de fleurs, un bel arbre – en contrebas, une pelouse, avec, au loin, un panorama assez ample. "Où situer Strasbourg ? On devrait apercevoir la flèche de la cathédrale !…"

"Royaume clos à mes pieds ; univers de senteurs, de fleurs protégées, de bosquets entretenus : où suis-je ?" On pouvait presque flairer la présence de la Mère. Encore un peu, si un fauteuil en rotin et à bascule se trouvait là, avec couvertures aux pieds et deux coussins dans l'attente, Thelja s'imaginerait prête à dialoguer avec cette vieille, si tenace…

— Et pourquoi pas avec l'épouse, l'épouse morte, elle aussi ?

Cette question venait de la picoter, quand surgit François. Visage tendu, air inquiet.

— Je vous cherchais, fit-il.

Et il lui prit le bras.

— Je…

Elle allait lui dire : "Sortons ! ou alors, laissez-moi fuir ! Je ne veux que marcher, vers le fleuve, ou sur une route de campagne… Sortir !"

Il la fit rentrer, la gardant serrée par le creux du coude. Elle, docile soudain : étonnée par sa propre docilité, sous l'effet d'une nouvelle curiosité.

— Excuse-moi (il lui parlait de sa voix tendre), je ne t'ai même pas demandé, en venant ici, si cela te coûtait !… Excuse-moi, Neige !

Et, dans la salle ombreuse, tout près de la baie refermée, il la prit dans ses bras. Un peu incertaine toutefois, Thelja. Voici qu'elle s'attendrit – l'odeur de l'homme peut-être, qu'elle retrouvait comme un parfum ancien. Elle chercha où se rasseoir ; elle ne lui en voulait plus.

Il expliqua :

— Je sens que tu vas partir, dans quelques jours !... J'ai besoin simplement que tu entres dans la seule chambre où je m'installe, chaque dimanche... C'est là que je t'écrirai, quand tu seras à Paris. Tout autour, c'est la maison de ma mère : je n'ai pas été enfant ici !... Sans quoi, je t'aurais fait visiter les lieux ! (Il eut un geste vers des rayonnages de livres.) – Ces livres sont presque tous des années vingt et trente, en deux ou trois langues : ma mère voyageait et collectionnait les récits de voyage !

Il rit d'un rire forcé, dont il dissimulait l'ironie inexpliquée. Ils montèrent un escalier, se retrouvèrent dans une pièce assez sombre. François avait dû ranger à la hâte : sur le côté, un pupitre tout encombré de papiers, de photos ; un grand désordre régnait.

Il fit asseoir Thelja à l'autre extrémité. Quelques fauteuils confortables et vieillis, une cheminée avec des photos sous cadre au-dessus ; en arrière, un divan, ou un lit qu'elle devina à peine, sans se retourner.

François alla à un petit bar ; posa des verres. Non, elle ne buvait aucun alcool ; elle restait debout, le corps un peu penché. Elle accepta, avec un sourire, un jus de fruits, "n'importe lequel" avait-elle dit. Elle finit par s'asseoir ; sur le bord d'un fauteuil bas.

— Que suis-je venue voir, ou revoir ? dit-elle tout haut, pour plaisanter.

Elle comprit, l'instant d'après, ce que, dans une tension silencieuse, il se mettait à désirer, ou qu'il avait désiré au préalable, dès qu'ils avaient retraversé le pont.

Elle se trouvait là en visite. Il devait être passé midi. Ils auraient pu déjà être en route vers quelque restaurant du dimanche, encombré de bourgeois en goguette, ou vers une terrasse fleurie… Mais non, cet homme aux mains inquiètes attendait d'elle, quoi ? Qu'elle s'attendrisse, qu'elle soit caressante et docile… et liane… et ?

Elle jeta un coup d'œil sur le rebord de la cheminée : "l'inconnue", "elle", "l'autre" trônait là, chevelure blonde, opulente, un grand sourire dans un visage large.

Thelja se dressa face à François.

— Embrasse-moi donc dans ton studio de célibataire ! lui dit-elle.

Elle lui tendit ses lèvres sans élan, sans amour, avec une sorte de volonté froide. Il s'empourpra. Son visage contre elle : "j'ai donc bien devancé son désir… d'elle là-bas sur la cheminée ou de moi... d'elle avec moi, de moi faisant écran devant elle !"

Mais François tournait le dos à l'épouse morte. Il inclina les épaules. Il prit de ses mains (inquiètes toujours) le menton de la jeune femme, il la scruta dans les yeux – comme s'il auscultait la forme nouvelle de son invite. Il garda la face de Thelja dans ses paumes, en forme de coupe ; il allongea le cou, effleura les lèvres – de Thelja qui, presque sur la pointe des pieds, lança toutes ses forces dans la délectation d'un baiser – long, vorace, interminable, humide, juteux, violent et torturé, deux langues se cherchant, se cognant, tentant de s'emmêler, rivalisant... Ardeur telle qu'elle fléchit, Thelja, sur ses jambes, que François l'enlaça aussitôt tandis qu'elle oubliait la photographie derrière, la morte à laquelle il tournait le dos, ses propres lèvres emprisonnées, son palais presque asphyxié, elle annihila la chambre, à la fois la mère et l'épouse, et le panorama au-dehors, jusqu'au Rhin là-bas.

François portait Neige à présent.

— Au canapé, oh oui ! se dit-elle, et elle rit quand ils s'affalèrent, et elle s'entendit rire, là, sur ce lit derrière les fauteuils, alors que ses pieds, l'un contre l'autre, expulsaient leurs chaussures, d'un bref mouvement des talons, pour qu'elle puisse, presque en boule, se retrouver enveloppée par les bras, par les gestes hâtifs de l'amant.

Sur le divan, elle le laissa la déshabiller gauchement – elle, impatiente, affamée de sa propre faim, elle attendait que les mains de l'amant lui déboutonnent son corsage, qu'il réussisse à faire glisser sa jupe jusqu'aux genoux, que ses paumes brûlantes retrouvent, sous sa combinaison, la peau de son ventre à elle.

Elle se laissa faire, amollie, apparemment passive mais ardente en dedans, sa bouche sèche, mordante – elle s'accroupit contre les hanches de l'homme, encore à demi vêtue, mais ses dents et sa langue cherchaient la peau de François depuis la nuque, au sommet de l'épaule, puis, en glissant vite, à peine un frôlement, jusqu'au bas du dos, aux reins !...

Ils firent l'amour maladroitement, encombrés, à demi nus ou à demi dévêtus, les rires à cause de cela fusèrent, l'ardeur âpre du début, dans un encorbellement de leurs torses, de leurs hanches, les poussait à s'encorder d'une lassitude non assouvie... Juste avant qu'il ne plonge en elle (elle avait enfin enlevé elle-même son soutien-gorge, elle lui présentait son torse nu), elle se souleva, le dévisagea comme au début d'une visite, demanda, dans un besoin durci de vérité :

— Pourquoi tu me veux ?... Maintenant ?... Et ici ?

Il bafouilla. Elle rit. Elle répéta la question, sur un ton plus attendri, sans le harceler, sachant bien qu'il ne savait pas, qu'il ne chercherait pas... "Peut-être que lui, son pourquoi, c'est pourquoi tu vas partir ? Pourquoi tu veux partir ?..."

Une seconde où, en elle (son corps s'arc-boutait d'un désir acéré : elle frémit), elle se vit traversée par leurs questions contradictoires – les imaginant, elle et lui, comme un couple extérieur, mais proche, en dehors de son propre corps, saisi par son regard à elle, un œil obscène de voyeuse sous le voile ancestral. Thelja se remit à mordre l'amant par petits coups, puis par lapements légers, par succions enfin près du ventre, tout contre l'aine, elle persista durant ces minutes violentes, elle lui demanda en retour même tumulte, ou secousses, ou tout petits pinçons, il se montrait amant attentif, à la fois d'une hâte exacerbée, suivie aussitôt d'une lenteur sensuelle. Plus éperdue encore que lui, elle l'étreignit tandis qu'il plongeait sa face et ses cheveux entre ses seins, elle ferma à son tour les yeux, éleva ses jambes au plus haut, comme une danseuse prête à

s'envoler jusqu'au plafond. Elle suf-
foqua,

— Vite, je t'attends !

Elle ne parle plus. Elle résiste. Tout
au long de la houle qui l'assourdit, sans
l'engloutir, et la pousse à s'envoler, au
rythme des assauts de l'amant, elle se
perçoit enténébrée, insidieusement prolongée, puis noyée, emportée dans un
flux au milieu de l'air de la pièce – ses
pieds de danseuse toujours là-haut, ses
orteils tendus, ses chevilles contractées –,
loin de la mère, de l'épouse, de chacune
des mortes qu'importe, il est là, lui, ahanant, labourant, s'essoufflant, homme aux
yeux enfouis en elle, ils se perdent simultanément, leurs souffles conjugués, dans
un noir de violence qui remonte le long
de leurs reins, un noir riche et luisant, au
cœur de cette chambre en plein midi.

3

Eve reprit deux appareils, sa sacoche
avec tous ses objectifs, et laissa Hans
monter chez la voisine. Elle l'embrassa
et tandis qu'elle fermait la porte :

— Le théâtre du Maillon n'est pas
loin ! Je prends mes dernières photos, je

les développerai pour demain ! murmura-
t-elle.

— Je te rejoins là-bas, dans une heure
au plus tard ! répondit Hans qu'attendait Touma.

Eve hésita sur le seuil ensoleillé. "Avec
cette lumière, se dit-elle, il me faut toute
la force de mon amitié pour Jacqueline,
pour rester, un jour comme aujourd'hui,
dans une salle noire !"

Quand, après dix minutes de marche,
elle entra au théâtre, elle s'arrêta, observa,
sans aller plus avant, les silhouettes au
fond. Elle s'assit aux dernières rangées,
les plus hautes : le regard en plongée,
elle se sentit au-dessus d'une fosse.

"La fosse de la tragédie, bien sûr, ou
d'un cirque tragique !..." se dit Eve qui
sortait son Leica, mais avant même de
le manipuler, elle se figea devant la voix
forte de Jacqueline :

— La tragédie, il faut que vous en
soyez persuadés maintenant que nous
allons faire ce dernier "filage" de l'*Antigone*, la tragédie n'est pas seulement
le récit d'une catastrophe : après la série
inéluctable de destructions, la mort
d'Antigone, dans sa tombe, est là pour
tenter d'éclairer la vérité de toutes ces
morts en marche... Avant la guerre
civile entre les deux frères, avant que
chacun de ceux-ci ne meure de la main

de l'autre, il y a eu leur condamnation par leur père ; il y a eu l'affreuse vérité découverte par Œdipe qui doit payer sa double faute, celle du parricide et celle de l'inceste, lui qui se crève les yeux et part sur les routes, mendiant, objet d'opprobre certes, cependant toujours royal, maudit et royal !... Or, rappelez-vous, même au plus profond de son malheur, Œdipe, abandonné de tous, n'est pas seul : sa fille, Antigone, adolescente, va l'accompagner dans son exil, s'instaurer sa gardienne... jusqu'à sa mort, à Colone. Dans cette pièce, prenez conscience de cette loi terrible : Antigone, elle qui a voulu, en dépit de tout et contre tous, assurer une sépulture au frère abandonné, Antigone, allant à la tombe, est totalement seule. Elle, la virginale, elle va vers la tombe où Créon la condamne à l'asphyxie, elle y va seule, avec ses larmes. Le fiancé, révolté contre Créon, son père, a fui dans la douleur et le délire... Ainsi, Antigone abandonnée des dieux et des hommes, devient figure par excellence du sacrifice !

Il y eut un silence : le noir total s'installa sur le plateau, puis un seul projecteur jaunâtre, en biais, éclaira une jeune femme en blanc, assez forte. Elle attendait.

— J'ai trop parlé, en effet – reprit plus bas Jacqueline qu'Eve aperçut, au-devant du plateau, et qui, d'un bond, descendit vers la salle.

— J'aurais dû te le dire plus simplement, Djamila : c'est toi, Antigone, qui as choisi de te retrouver seule désormais, seule avec tes larmes !

Tandis que la scène finale d'Antigone emmenée pour être emmurée commençait, dans des lueurs d'un rêve rougeâtre (un feu semblait précéder les gardes, ce n'était que l'éclat des flambeaux qu'ils portaient à la main), ne compta alors que l'infinie plainte, plutôt le lamento grave, scandé, de cette "Antigone de banlieue" :

> O tombeau, chambre nuptiale ! retraite souterraine, ma prison à jamais ! En m'en allant vers vous, je m'en vais vers les miens qui, déjà morts pour la plupart, sont les hôtes de Perséphone et vers qui je descends !

Un second projecteur – Antigone se trouvait au milieu de la scène – éclaira au fond l'ensemble du chœur masculin, quatre ou cinq silhouettes de jeunes gens bottés et habillés de cuir, portant chacun un masque sur le visage. Au-devant d'eux, le coryphée, un autre des garçons, déguisé en vieillard avec longue barbe mais sans masque, se mit à suivre

l'Antigone blanche, soudain sans voix…
Jacqueline interrompit la scène.

— Vous, les garçons, ne la cernez pas de trop près, vous êtes nos témoins à nous, vous devriez, en fait, vous placer entre elle et nous, mais…

Eve n'écoutait plus ; elle avait descendu l'allée centrale de la petite salle ; elle s'accroupit presque aux premières rangées. Avec sa sacoche, et son Leica, elle glissa promptement sur le côté, s'installa en diagonale, pour n'avoir que la haute silhouette – "large, forte et illuminante" – d'Antigone (sa voix se déployait à nouveau, un flux de lamentations en mélopée de douceur mélancolique :

> C'est ce qui me vaut de paraître à Créon coupable, rebelle, frère bien-aimé ! Et à cette heure, je suis entre ses mains ; il m'a saisie, il m'emmène – et je n'aurai connu ni le lit nuptial, ni le chant d'hyménée.

Eve se mit au travail ; les plaintes de Djamila-Antigone ayant de nouveau tout envahi, la photographe n'était soucieuse que de la silhouette ainsi dressée au centre, qui approchait pas à pas. Quelques ombres des garçons en se profilant obscurcissaient la jeune fille blanche et solide, noires menaces qui se dissipaient, puis revenaient. Eve tourna son objectif vers la face en gros plan du coryphée, lui, le faux vieillard aux cheveux en laine bouclée, à la barbe trop blanche et dont la voix de stentor déclamait :

Ah, ce sont bien toujours les mêmes vents, et les mêmes rafales, qui règnent sur cette âme !

Eve oublia les voix et le souffle de Sophocle : seuls lui importaient les gestes, les bras en avant du garçon, le masque de chacun des autres du chœur, de nouveau la silhouette de l'héroïne, penchée, presque vacillante, au-devant de la scène, comme si elle entrait déjà dans la tombe, si près de nous.

C'est alors qu'Eve put saisir un regard noir, sous la chevelure flamboyante et rougie de henné, de l'actrice. Elle put ne cadrer que les traits, que le port de tête, que les yeux muets, nullement suppliants, non, en fureur car, au-delà de ces quelques spectateurs de la répétition, Djamila-Antigone contemplait véritablement, enfin, sa seule solitude.

De nouveau, la voix de Jacqueline s'éleva, alors que les projecteurs s'affaiblissaient, comme s'ils laissaient l'éclat de la robe de Djamila et de sa présence éclairer cet entracte :

— En vérité, pour ma part, j'hésite parfois à le croire, Sophocle s'est trompé : Antigone ne se pendra pas dans sa tombe, Hémon, son fiancé, ne va pas se transpercer de sa lame en se nouant au cadavre de son aimée, la mère d'Hémon ne s'égorgera pas elle-même, ou ne se frappera pas au foie ! Que de morts sauvages et furieuses ! Ne gardons que les paroles du vieux Tirésias guidé par un enfant, quand il prédit :

> Voici déjà la haine bouleversant toutes les villes qui auront vu leurs guerriers déchirés n'obtenir d'autres tombes que des chiens ou des fauves… !

Je vous le dis, ici : Djamila s'en va, noblement, vers la tombe. Tous les malheurs ensuite annoncés par le messager à Créon, pourquoi les mettre en scène ? Il me semble à moi qu'Antigone reste vivante à jamais même emmurée et que toute la chaîne des malheurs va nous sembler suspendue !… Antigone devient l'aube qui nous parle, l'espoir qui s'allume au fond du désespoir…

Jacqueline continuait, mais Eve, qui avait reculé à nouveau vers le fond de la salle, ne l'entendait plus : avec hâte, elle prit les dernières photos, Djamila quittant pas à pas la scène sur le côté et, à l'opposé, le coryphée immobile s'adressant, pour finir, au public, à nous tous.

Eve changea d'appareil, ne prit cette fois que l'arrivée de Tirésias et de son guide, un jeune garçon, noir et à moitié nu.

Quand Thelja arriva, accompagnée de François, le groupe des comédiens, entourant Jacqueline et Djamila en toge blanche, se détendaient en déclarant que, si les trois représentations prévues la semaine suivante s'avéraient un succès, "même d'estime", rectifia le plus jeune, malicieusement, eh bien, décidaient-ils, dans un élan d'enthousiasme, pourquoi ne pas se constituer en troupe théâtrale qui obtiendrait quelques subventions et établirait un programme de longue durée ?

— Pour cela, dit l'un, il nous faudrait un titre !... Un nom de troupe !

— J'en ai un, proposa un autre. Nous pourrions nous appeler : "le théâtre de la Smala" !

— La Smala ?

— C'est un des mots arabes qui est passé dans le français... Comme le "souk", comme...

— Comme l'algèbre, comme le zéro, comme... la chimie ! dit doucement Thelja. Comptez-les tous dans un dictionnaire étymologique : vous en trouverez aisément plus de deux mille ; des mots courants, en outre !

— "La Smala", j'aime ce titre, rêva quelqu'un.

— Cela fait penser à un enlèvement, à un rapt, à un pillage de manuscrits précieux, de livres rares !… Les pilleurs, les destructeurs de livres ne sont pas alors du côté où on les attend… Savent-ils au moins les détails de "l'enlèvement de la Smala" de notre émir Abdelkader ? se dit Thelja qui ne parlait plus que pour elle seule. Elle se retint pour leur proposer d'aller jusqu'à Versailles, juste pour contempler le tableau fameux d'Horace Vernet.

En fait, elle développa ces pensées en les quittant, tandis qu'elle sortait du théâtre, entre Hans et François.

— En tout cas, commenta Eve qui approchait, un peu lasse de son travail mais heureuse, ce sont des jeunes si débordants de projets ! Je les ai vus une fois, justement avant l'arrivée chez nous de Jacqueline : ils avaient monté entre eux une courte pièce drôle !… (Elle rit.) Ils l'avaient écrite, ou restituée, vous ne le devinerez pas : en alsacien ! Une suite de sketches où ils mettaient en scène leur vie de quartier : le charcutier, le facteur, les dames au marché et leurs propos dans l'escalier… Tous ces ins-tants de vie recréés dans un alsacien nerveux, avec des drôleries, des jeux de mots… Le public, malheureusement, n'était formé que des familles de Hautepierre : leurs parents pour la plupart, quelques Alsaciens, des voisins… Oui, ce sont de vrais acteurs, amateurs jusque-là et en majorité emigrés maghrébins !

— Avais-tu compris les dialogues de cette pièce ? interrogea Thelja.

— Pas du tout, reconnut Eve. J'étais allée avec ma voisine de palier, la retraitée des postes qui me traduisait !… (Elle soupira et ajouta :) Du théâtre créé par cette jeunesse : si cela avait été monté dans une veine misérabiliste, la presse, probablement, en aurait parlé davantage ! Ce qu'on attend au fond de la culture "beur", comme ils disent…

Eve se tut, épuisée par son exaltation.

— Je crois avoir pris de belles photos, grâce à Jacqueline et à ce travail magnifique ! conclut-elle lorsque les deux couples, dehors, se quittèrent.

— Avant que le soir ne tombe, proposa Thelja, dans la voiture, à François, allons, je vous prie, flâner à la "Petite France" ! Pour les ponts encore, et l'eau à nos pieds…

Thelja, dans le lit, murmure :

— J'avais si peur, la première nuit, peur que tu n'aies fait la guerre, autrefois, chez moi… J'ai eu comme un arrêt du cœur : même si tu m'avais dit "j'ai fait la guerre dans les Aurès, puis j'ai déserté, j'ai rejoint les vôtres au maquis", rien n'y aurait fait. J'aurais su qu'il n'y aurait plus eu de nuit entre nous, et sans doute même le souvenir de… de notre plaisir d'avant se serait dissous…

Et elle s'engloutit dans d'autres souvenirs :

— Une fois, j'étais très jeune, à peine étudiante. On m'a présenté une héroïne de chez nous : la quarantaine. Elle était belle, élégante : il suffisait que l'on dise son prénom, partout, elle symbolisait la lutte passée, le courage et l'audace. Je l'ai dévorée des yeux, admirée. Bien sûr, je pensais à mon père – lui, un héros mort. C'était l'époque où je me répétais : "il n'y a de héros que mort !" Tous ceux qui, bien vivants, portent les traces des "hauts faits" dont ils ne parlent pas, eux, par modestie, ou parce que les autres les évoquent pour eux, la rumeur de ce passé glorieux leur fait une sorte de halo… Quand je les apercevais, je les détestais,

ces hommes installés dans le confort, pour la plupart, le visage triste et la silhouette épaissie... Or il y eut cette dame ! Ses actes extraordinaires lorsqu'elle avait juste vingt ans. Condamnée à mort par la justice française, elle et trois autres au moins de ses compagnes ! Elle, la plus célèbre à cause sans doute de son visage d'ange, de son sourire en coin ; un sourire non de timidité... de retrait, et moi, ce matin, devant les vierges folles du portail central de votre cathédrale, j'ai soudain pensé à cette femme célèbre chez moi, à ce sourire qu'elle avait, la première fois que je l'ai vue, un sourire secret comme au cœur des délices...

Je l'ai rencontrée, vingt ans après son procès : ses prisons, son amnistie, sa rentrée triomphale au pays aux premiers jours de l'indépendance... Elle m'a paru plus belle que sur les photos qui circulaient d'elle, même lors de l'époque glorieuse... J'ai douté alors de mon doute systématique : ces héros, ces héroïnes... des années après, bien portants, avec maison, famille, enfants, et les honneurs les statufiant... Je n'oubliais pas mon père dont on n'a jamais retrouvé le corps – celui-ci jeté, disait-on, de l'hélicoptère et qui fut dépecé par les chacals de la forêt... Il a eu droit à un mausolée, mon père : je n'ai jamais voulu y aller,

pas une seule fois. Ma mère, si : elle et
ma grand-mère s'y rendaient en pèleri-
nage là-bas, chaque vendredi !

— Et l'héroïne ? dit doucement
l'homme qui fumait dans le noir.

— Pourquoi me suis-je lancée dans
cette évocation ? s'étonna Thelja, en se
pelotonnant sous les draps.

Elle finit par poursuivre :

— Je n'ai pas dit un mot à cette femme,
à cette image-idole. Mais, en bibliothèque,
j'ai voulu enfin tout lire sur cette guerre :
oh, des chroniques de journalistes, plus ou
moins orientées !... Je n'ai retenu qu'un
fait : à propos justement de cette héroïne,
un journaliste français, avide d'anecdotes,
racontait : après qu'elle fut arrêtée, tortu-
rée des jours et des jours, soudain, il y eut
répit dans son interrogatoire. Son bour-
reau essaya de la séduction.

Certains disent qu'il réussit à la séduire
en effet : on les vit même sortir la nuit
dans cette ville alors assiégée... On
raconta qu'elle s'éprit de lui !... Cela ne
servit à rien toutefois : elle s'accusa de
toute la responsabilité des attentats qu'on
lui imputait. Oui, elle avait été poseuse
de bombes. Oui, elle avait transporté
des armes. Déguisée en Européenne des
beaux quartiers, puis en femme du peuple
de la Casbah... Elle reconnut tout, mais,
si longtemps après, je fus troublée, moi

l'intransigeante, par ce détail : "elle aima son bourreau, elle se laissa séduire un moment par lui !"... Cet officier français aurait été ensuite affecté, sur sa demande, dans les zones de combats les plus durs ; ayant cherché à tout prix tous les risques, il aurait été vite tué !

Cela m'a taraudée longtemps... Peut-être que mon interdit d'un amour français s'est renforcé là, fit-elle, et, d'un mouvement vif, elle rama dans la couche contre son amant qui s'était soulevé :

— Serrez-moi, que vais-je devenir dans cette ville des passages ?

Il lui répondit, longtemps après une nouvelle fluidité de leur plaisir et de son acmé, il lui susurra :

— Comme c'est étrange ! Je t'ai raconté hier, ou avant-hier (il me semble que mes mots datent déjà de si longtemps !), j'ai arraché de ma mémoire cette nuit ancienne, la messe de Noël au cœur de Strasbourg vide... Or c'est toi qui souffres !

Elle le fixa, sourit bravement, et ce sourire restait nimbé d'une tristesse tremblée :

— Cette longue journée ensemble, j'oublie presque ! soupira-t-elle. Je me souviens tout haut, justement parce que je me trouve nue contre toi. Ces miasmes vont-ils finir par s'évaporer ?... Pouvoir

oublier ! – et elle cria presque ; en tout
cas elle gémit :

— France, ô France, dans ce seul mot,
y aurait-il ma souffrance ?

Elle pleura doucement, quand il la
berça, avec une constance sans lassitude, elle finit par remarquer, reconnaissante :

— Tu es un homme, et pourtant je te
trouve... maternel ! Oui, c'est cela exactement... Comme cela me fait du bien !

Il rit, sincèrement surpris, et se remit
à fumer.

Tard dans la nuit, alors que les premières lueurs d'un gris bleuté de l'aurore
s'annonçaient à travers les persiennes,
Thelja ouvrit les yeux, resta un moment
immobile avant de se réveiller tout à
fait. Elle étendit le bras : François allongé
fumait déjà en silence... Elle lui caressa
l'épaule, le cou. "Ne pas lui raconter
mon rêve, aussitôt dissipé d'ailleurs...
Tant de mots sortent de moi, avant, après
le plaisir ? Pourquoi, mais pourquoi tout
ce marmonnement ?..."

— Si je ne parlais ni arabe ni français, murmura-t-elle tandis qu'il l'installait au creux de son épaule. Elle reprit :
Si je ne parlais ni arabe ni français, si,
toi, tu ne parlais ni français ni... disons

allemand, ni alsacien, est-ce que nous nous aimerions toutes ces nuits de la même façon ?

— Quelle question, ma raisonneuse ? s'étonna-t-il.

Il remonta sa paume, un peu froide, depuis le ventre de l'amante, frôla ses hanches, puis ses seins ; ses doigts flottèrent sur le visage de la parleuse et lui palpèrent les lèvres.

— Ma petite bavarde du point du jour ! ajouta-t-il.

Elle sortit la langue, lui lécha le bout des doigts.

— Chut !... Ecoute, fit-elle doucement. Ce sont encore des paroles de nuit : la nuit, juste avant qu'elle ne se glisse ailleurs, qu'elle ne se disperse tout à fait, on parle dans un demi-sommeil, et quelquefois ainsi, l'on trouve, oh si peu, juste quelques traces, pour élucider à tâtons ce qui nous habitera, ou nous tourmentera, au soleil...

Thelja rêva : "Il ne serait qu'un homme anonyme, presque de l'âge de mon père inconnu, en effet ! Il serait aussi bon, aussi attentif qu'il l'est, tous ces jours ! Mais..."

Elle continua à mi-voix :

— Tu ne parlerais aucune des langues que je comprends. Et je t'aimerais d'emblée, tout autant ! Je te ferais réciter des

vers de ta langue qui me serait indé-
chiffrable, un babil, un parler d'oiseau..
Un bruit, non, une musique. Chaque
matin, au cœur des baisers, je répé-
terais presque au creux de ta bouche
chacun des mots mouillés de ta langue
inconnue !... Il n'y aurait plus tant nos
bras, nos genoux, nos chevilles pour
nous tâter, nous entremêler... Non,
seules nos bouches, nos langues, nos
salives... Surtout nos deux souffles, tou-
jours si proches !

François rit dans le silence. Garda
ses doigts sur ses lèvres à elle, entrou-
vertes.

— L'amour, dit-il amusé, serait donc
nos exercices de prononciation, de
rythme, de phrasé...

— Y a-t-il, dit-elle au milieu des cares-
ses de l'amant (les doigts de l'amant se
promènent sur ses pommettes main-
tenant, sur son front têtu, ses yeux
qu'aussitôt elle ferme, pour sentir son
toucher plus longuement), y a-t-il un
nœud ou même un sexe de la langue
pour chacun de nous ? De la tienne
que je te prendrais peu à peu, que je
sucerais, son après son, que j'avalerais
comme si c'était ton autre semence ?

Elle se redressa, chercha dans la
pénombre éclaircie quelque objet, mais
ne trouva qu'un mouchoir, qu'un

foulard : elle s'en noua la bouche, elle arracha d'un coup sa chemise, se retrouva à nouveau nue, et elle pensa, les yeux étincelants :

— Ou alors nous aimer en muets, plutôt ! Tout le contraire...

Sur ce, les lèvres dissimulées, les yeux grands ouverts, elle tomba sur lui, l'écrasa de son corps fragile... Tout au long de cette gestuelle matinale de leur chorégraphie de gisants alanguis, elle se redit avidement : "en muets, oh oui ! Nos deux corps, figures de silence. Nos mollets, nos orteils, nos muscles qui se mettent à se tendre, à frémir. Nous aimer ainsi, deux corps sourds et comme je désire habiter ce corps d'homme tellement étranger, parlant un idiome que je ne comprendrai jamais... Ainsi, au cœur du désert des mots, nous pourrions nous entrecroiser, nous pénétrer, nous déchirer même, surtout nous connaître !..."

Tout au long de leurs arabesques lentes d'abord, elle songea : "la volupté ne monte pas encore en marée, ne m'assourdit pas, pas tout à fait, à peine quelques degrés de commencement. L'aimer, lui, pour cette géographie étrange qui s'ébauche dans un hasard d'aveugles. Nos corps, deux paysages si proches, rien d'autre. Où suis-je ?... Mais où suis-je donc ?"

Et elle cria. Elle se plaignit. Elle arracha d'une main le bandeau sur sa bouche, juste avant qu'il ne l'enfourchât.

    "*Où se tapit la langue, dans tout cela ?*" *s'interrogea-t-elle plus paresseusement tandis qu'elle gît, lasse du plaisir de cette avant-aurore. L'amant dort, elle entend sa respiration régulière, peut-être a-t-il dû fumer auparavant toute la nuit, pour l'attendre ensuite alors qu'elle sortait du rêve qu'elle avait tenté de retenir, de le lui décrire – elle l'avait désiré, lui, l'homme français, mais dans un parler ensauvagé de l'autre bout de la terre !*

    "*Où se tapit la langue, dans tout cela ? se redit-elle, entêtée. Eh bien, elle se ferme, la langue ! Je vais étudier les mœurs des crustacés, des tortues, des poissons étranges des profondeurs sous-marines, animaux à la longévité séculaire... La langue clôt, comme eux, ses paupières de batracienne lourde, elle serre ses lèvres trop fines sur ses dents, elle retient sa respiration qui doit lui être mesurée toute une vie... Surtout, surtout (Thelja se remémore leur plaisir immédiat, ainsi que celui du début de la nuit), surtout comme j'aime le jus de la langue de cet homme – le français donc ? – et sa saveur, sa limpide fluidité, sa ruche secrète, son hydromel (mon hydromel arabe aussi que je ne peux encore lui livrer), ainsi ces nourritures sonores, je les tirerai à moi, je les mâcherai, je les triturerai, je les déglu- tirai, je deviendrai animal femelle, mais ruminant pour les enfermer en moi après les avoir bues de ses lèvres, pour les emporter liquéfiées dans mon corps, loin, loin de cette ville...*

Je ne voyais de cet homme, à Paris, que ses jambes, que ses yeux avec leurs palmes de rides autour, que son regard posé sur moi et que j'évitais : je croyais venir jusque-là pour lui, me doutant de quoi d'autre... En moi, en lui, je ne savais ! Cela, c'était il y a cinq jours ; or j'ai, depuis, tant navigué !... J'emporte- rai tout ce que j'ai reçu de ses lèvres, de sa bouche, de ses dents, de son souffle dans l'obscurité dernière du jour, tandis qu'il dort encore, que sa respiration scande ma patience, mon attente... J'ai même reçu les mots qui l'emprisonnaient autrefois, lui, petit garçon trottinant auprès de son orgueilleuse mère, dans ce Strasbourg enneigé et dépeuplé... Il y a cinquante ans de cela, et pourtant..."

Elle se recroquevilla : une pensée obli- téra soudain sa quête et son alanguis- sement :

"Mon père, cet inconnu, ce fantôme qui m'assaille, ce guerrier berbère comme

tant d'autres avant lui, depuis les légions romaines chez nous, or, ce montagnard revient me hanter, où se trouvait-il, précisément, à la Noël 1939 ?... Sous uniforme de soldat de la France, dix-huit ans alors avait-il, enrôlé de force en France métropolitaine ? Dans une caserne de Strasbourg peut-être ? Y avait-il des tirailleurs algériens ?... Je chercherai !"

Elle se retourna, tenta d'oublier les soldats d'hier. Dehors, une cloche tinta. Elle se mit à compter les coups : six heures, le jour se levait...

Au café qu'ils prirent au salon, tous deux, l'air calme, ayant effacé tant de paroles nocturnes, ne gardant de visible que leurs caresses, leurs frôlements de mains dans les moindres gestes, que leur mutuel attendrissement (tandis qu'ils se tendaient une tasse, une cuillère, un croissant), François, avant de se lever, et parce que Thelja avait évoqué le carillon de Saint-Pierre-le-Jeune, qu'elle avait reconnu, raconta, d'un ton rêveur :

— Sais-tu, quand les Strasbourgeois durent s'en aller, le 2 et 3 septembre 1939, le dernier à partir fut le curé de cette église... Il a publié ses souvenirs, plus tard. Un détail me frappe encore, si longtemps après avoir lu son récit.

Le samedi 2 septembre, l'après-midi, comme il n'avait pas de confessions à entendre, le prêtre alla se promener dans son quartier : un seul homme, dit-il, était encore là, un coiffeur de la rue Oberlin... Le lendemain matin, dimanche, aux différentes messes (depuis la première à six heures, jusqu'à la dernière) il y eut cinq ou six fidèles à chaque fois. A onze heures, le curé et le sacristain fermèrent l'église, préparèrent leurs vélos pour partir. Alors, a-t-il écrit, un chauffeur de taxi arriva inopinément avec sa voiture devant le presbytère. Cet homme avait promis une fois au prêtre qu'il viendrait le prendre, si jamais il y avait danger... Ainsi, le curé sortit de la ville en voiture !...

François garda le silence, puis reprit :

— Le détail qui m'émeut ne survient qu'après... Quelques jours plus tard, ce prêtre (Julien... Julien Gwiss s'appelle-t-il, je me rappelle soudain) put revenir pour chercher des affaires : il obtint l'autorisation militaire... De nouveau sortant du presbytère, il entendit soudain de la musique dans la rue désertée... D'une fenêtre d'un appartement en face, celui d'une voisine israélite, parvenait la musique d'un appareil de radio... Cette dame, le curé la connaissait bien : elle lui donnait régulièrement des vêtements pour les pauvres de la paroisse… Elle était partie avec sa fille et son gendre ; simplement, elle avait oublié de tourner le bouton de son poste qui fonctionna jusqu'à extinction… Ainsi, c'est lors de ce deuxième départ du curé que cette musique, surgie dans le vide, s'arrêta net…

Ni Mme Wolf (voilà que même ce nom remonte aussi, balbutia François troublé…), ni Mme Wolf, ni sa fille, ni son gendre ne sont revenus plus tard ! Ni après la défaite en juin 1940, ni plus tard, en 1945 ! Monsieur le curé de Saint-Pierre-le-Jeune, qui rejoignit les Alsaciens en Dordogne, rentra avec la plupart en septembre 1940 ; il écrivit ses souvenirs à la fin de la guerre… Je pense, soudain, moi, à cette Mme Wolf dont le poste de radio s'est essoufflé, sur le rebord de la fenêtre ouverte, en face du presbytère !…

François était debout. Thelja, spontanément, se dressa, l'accompagna à sa voiture, lui tendit ses lèvres affectueusement :

"Un vrai départ au petit matin, dans une vie qui prend des airs de rythme conjugal !" remarqua-t-elle, amusée.

VI

LE SERMENT

1

Ce lundi matin, Hans et Eve vont se quitter ; difficilement.

— Pour lui, jusqu'à sa naissance, commença Hans d'une voix basse, en frôlant de la main le ventre d'Eve, je reviendrai chaque mercredi soir, désormais, même si je dois repartir le jeudi très tôt, pour mes cours là-bas !... Tu verras, ce sera mieux... Tu seras moins angoissée ! – et il répéta, un peu rêveur : jusqu'à sa naissance !

Eve lui sourit et, dans un élan, se leva...

— Je n'osais le faire, mais oui, cette fois, je vais te le proposer... Une cérémonie, ou un rite. Surtout, ne te moque pas ! C'est important pour moi, soudain, que cela se passe ce matin, avant que tu ne repartes... Oh oui, accepte !

— Accepter quoi ? demanda Hans hésitant, amusé.

— Oui, oui ! s'exclama-t-elle, debout, penchée vers lui, presque maternelle, accepte avant de savoir !… Un rite.

— J'accepte ! fit-il, la main droite levée comme pour un serment.

Elle qualifia en effet ce geste de Hans de "comme pour un serment !". Elle remarqua… presque superstitieuse.

— Oh c'est étrange, tu as deviné sans même deviner !… Il s'agit bien d'un serment !

— D'un serment ? interrogea à nouveau Hans – il hésita une seconde sur le sens exact du mot français.

Alors Eve, le visage rougi d'animation, devint intarissable :

— Le serment de Strasbourg, tu sais ce que c'est ?… Non, tu ne vois pas, ou tu as oublié… C'est votre histoire pourtant : celle de cette ville, la tienne aussi puisque tu es allemand, celle des Français ; moi, en tout cas, il y a des siècles de cela, je n'étais pas française, ni allemande, ni même de ce nord de l'Europe, mes ancêtres, en Afrique du Nord, parlaient berbère, pratiquaient le judaïsme depuis très longtemps, peut-être d'ailleurs à l'île de Djerba, l'île des Lotophages, selon Homère, ou alors, et cela du côté de ma mère, s'installaient-ils en Espagne, allaient-ils parler et écrire l'arabe, y vivre des siècles avant d'en être chassés par l'Inquisition, et revenir sur les rives africaines… Oui, "le serment de Strasbourg", tu l'as appris à l'école primaire, rappelle-toi, en 842 de l'ère chrétienne, trente ans après Charlemagne. Moi-même, je l'ai lu à Tébessa, ces années où l'on nous enseignait encore le français, comme du temps de la France…

— Les fils de Louis le Pieux, les petits-fils de Charlemagne, se rappela malaisément Hans, toujours aussi surpris…

Ils allaient finir le petit déjeuner. Eve s'était habillée pour l'accompagner à la gare où, dans une heure, le train pour Heidelberg allait partir.

Eve alla chercher, d'une étagère, un vieux livre :

— Je l'ai trouvé chez un brocanteur, il y a un mois. Il m'a passionnée : c'est une histoire de la langue française… En quelques mots, voilà ce que se promettent, à Strasbourg, les deux fils de Louis, Charles le Chauve souverain de l'armée des Francs, et Louis le Germanique, le chef des soldats d'au-delà du Rhin : ils ont combattu le troisième frère, Lothaire, il y a eu trop de morts, il faut construire, ne plus se détruire, ces deux-là se promettent donc aide et assistance, certes pour contraindre le troisième à arrêter cette guerre de succession…

Eve reprend souffle. Ouvre le livre un peu poussiéreux à une page déjà marquée.

— L'important… l'important aujourd'hui, l'important pour nous… C'est que, vois-tu, leur serment d'alliance (et pour nous, c'est un serment d'amour plutôt), l'important pour moi aujourd'hui est que Louis, l'aîné, va prononcer le serment en français, ou plus exactement en roman, dans la langue du frère, et que Charles le Français va l'épeler, lui, dans la langue tudesque, la langue de l'autre… (Elle s'approche de Hans, lui frôle les lèvres, de ses lèvres.) Et vois-tu, les deux armées font pareil, chacune va reprendre le serment dans la langue de l'autre armée… de l'autre chef… C'est un acte politique, c'est surtout un échange linguistique !

Comprends-tu pourquoi c'est un serment si… important, si étrange, aussi…

Hans se tait, lui rend le baiser frôlé qu'elle attend :

— Etrange cérémonie ! dit-il.

Eve, soudain, les larmes presque aux yeux :

— Je suis prête, ô Hans, prête aujourd'hui à te parler enfin dans ta langue… Tu vas dire le serment le premier, en français ; après, je le lirai à ta suite en allemand… ! Puis…, puis je te conduirai sans un mot à la gare !

Il la prit dans ses bras. Elle ouvrit le livre à la page marquée. De ses doigts, elle lui montra le texte français – en roman, dialecte d'oïl – qu'il épela lentement :

— Pour l'amour de Dieu et pour le salut commun du peuple (il hésita, sourit, reprit), du peuple chrétien et le nôtre, à partir de ce jour, autant que Dieu m'en donne le savoir et le pouvoir, je soutiendrai mon frère Charles de mon aide en toute chose, comme on doit justement soutenir son frère, à condition qu'il m'en fasse autant, et je ne prendrai jamais aucun arrangement avec Lothaire qui, à ma volonté, soit au détriment de mon dit frère Charles !

Il y eut un silence entre Eve et Hans. Ils se regardèrent dans les yeux, sans sourire, sans même penser à leur amour… Eve se voulut soudain, et totalement, le roi Charles d'autrefois – pas encore sans doute le Chauve, car il avait, en prêtant ce serment, à peine dix-huit ans, alors que son aîné le Germanique approchait de ses trente-neuf ans. Eve donc, la voix un peu étouffée, commença en langue germanique le même serment ; sa voix peu à peu s'éclaircit, elle ne déforma rien des consonances, ni du rythme de la langue de Hans qui l'écoutait, ému :

— ... je soutiendrai mon frère Louis de mon aide en toute chose, comme on doit justement soutenir son frère...

"Qui donc, songea Hans, autant que moi dut être bouleversé en entendant son amante le traiter de «frère», lui promettre, en termes de fraternité si profonde, fidélité... Jamais, se dit-il encore, une belle étrangère portant un enfant d'un homme sans avoir pourtant accepté le moindre de ses mots, jamais une femme venant de la Francia occidentale, ne se sera ainsi totalement donnée !"

"O mon amour, se dit silencieusement Eve dans la voiture, tandis qu'elle conduisait, toute guerre, entre nous, est finie ! Avant que l'enfant n'arrive, nous avons éteint tout souvenir de généalogie !... Dieu soit loué, ou comme dit ce serment, pour le salut de Dieu, pour celui du peuple, et pour le nôtre !..."

Strasbourg, ce matin-là, avait des rues bruyantes. Hans pensa un moment qu'il raterait le train : il était calme. La voix assurée d'Eve résonnait encore en lui, dans cet allemand d'il y a des siècles, dont il aimait le rythme et la respiration.

La piscine où va Eve, ce matin, est l'une des plus anciennes de la ville, avec ses murs hauts de céramique vert et bleu, son plafond en vitraux lumineux et une décoration "art déco"... Les bruits mouillés montent jusque là-haut, rires d'enfants en gerbe, Eve a heurté, à l'entrée, toute une classe d'adolescents.

Venue directement de la gare, elle se repose sur le rebord du petit bassin ; réservé, à cette heure, à un cours de gymnastique aquatique, pour femmes enceintes.

Six nageuses barbotent dans l'eau, dirigées par une jeune Savoyarde robuste et enjouée, en maillot rouge, dressée devant elles, sur le rebord du bassin. Parmi les baigneuses, deux émigrées très jeunes, l'air gauche et qui sourient à Eve, qu'elles reconnaissent. Elles n'ont plus honte, comme aux précédentes séances, de leur maladresse ; elles ont des émois et des petits rires de fillettes... Quand elles sortent du bain, leur costume noir les enveloppe entièrement jusqu'à mi-cuisses et les fait ressembler à des sortes de pélicans alourdis, ce qui émeut Eve. Ce sont de jeunes femmes turques, pour lesquelles cette gymnastique matinale doit représenter une révolution dans leur quotidien : Eve entretient avec elles un début de conversation dans un français incertain...

Eve s'est finalement étendue sur le dos, pour mieux souffler... Elle s'est, ce matin, appliquée à ces exercices avec plus d'ardeur : "comme si Hans ne m'avait pas tout à fait quittée !"... Elle laisse errer au plafond son regard, écoute les voix amollies des autres. En fait, elle devrait vite s'habiller : Irma ne va pas tarder à arriver. C'est le grand jour pour celle-ci. Eve doit la conduire en voiture jusqu'à un village où le maire a donné rendez-vous.

En effet, Irma se présente, dans une robe sans manches, une veste de laine au bras. Son visage est perlé de gouttes de sueur :

— Il fait si chaud chez vous !... J'aurais été tentée de me déshabiller à mon tour et, dans le grand bassin, faire un crawl aller et retour !

Eve se leva, prit le bras de la visiteuse. Elles se dirigèrent au vestiaire ; Eve s'habilla, ressortit d'une cabine en frottant vigoureusement ses cheveux mouillés avec une serviette...

— Le rendez-vous vous préoccupe ? murmura-t-elle, s'adressant à Irma reflétée dans le miroir.

— Tout arrive à la fois, aujourd'hui ! répondit Irma troublée.

Les deux femmes sortirent de la piscine. Eve retrouva sa petite voiture. En s'installant, Irma continuait, rêveuse :

— C'est vrai, j'ai mal dormi, c'est à cause de cette visite prévue. Grâce à Dieu, vous m'accompagnez ! Car je suis pessimiste : je ne présage rien de bon... En outre, j'ai dû passer dès neuf heures à l'hôpital, au service de "mes vieux", comme d'habitude... Je vous ai parlé, jusque-là, de Lucienne... Bien sûr, c'est ma protégée... Elle perd la mémoire quand elle veut, et certains jours plutôt que d'autres !... Après tout, c'est le cas de tant de personnes âgées : sauf que Lucienne a soixante-dix-sept ans seulement !

La voiture démarre : Eve doit retourner à Hautepierre. Irma poursuit son récit, de sa même voix douce, à peine perceptible : en cette heure avancée de la matinée, les rues sont encore plus bruyantes, et le trafic accru.

— Rappelez-vous : je vous ai dit qu'on a amené Lucienne à mon service parce qu'elle ne cesse de crier. Un cri de douleur lancinant, sans mots, avec parfois des pleurs d'enfant et comme un guano étrange, presque sauvage, qui l'enroue : les infirmières ne la supportent plus, après ces cinq jours. C'était ma troisième séance avec elle et je demeure préoccupée : ils l'ont isolée. Je l'ai trouvée assommée par les médicaments. J'étais allée pour elle, l'autre dimanche… Après notre entrevue, elle semblait non pas calmée, mais, comment dire, comprenant vaguement, à cause de mon insistance, qu'après tout j'étais là, face à elle. Je l'ai senti dans son regard : une lueur vers moi, un peu comme si elle m'avait dit : "ainsi, tu es là : tu es là pour moi !" Oh, après, son regard s'est de nouveau brouillé… (Eve, arrivée à Hautepierre, arrête le moteur de la voiture, mais elle suit toutefois le récit.) J'allais partir, je me suis levée : elle m'a fait signe du doigt. Je me suis penchée ; elle ne gémissait plus… Tu sais ce qu'elle m'a dit, d'une voix d'enfant, une voix d'avant…

Irma est émue. Elle revit la scène :

— Elle a murmuré : "Périgueux, ce n'est pas très loin de la mer, non ?" Je n'ai rien compris : une divagation sénile, comme une autre. Néanmoins, je l'ai calmée ; j'ai voulu ensuite savoir d'où elle était originaire, de la ville ou d'un village voisin. Je suis partie… Or, ce matin, je pensais à elle ; soudain, à l'intérieur de la piscine, peut-être à cause de l'eau ou des voix déformées par les vapeurs, en arrivant vers toi, j'ai eu une illumination...

— Périgueux, reprend Eve intriguée ? Elle a vécu là-bas ?

— Peut-être, mais je crois avoir trouvé : Périgueux, c'est le Sud-Ouest, c'est l'exode des Alsaciens en 1939... Cette femme avait vingt ans alors : elle a dû avoir un choc, une peur, je ne sais quoi...

— Je reviens vite, finit par dire Eve. Thelja va passer ; je vais laisser quelques instructions à la voisine.

Elle sortit.

Dans le salon, Thelja, les bras chargés de fleurs champêtres, cherchait un vase. Les deux amies eurent à peine le temps de s'embrasser :

— Nous devons partir, Irma et moi. Tu nous attends ou tu montes chez Touma qui ne demande pas mieux. Elle a même annoncé qu'elle te préparait des beignets du pays !...

Elle s'excusa :

— C'est important que j'accompagne aujourd'hui Irma, vois-tu. Nous serons là au milieu de l'après-midi...

La petite Mina, sur le seuil, leur souriait en tenant son chat égyptien dans ses bras. Eve, juste avant de repartir, désigna du doigt la fillette :

— J'oubliais, mon bel Allemand est parti ce matin. C'est jour de tristesse pour deux femmes, en cette demeure !

Elle termina sur un éclat de rire et s'enfuit dans l'escalier.

Chez Touma, Thelja goûte les beignets tout chauds :

— Un seul me suffit ! Avec ton café au lait, j'aurai vraiment déjeuné...

Touma insiste, invoque en arabe tous les saints de sa région pour inciter la jeune femme à manger.

— Tu pourrais être ma fille... Une dernière, j'aurais eu, hélas !... Au lieu que...

— Mais tu en as une, m'a dit Eve, et mariée à Mulhouse.

— Mariée à un Français ! répliqua Touma, d'une voix pleine de ressentiment.

Thelja se tait. "Si je lui disais là, d'emblée, que moi, la fille d'un homme tué par l'armée française, je partage mes nuits avec un Français de la ville ?... Peut-être le sait-elle."

Elle s'arrête de manger ; choisit de continuer en arabe leur conversation qui s'annonçait banale.

— Ton fils, tu as eu un fils, je crois, le père de Mina. S'il épousait maintenant une Française, tu ne lui en voudrais pas, n'est-ce pas ? Peut-être, même, en serais-tu fière !... N'es-tu pas injuste, toi, une mère : comme au pays, tu veux nous appliquer leur loi, sur "nous", les femmes ? Tout est permis pour le garçon, tout est tabou pour les filles ?... Toi, une femme ! A quoi cela te sert donc d'émigrer, si tu n'élargis pas tes pensées ?...

Touma s'assoit à même la peau de mouton, sur le sol, face à Thelja accroupie en tailleur sur le matelas très bas... Elle rêve :

— Tu sais, souffle-t-elle, pour mon fils, je sais, oh je sais qu'il est amoureux, amoureux fou d'une Française. Elle lui a pris son cœur tout entier, elle, la voleuse !... C'est elle maintenant qui ne veut plus !... Même si elle a été avec lui. Il ne me dit rien, Ali, mais nous les mères émigrées, nous nous racontons tout ; elle était avec lui toute l'année dernière. Et maintenant, elle ne le veut plus !

Touma approche, au-dessus du plat de beignets qui refroidissent, son visage brun, tatoué entre les sourcils, mais surtout inquiet. Elle a une tape sur le chat à côté d'elle, pour qu'il quitte la pièce. Elle le maudit, l'insulte, comme si elle a besoin d'expulser elle ne sait quoi.

— Tu sembles souffrir pour ton fils !...
Rassure-toi, il se consolera.

— Non, j'ai peur... Je le connais : il
tient à cette femme. Il est comme fou. Il
vient chaque samedi chez moi. Il n'arrive plus à me parler ; il me voit sans
me voir !... Même Mina qu'il emmenait
l'après-midi au cinéma, quelquefois au
cirque... Quand il vient maintenant, il
s'assoit : il fait semblant de regarder la
télé, et moi, contre lui : "raconte-moi !
Dis-moi, mon sultan, mon lion, mon
prince ! Dis-moi tes jours, ou tes peines,
ô mon foie !" Rien n'y fait : tout mon
amour, mes mots habituels. Il sourit, le
regard ailleurs, comme s'il entendait...
je ne sais pas moi, une chanson usée !

Mina qui s'est glissée dans un coin
écoute. Elle a repris le chat qu'elle pro-
tège. Touma a branlé la tête :

— Oui, mon fils va mal et... J'ai peur,
j'ai peur pour lui !

Thelja, après avoir en vain proposé
à Mina de l'emmener lui acheter "des
bonbons, des images, un jouet" – Mina,
attristée, se contentant de dire non de
la tête –, Thelja se lève. Promet de
repasser voir Touma, avant "de partir
pour de bon".

— Tu pars de cette ville, ô fille de
mon pays ?

— Dans trois ou quatre jours...

— Reviens, et excuse ma peine d'aujourd'hui. Reviens pour que nous parlions de là-bas !

En se levant, en l'étreignant, elle murmure, nostalgique :

— Sais-tu que je suis des Aurès, moi aussi… Des Béni-Souik, tu connais ?

Thelja sourit :

— Bien sûr, la famille de mon père est de l'autre côté de l'oued Abbiod ! Environ, à trois étapes à cheval de chez vous.

— Oh oui, reprend Touma avec douceur, nous aurions dû, dès le début, évoquer nos montagnes !

— Je reviendrai, promet Thelja en se laissant embrasser.

En sortant, elle décide d'aller, oui, jusqu'au cœur de la ville.

3

Enfin, entrer à la cathédrale : ne pas s'arrêter, dans un premier temps, devant le porche, à l'intérieur, ne pas commencer à admirer les sculptures, les vitraux, le pilier des anges, aller directement jusqu'à l'escalier, ou à l'ascenseur qui devait épargner une bonne moitié de l'escalade, monter, monter au plus vite jusqu'au beffroi, puis entrer dans la haute tour.

Thelja eut ce désir, ce début d'après-midi, dans la lumière un peu froide de ce lundi de printemps : là-haut, contempler enfin toute la ville, et sa riche campagne, avec à l'horizon la ligne du fleuve puissant, s'emplir les yeux du site qui enchâsse ainsi la glorieuse cité, mais qui, à cause de cette frontière fluide, garde trace de sa vulnérabilité – une sorte de tatouage visible – à tous les dangers du passé...

Sur la place, un car avait déversé son troupeau de touristes : la plupart faisait la queue pour justement la montée à la tour... Thelja résolut d'attendre non loin, de revenir après la foule...

Elle se retrouva peu après sur la place "du Marché-des-Cochons-de-Lait" ; elle s'arrêta pour contempler la Maison, également "du cochon de lait", qui portait en façade la date de sa construction : 1477. De l'autre côté de la ruelle, un petit hôtel au charme discret ; Thelja, qui avait le goût, quelques jours auparavant, de changer à chaque fois de gîte, en nota le nom. Puis elle erra jusqu'à la place du Marché-aux-Poissons, déserte ce lundi ; elle tourna le dos au palais des Rohan, revint sur ses pas... Elle entra dans une winstub.

Elle s'assit, commanda à boire ; se surprit à penser à Tawfik, son enfant de cinq ans ("cinq ans, lui aussi", se dit-elle machinalement) : dans quelques jours, ce serait la date des vacances scolaires... Se trouvait-il déjà au village de montagne, chez sa grand-mère, ou restait-il encore avec son père ?... Lui était revenue en mémoire l'âcreté de la voix de Touma, sa manière de saluer ; la tarauda un besoin d'entendre quoi... seulement un accent, une voix du pays ?... Près de la cathédrale, elle avait aperçu, au coin opposé de la place, un bureau de poste... Une lancée de nostalgie l'avait saisie, dès cet instant...

Elle ne termina pas le verre commandé ; se leva, se dirigea, en hâte vers la poste. Peu de monde au bureau pour les appels internationaux. Elle donna le numéro de Halim. "Un quart d'heure d'attente" lui annonçait-on. Elle patienta, sortant de temps à autre sur le seuil, constatant que l'entrée de la cathédrale, de l'autre côté, restait encombrée de touristes nouveaux qui affluaient... "Oui, se dit-elle, rêveuse, ici aussi, cela doit être les vacances !"

Thelja se trouva enfin dans la cabine. Décrocha ; elle avait téléphoné, deux jours avant de quitter Paris, laissant simplement un message : "je suis en province pour dix jours. Je rappellerai, à mon retour !"

Soudain, la voix lointaine, un peu sèche de Halim répétait : "Allô ?... Allô ?" Elle reprit souffle ; elle parla : elle dit qu'elle se trouvait à Strasbourg, qu'il faisait beau aujourd'hui, qu'elle s'apprêtait à monter à la tour de maître Ulrich, qu'une vive nostalgie (elle dit le mot en arabe : *el ouehch*) de "notre petit" l'avait prise. Où était-il ? Les vacances avaient-elles commencé ?

Quand Halim lui répondit, précisant qu'il avait du monde dans son bureau, ce fut comme s'il s'était trouvé face à elle, tout près : son visage allongé, fin et maigre, ses cheveux crêpelés coupés court, ses yeux étroits, son regard aigu, son sourire qu'elle aimait... Il dit que Tawfik, dans deux jours, partirait avec lui à Oran.

— Et ma mère, as-tu pensé qu'elle doit l'attendre ? Qu'il doit retrouver ses cousins ?... intervint-elle, plutôt contrariée.

Halim se tut quelques secondes, puis il ajouta, d'un ton neutre, que les quatre derniers jours, Tawfik serait "au village, chez ta mère".

— Ma mère, je te le rappelle, est sa grand-mère ! rétorqua Thelja.

De nouveau un silence, que suivit une interruption. Elle ne sut si c'était

Halim qui avait coupé – mettant fin à son hostilité qu'elle n'avait même pas maîtrisée – ou si la ligne "toujours encombrée sur Alger", avait dit l'employée, n'avait pas été, sans façon, suspendue.

Thelja sortit, désemparée. Contempla, l'air absent, la cathédrale là-bas : les visiteurs semblaient moins nombreux... L'envie de monter, d'escalader – de "s'envoler", pensait-elle – l'avait abandonnée : elle marcha, décidée à errer pour chasser les brumes du chagrin qui s'infiltrait en elle... "Marcher, marcher" se dit-elle quand elle heurta quelqu'un. Se retourna au son d'une voix joyeuse :

— Mais vous êtes l'amie d'Eve... Thelja ?

Un visage de femme familier. Elle hésita, reconnut juste à temps la passante :

— Jacqueline !... Pardon, j'étais distraite...

Jacqueline avait approché sa face souriante ; elle lui serrait la main :

— Je ne vous lâche pas, insista-t-elle avec une vigueur enjouée. Prenons le temps de nous asseoir, ne serait-ce dix minutes. Vous n'êtes pas obligée de parler !

Elle l'entraînait vers une rue déserte tout à côté, lui désigna un salon de thé ; "là, nous serons bien !", insista-t-elle.

Alors, se penchant à demi, elle murmura à Thelja :

— Vous ne le sentez pas, votre visage est en larmes !

Thelja, éperdue, frôla ses joues humides de ses doigts, bafouilla :

— Je venais de parler à Alger... Mon garçon,

Mais Jacqueline l'installait, l'entourait :

— Tenez, j'aime raconter une histoire vraie, à la fois de l'Alsace et de l'Algérie. J'ai une amie, Anne ; en fait, une jeune amie de ma mère, qui est désormais la mienne... Elle était allée en pleine guerre d'Algérie rendre visite à sa sœur aînée, nommée institutrice dans un bourg du Constantinois. Anne devait avoir alors dix-sept ou dix-huit ans ; mais vous, vous n'étiez pas née à cette époque, je suppose !... Que faire, en 1959, dans ce qu'elle appelait "le bled".

— 1959, l'interrompit Thelja, c'est l'année de ma naissance.

— Anne, dans ce village, faisait de la bicyclette et lisait... Marc Aurèle ! Oui, un auteur si sérieux pour une jeune fille. Elle tomba malade : rien de très grave, mais une grippe virant à la bronchite. Elle voulut aller consulter un spécialiste à Constantine... On lui rétorqua que c'était dangereux, à cause "des événements", comme on appelait alors la guerre. Elle cherche un chauffeur de taxi ; beaucoup se récusent, la route de montagne donnant lieu, les derniers temps, à de "faux contrôles" de maquisards. Anne était têtue : l'un des chauffeurs de taxi accepte en lui disant : *"el mout ?"* Il a un geste désinvolte du bras et ajoute : *"el Koul en mout !"* Son prix est raisonnable ; Anne décide de le prendre le lendemain… C'est ainsi que mon amie débarque chez un jeune médecin, récemment installé, au centre de Constantine. Il la reçoit, l'ausculte, a remarqué, intrigué, "les lettres de Marc Aurèle" à la main de la jeune Française ; finit par lui demander comment, de ce village où elle logeait chez sa sœur, elle a pu venir.

Et Anne, l'intrépide, de répondre :

— Rien de plus simple : j'ai trouvé un taxi d'une compagnie de là-bas. On appelle ce taxi *"el koul en mout"* !

— *El koul en mout ?* reprit, amusé, le médecin.

Il finit par lui traduire les mots arabes :

— Le chauffeur de taxi vous a dit, mademoiselle : "si nous devons mourir, nous mourrons tous !"

La conclusion de mon histoire, conclut Jacqueline doucement, est que Anne épousa le jeune médecin, trois mois après, qu'elle n'a pas quitté votre pays depuis… Comme on dit dans les belles histoires, ils furent heureux et eurent beaucoup d'enfants.

Thelja souriait. Elle dit à Jacqueline que ce matin même, elle avait admiré les photos de la répétition qu'Eve avait déjà développées :

— Il y a une photo de Djamila étonnante !... Une autre de vous, sur le plateau, dressée dans un coin, au moment où le vieillard Tirésias s'avance avec l'enfant !

Jacqueline, avant de se lever, demanda, au risque, dit-elle, de paraître envahissante :

— Je sais bien que vous êtes de passage chez nous... Vous savez, j'habite non loin de là, à la rue de l'Arc-en-Ciel... Et j'ai un vieil oncle, un dominicain. Je lui ai parlé, par hasard, de vous... Ils sont en train de fermer un foyer pour Nord-Africains, qui fut ouvert à la fin des années quarante, je crois... L'oncle semblait dire que si vous vouliez passer, il vous montrerait bien des choses !... Ce foyer se trouve rue du Polygone ; ils ont gardé, je crois, les fiches de leurs pensionnaires : les premiers ouvriers algériens venaient de l'Est...

— Vraiment de chez moi, remarqua Thelja qui, avec superstition, se mit à croire que tant de signes se rencontraient sous ses pas, aujourd'hui.

Jacqueline, debout, s'excusait encore.

— Pas du tout, protesta, dans un élan, Thelja. Donnez-moi votre téléphone à la maison, je vous appellerai dès demain matin !...

Tandis que Jacqueline la serrait dans ses bras, puis s'éloignait, Thelja fit quelques pas ; sur la place, elle tourna le dos à la cathédrale.

Soudain, des vers de Pindare, qu'elle avait lus la veille dans l'appartement du dimanche de François, lui remontèrent aux lèvres. Elle les murmura avec tristesse :

> *Les hommes sont comme des rêves,*
> *Des rêves de rêve...*

Devant elle, la foule devenait dense : les employés qui sortaient des bureaux, les passants entrant dans les magasins par petits groupes familiaux, formaient des taches colorées et mobiles qui, en se perdant dans la brume installée, devenaient à leur tour irréels.

4

Eve a conduit en silence, pendant la première moitié du trajet qui les mène,

Irma et elle, à un gros bourg, près des Vosges.

Une ou deux fois, Irma commençait doucement :

— Je connais ce chemin par cœur, et pourtant... puis elle se taisait, sans finir sa phrase.

Eve, prudente, surveillait la route et parfois ses méandres imprévisibles. De gros camions les dépassaient, avec une vitesse pas toujours réglementaire.

— Oui, je connais par cœur cette route trop droite avec, là-bas, ces tournants qu'on n'attend pas... Je l'ai prise, quatre fois...

Eve écoute, tourne une seconde la tête pour sourire à Irma si tendue, se remet vite à surveiller devant elle... Elles n'ont pas pris l'autoroute.

— Seule, intervint Irma, sur l'autoroute, j'ai peur, mais surtout je me dis : l'envie de m'arrêter peut me prendre tous les quarts d'heure !... Sur une route "normale", c'est simple : je me gare sur le côté... Je saute un fossé, je fais un tour dans un champ, ou dans un bosquet.

Elle conclut, mélancolique :

— Vous voyez, c'est comme dans ma vie... Je me suis arrêtée souvent... sur le côté !

— Moi, j'aime conduire vite, s'exclama Eve, et... vivre lentement !

— La première fois, reprit Irma, j'avais loué une voiture pour le week-end et je suis arrivée dans ce bourg où nous allons comme une touriste. J'ai dormi dans une auberge, à la sortie. Le dimanche, je me suis retrouvée à me promener seule dans des rues désertes. Sauf au restaurant le plus important : j'ai bien mangé, il faut dire. A la table d'à côté, se sont installés deux ou trois couples, tous, grands et larges, les femmes, des matrones cossues : ils ont mangé, mangé... Ils buvaient de la bière et échangeaient des propos bruyants en alsacien... Des histoires drôles, semblait-il : l'un d'entre eux, au visage rougeaud, me reluquait, puis riait en silence à leurs propos, tout son corps secoué... J'ai fini par fuir.

Eve, qui avait ralenti, se rangeait devant une pompe à essence.

Irma gardait les yeux dans le vague, tandis qu'Eve prenait le tuyau d'essence, se servait elle-même, allait payer, redémarrait.

— La deuxième fois, murmura-t-elle, la voix durcie, j'ai roulé tout d'une trombe. Un jour de semaine ! Je suis allée droit chez la mère. Enfin, la mère de ma supposée mère ! – ricana-t-elle –, je ne vais tout de même pas dire "la grand-mère"... J'ai sonné. Je me suis présentée.

Elle a ouvert le portail de son jardinet difficilement.

— C'est moi qui ai téléphoné, ai-je dit. Irma Delaporte, Delaporte comme votre fille, puisque c'est elle qui m'a prêté – je dis bien prêté – son nom, en temps de guerre !

— Entrez, fit la vieille dame, assez froidement.

Dans la cuisine, nous nous sommes installées, toutes deux.

— Qu'est-ce que vous lui voulez, à ma fille ? La remercier ?... Vous pourriez lui écrire. Je vous ai dit, au téléphone, qu'elle n'est jamais là, toujours en voyage ! (Elle m'a fixée avec un regard dur, mais fier aussi.) On a dû vous dire : ma fille, si jeune pendant la guerre, a été une héroïne ; elle a sauvé des tas et des tas... de persécutés ! Vos parents, malheureusement...

— Oui, ai-je répondu, jusqu'à tout récemment, à presque quarante ans, j'ai vécu avec l'idée de mes parents juifs dénoncés et emmenés en camp de concentration... d'où ils ne sont jamais revenus ! Heureusement, m'a-t-on raconté, une jeune Alsacienne, de grand courage, je n'en doute pas, a caché le bébé de trois mois que j'étais !... En me déclarant ensuite comme son enfant, elle m'a sauvé la vie ! Une doctoresse parisienne,

Adeline, qui est devenue, peu après, ma tutrice m'a toujours raconté cela. Jusqu'à mes vingt ans, Adeline a été pour moi plus qu'une mère ! Mais elle est morte maintenant. Je viens donc demander des détails sur ma première année de vie ; et seule votre fille peut me les dire !...

— Vous voulez la remercier ? reprit lentement la mère de l'absente.

Elle tendit la main vers un carnet, hésita, puis décida :

— Je vais lui téléphoner devant vous. Elle vit actuellement bien loin ; elle ne se trouve pas en France. Son mari est suédois... Je vais appeler : vous la remercierez !

Elle amena lourdement le téléphone sur la table, à côté du désordre de la corbeille à pain et du plateau de fruits ; un chat énorme ronronnait, sans bouger de son coussin. La vieille dame, de sa main un peu tremblante, embrancha l'appareil... Elle mit des lunettes. Méticuleusement, elle composa le numéro.

Elle parla dans son dialecte... C'est alors que j'ai entendu le prénom de l'inconnue qui, en automne 1944, me donna son nom...

— Ma... thé ?... Maïté ?

— C'est elle, votre fille ? m'exclamai-je, en me dressant, le cœur battant.

J'ai tendu la main.

— Je veux lui parler !… Dites-lui que je désire vraiment lui parler !

La dame m'a fixée d'un étrange regard pesant, presque chaleureux, me sembla-t-il. Elle leva un doigt pour me dire de patienter et, soudain, en français, elle continua :

— Elle est là, Maïté, celle qui avait téléphoné ! Elle dit qu'elle veut te parler… pour te remercier, Maïté !

La voix de la grand-mère se faisait insistante, presque douce… Elle s'apprêtait à me laisser parler… Alors, à l'autre bout du téléphone, une voix criarde, aiguë, non, suraiguë, débita des mots en cascade, violents, se chevauchant… La voix coléreuse paraissait injurier : en alsacien ?… Je connais l'allemand et je compris quelques mots : elle semblait dire que j'étais folle, elle tançait sa mère : pourquoi tu lui as ouvert, qui est-elle, cette inconnue ?…

Soudain, elle a coupé. La mère (sa main tremblante gardait l'appareil à l'oreille), la mère baissa la tête, la releva pour me fixer tristement :

— Ne revenez pas, ma jeune dame !… Qu'est-ce que j'y peux, moi ? Ma fille, c'est connu, a un caractère bien spécial !

Elle m'a servi un verre de vin en silence. Elle a soupiré : "avoir un seul enfant et qui habite ailleurs… Vous le

voyez, un jour, demain, je mourrai seule !
Je n'ai que mon chat !"

Elle ne pleura pas, non. Elle m'accompagna à la porte de son jardin. Sans ajouter un mot.

Irma se renfonça sur son siège. Eve remarqua les premiers panneaux annonçant le village.

— Nous arrivons ! dit-elle. Nous allons nous reposer dans une brasserie, le temps de nous détendre…

— J'en connais une, face à la mairie, répondit Irma. Les deux autres fois, je suis allée arguer de mon droit auprès du maire : la loi me permet : "la recherche de maternité"… Mais à la dernière visite, Maïté Delaporte n'est pas venue à la convocation… Cette fois, m'a précisé le secrétaire de mairie au téléphone, nous l'avons contrainte !

La voiture entrait dans le bourg coquet ; au centre, les maisons avaient l'air opulent.

Eve, en s'installant au café, rassura Irma :

— Prenez tout votre temps !… J'ai apporté de la lecture… Je penserai à vous, ajouta-t-elle en embrassant sur les joues son amie qui s'était recoiffée.

Debout, autour du bar, des hommes, exclusivement, jaugeaient les deux visiteuses en silence. Eve s'assit près d'une fenêtre, sous un rayon de soleil. Elle suivit des yeux la silhouette d'Irma qui traversait lentement la place et pénétrait sous le perron de la mairie.

Irma revint, une heure après, le visage convulsé. Elle s'assit, tourna le dos au bar où les mêmes consommateurs, d'un même mouvement, sortirent, pour épier l'entrée de la mairie.

— Elle, commença-t-elle d'une voix étouffée, elle a été odieuse !

Et elle éclata en pleurs. Sortit aussitôt son mouchoir, baissa la tête, tenta de se calmer.

— Buvez, dit Eve. Je vous apporte un chocolat chaud !

Irma attendit, contractée ; tenta d'avaler un peu de la tasse fumante.

— Partons ! fit-elle, en se tournant, vers le reste de la brasserie... Partons ! supplia-t-elle, et elles se levèrent de concert.

Dehors, les curieux guettaient, semblait-il, qui sortirait de la mairie. Eve et Irma s'engouffrèrent dans la petite voiture. Eve démarra, quitta la place par la première rue qui se présenta : Irma s'était remise à sangloter, ses mains recouvrant tout son visage.

Eve, occupée par ses manœuvres, traversa le village, sans être vraiment sûre de sa direction : "nous éloigner d'abord !", pensa-t-elle. Finalement, elle se rassura : elles semblaient dans la bonne direction, et elles n'auraient pas à retraverser le bourg ; non. Irma, peu à peu, s'apaisait.

— Je m'excuse ! bafouilla-t-elle, finissant par relever la tête et réparant sa coiffure. Quand je pense que je vous ai laissée conduire, alors que vous êtes dans cet état !...

Eve éclata de rire :

— Je suis enceinte ! Je ne suis pas infirme !

Et son rire vigoureux fit sourire faiblement Irma. La voiture s'arrêta : d'un ton mystérieux, Eve décidait :

— J'avais, à l'aller, repéré ce restaurant ! Cela doit être une bonne adresse. Malgré l'heure dépassée, j'espère qu'ils pourront nous servir... une choucroute, qu'en dites-vous ?

— Comme vous voulez, murmura Irma. Je ne pourrai pas manger... Eve, si vous continuez à conduire jusqu'à Strasbourg, moi, je vais boire... Boire !

Elles s'installèrent sous une tonnelle, à l'ombre d'un tilleul. Le gewurztztraminer sitôt servi, Irma se remit à parler, sur un ton haché : pour se délivrer.

— Mère amère ! commença-t-elle.
Cette femme, Eve, était haineuse ! Elle
regardait le maire, elle se retournait vers
moi, mais jamais, vous m'entendez,
jamais son regard ne se posa sur moi…
Elle faisait exprès de ne pas me voir – et
elle se déchaînait : "elle est folle ! elle
est folle !" répétait cette dame, héroïne
de la Résistance. Tout juste si elle n'était
pas venue avec ses médailles, pour mar-
teler ces trois mots : "elle est folle !"

Irma reprit son souffle, répéta en
écho : "je serais folle !"

Eve se taisait. Regardait les longs doigts
d'Irma qui frémissaient, ceux de sa main
droite. De l'autre main, elle tenait le
verre à pied et, quand elle ne buvait
pas, elle ponctuait le dialogue rapporté
de quelques gorgées.

— Que lui avez-vous répondu ? lui
demanda Eve, en lui frôlant la main
droite aux doigts maintenant raidis.

— Je crois qu'à part mon bonjour au
début, adressé au maire, je crois que je
n'ai pas prononcé un mot… Il m'avait
dit, le brave homme, tandis que nous
attendions que la célébrité locale se
présentât :

"Je vous avertis, ce sera dur avec
elle… pour qu'elle vous reconnaisse
comme sa fille !… Je tiens à vous redire,
parce que c'est la loi, que vous aurez

toujours loisir de continuer votre procédure, la demande de reconnaissance de cette maternité !... Des parents juifs, emmenés au Strutthof et tués, il y en a eu hélas, malheureusement ; il y en a eu trop ! Mais aucun papier n'a été trouvé de cette filiation-là, pour vous... Le seul témoin aurait été Mme Maïté, et elle ne veut rien dire, ce qui, en soi, devient une preuve contre elle... La loi est pour vous, et je suis d'abord un officier d'état civil... Seulement, je connais madame... (Irma ne put répéter le prénom.) C'est une femme remarquable, continua le maire, une grande figure de notre région, avec un passé couvert d'honneurs... d'honneurs mérités ! Or, sur ce point, et même si la justice vous donne raison, elle ne cédera pas ! Elle ne vous reconnaîtra pas !..."

Alors la dame – conclut Irma qui se servait un nouveau verre –, la dame avec "son passé couvert d'honneurs", est entrée dans la salle... pour m'insulter !

"Haineuse", ai-je dit ? Disons plus exactement, non pas haineuse, plutôt tragicomique ! Cauchemardesque ! Voyez-vous, Eve, je le comprends à présent que je peux vous parler – et cela va me détendre –, elle ne me regardait pas, moi, parce qu'en fait, c'est son propre passé qu'elle reniait !... Comment, elle,

une héroïne, qui aurait été une fille-
mère ? Non, cela était impossible. C'est
donc moi, la folle, et qu'elle demeure
statue vertueuse... pour son village !
Elle peut vivre à l'autre bout de la terre,
et avec un mari suédois, mais la statue
doit demeurer sur son socle ! Au village, tous les curieux du café l'attendaient, elle, leur héroïne éternellement
vierge !

Eve dut prendre par le bras Irma qui
semblait avoir trop bu. Elle s'endormit,
dans la voiture, jusqu'à Strasbourg.

Au pied de l'immeuble moderne
d'Irma, sur la place de l'Homme-de-Fer,
Eve hésitait à abandonner seule son amie.

— Je vais retrouver mon couple d'inséparables, dans leur cage !... soupira-
t-elle. Cette dernière nuit, ils s'excitaient,
s'ébrouaient, parce qu'ils m'avaient entendue aller et venir dans le couloir.

— Vos perroquets d'Afrique, c'est un
mâle et une femelle ?

— Je n'en sais rien, répondit Irma. Je
ne les ai que depuis six mois. Je n'avais
jamais demandé un tel cadeau ! Cet
envoi de Madagascar a été si inattendu...

— Un de vos amoureux ? interro-
geait Eve, complice, heureuse de faire
oublier à Irma ce voyage de la journée.

— Oui, fit Irma avec un sourire de mélancolie. Tom, un professeur américain, plus jeune que moi !... Si je l'avais épousé, au lieu de demander à venir travailler à Strasbourg, je ne m'occuperais pas tant de mes vieillards, si émouvants, si désolants parfois... Je suppose que je serais dame au foyer, dans le Michigan dont Tom est originaire !

— Un couple d'"inséparables", voyez-vous ça, il a de l'humour, l'amoureux dont vous avez voulu vous séparer !...

Eve ajouta :

— Voulez-vous que je monte ? Que je reste avec vous ?...

Irma sourit ; embrassa Eve.

— Non, je vais prendre un café très fort... Karl va arriver vers sept heures. Nous irons à un concert chez des amis, je crois. Si du moins j'en ai la force ! Merci encore.

Irma, une fois chez elle, considère, les mains tremblantes, la réponse que lui a envoyée la municipalité du village de Lucienne, non loin, près du mont Sainte-Odile :

"Nous avons fait des recherches, écrit une assistante sociale... La dame que vous soignez est née et a, en effet, vécu dans notre commune ; elle a fait partie de l'exode de tout le village, en 1939 et 1940. Elle et son mari, un viticulteur, ont perdu, au cours des premières journées de ce départ collectif, une fillette de trois ans… Avant de monter dans le train, semble-t-il, à cause de la bousculade, l'enfant n'a plus été retrouvée : les recherches, durant des mois, ont été vaines… Le couple est revenu en août 1940 ; le mari a vendu sa terre un an après… Ils ont quitté le village après la guerre. Ils avaient eu un autre enfant."

Irma lit et relit la lettre. Tente d'imaginer le drame, ou plus exactement le manque, la perte, le trou… La voix de Lucienne scande peu à peu la relecture d'Irma qui ne peut concevoir ce traumatisme – bouleversement de Lucienne, malheur étouffé pendant des décennies ! Lucienne qui répétait : "Périgueux, c'est loin de la mer ?… Périgueux…"

Un jour, comme la réponse ne venait pas, elle s'installa dans le cri. Le long cri d'aujourd'hui.

SIXIÈME NUIT

Les mots. Les mots s'élèvent dans l'espace du noir de la chambre. Un noir non pas d'encre, mais de caresses aveugles, d'un toucher creusé, de mains incurvées, frôleuses, chercheuses, sans besoin de lumière, les doigts prennent le temps, se rencontrent et se lient, repartent, seuls, à l'aventure, auscultant la peau par endroits froide et au contraire, dans ses creux secrets, brûlante presque... Ce sont les voix qui éclairent cette connaissance, chuchotantes ou soudain nettes, hautes, elles qui ponctuent, ou occasionnent un arrêt...

Les mots. Thelja a froid mais les mots tendres de l'amant qui parle bas, qui se parle presque, doux aveux pas toujours distincts, à moitié avalés, ces mots ruissellent sur son cou, lui recouvrent la gorge, enveloppent son épaule qui se penche, ou la ligne de son dos dressé, dans une gestuelle à peine amorcée.

Jambes de l'amoureuse. Pliées à même le drap. Elle a un rire bref. Ses chevilles, puis ses orteils se tendent. L'amant se tait : de sa cuisse ployée, il emprisonne les hanches de Thelja qui à présent soupire, murmure, fait naviguer et sa voix et ses bras...

Rires. Voix perlées, tissées.

Elle ne l'entend plus. Il ne parle pas haut. Il a des mots qu'il avale. Sa voix penche, un peu métallique. Elle, dans une volupté qui coule, n'a plus de phrases, à peine des mots courts, essoufflés, ébréchés, qui vont pour se briser, s'émietter – elle halète –, qui reviennent, posés sur ses lèvres et ne pouvant rejaillir.

Soudain un seul vocable tendre, de velours, en deux temps ; le même, répété, modulé. Un mot arabe qui va, qui vient. Le plaisir dans lequel elle ne veut pas se noyer fait vibrer ce mot-appel, ce mot-oiseau qui frémit, qui s'ébroue, exhale et retient pourtant le désir affolé de l'amante : "ta...inta". Comme un rythme d'horloge qui peu à peu s'affole.

Le mot d'amour, plein à craquer, se coagule dans la bouche de Thelja. L'emplit. S'élance, tournoie au-dessus de leurs visages, revient en vrille et s'épuise, se ratatine...

L'amant, en cette ultime seconde, la pénètre, elle. Le mot arabe de tendresse qu'elle répète, mais sans force, leur a insufflé son tonus. L'homme enfonce son phallus, elle l'appelle du même mot, il ressort, s'engloutit à nouveau, elle résiste par ce vocable étrange qui a repris vibration et vigoureuse sonorité, comme si elle tentait de reculer sa jouissance, elle se durcit de l'intérieur, elle veut avoir mal, elle cherche la violence, elle s'attend labourée, elle ne se donne pas, elle accueille l'homme en rut et le repousse et le reprend, tandis que sa voix scande le mot inlassable "inta", c'est un autre, c'est un "toi" arabe, elle résiste de son tréfonds, elle l'appelle, lui, l'ardent et le renvoie, le brave, il insiste, ce n'est pas un jeu de parade, non, une chasse plutôt dans le tumulte et un dialogue affronté…

Elle désire se taire. Mais elle veut aussi le garder en elle. Elle offre ses lèvres malgré le noir, elle quête l'autre visage. Elle tend les bras. Ses genoux, ses jambes levées retiennent l'amant par les reins, il l'habite longuement, ne la quitte plus, tout en lui parlant à son tour, à mots hachés, une voix grenue, basse, si basse…

Elle s'empare encore de sa bouche. Elle maintient aussi le sexe de l'homme en elle, en lui ceinturant le dos de ses mollets croisés. Quant à sa bouche, elle l'emplit de salive : elle se boit elle-même, en lui. Soudain, le mot au milieu : elle le respire, le reprend des lèvres, ne veut pas que l'amant se perde en elle, mais qu'il reste à l'affût, qu'il la creuse, qu'il tourbillonne peu à peu en elle, et elle l'aide de ses cuisses nerveuses : le mot persiste seul, lui, le vigilant, se coulant entre eux, dans leurs souffles : un mot étrange, ou étranger pour François, en tout cas. Sur ce, un autre mot d'amour tout neuf, un vocable apparemment français cette fois, mais au sens peu clair, un mot inventé inopinément, créé de toutes pièces, et qui fait cesser un instant les mouvements ondoyants de leurs hanches, de leurs jambes... Elle répète le vocable si doux, le module, laisse jouer sa musique : un roucoulement. Puis elle détend ses cuisses, entrouvre ses lèvres, entend encore là, tout près, le mot précieux et rare, presque exotique, autour d'eux voletant...

Elle renverse la tête, pour mieux respirer ; François lui lèche le cou, sort de son ventre mais pour la repénétrer sans hâte, avec douceur ; elle lui mordille, par petites lapées, la courbe de l'épaule. D'un coup, elle se raidit, des orteils et des jambes jusqu'aux épaules, jusqu'à ses paupières fermées : la jouissance survient, brève tempête.

Peu après, Thelja, cou ployé, face en arrière. Femme liquide, languide, illuminée. Leurs voix perdues : toutes les deux, là-haut suspendues, planant, en nuages encore affolés, au-dessus des deux corps rompus, entrelacés.

VII

LA MÈRE AMÈRE

1

Arrivée par surprise chez Eve, Thelja lui raconte :

— Hier soir, j'ai accompagné Irma et Karl à un concert, une représentation privée… Je ne suis restée qu'au début… J'aurais tant voulu ; mais mon heure de retrouvailles avec François était vingt heures, à la place Gutenberg… Je me sentais bien avec Karl et Irma – Irma qui m'a semblé tendue, mais élégante, si belle… Les accompagnait un ami de Karl, un musicien cambodgien.

— Oui ? demande Eve qui veut servir une salade, ou des fruits, ou…

— Il ne parlait pas français, mais anglais. Karl me traduisait. Moi, je croyais ce pays francophone. Mais ce garçon semblait n'avoir guère plus que vingt-cinq ans ; c'est la génération des quarante ans, ou cinquante, qui reste francophone.

— Qu'a-t-il de si particulier ce jeune artiste ? Tu l'as trouvé beau ? Tu as écouté sa musique ?

— Voyons, s'impatienta Thelja, ne me juge pas aussi superficielle ! Quant à la musique, c'était une cantate de Maurice Ohana : un chœur de douze voix déclamait un sonnet de Louise Labé !

Elle fredonna :

O beaux yeux bruns, ô regars destournez
O chaus soupirs...

Elle rit brièvement.

— J'ai souffert de ne pouvoir rester jusqu'au bout.

— J'attends que tu en viennes à ce Khmer inconnu, intervint Eve.

Thelja finit par accepter un thé chaud.

— Ce que m'a dit cet étranger, que m'a traduit Karl, juste avant que ne commence la cantate... – Thelja garda les yeux dans le vague, le visage concentré, puis, vivement, elle parla d'un trait : A propos des Khmers rouges et l'affreux massacre – disons le mot, le génocide – tu sais de quoi il a parlé, en deux ou trois phrases ? Il se trouve à Paris... pour tenter de ressusciter leur musique de cour, transmise depuis des siècles. Car, dans les populations déportées de Phnom

Penh en 1975 (déjà quatorze ans de cela), se trouvait tout l'orchestre, et leurs plus grands musiciens !… Tous ont été tués !.. Cependant, le hasard a fait qu'une partie des danseuses du Palais se trouvait alors en tournée, à l'étranger. Les accompagnaient trois ou quatre musiciens seulement, qui ont survécu…

— Dont ce jeune homme ?

— Non, il était enfant, et sans doute ailleurs ! Fils en tout cas de musiciens. Ayant perdu tous ses parents, cela, Irma me l'a dit en aparté… Il est venu à Strasbourg, je crois, pour quêter, auprès du Parlement européen, des subsides ; son projet est de reconstituer, grâce aux rares survivants, mais aussi aux enregistrements réalisés dans de nombreux pays, avant le désastre, ce qu'il a appelé "leur musique détruite" !

— Tu sembles plaider pour lui, tant tes yeux brillent !

— Je t'en prie, Eve, ce qui me trouble, ou me tourmente, c'est cela, la "musique détruite", celle de tout un peuple, durant des siècles !… Disparue irrémédiablement, vraiment ?… Il a ajouté qu'il travaille depuis trois ans, qu'il commence enfin par recueillir quelques éléments…

Thelja s'arrêta. Eve songea soudain que, la veille, Irma parlait avec cette même intensité sourde de la vieille Alsacienne qui criait...

— Au moment de les quitter tous les trois, reprit Thelja, je suis revenue sur mes pas. Je n'ai pas compris mon élan ; je me sentais contrainte. Devant Irma mais aussi devant Karl que je connais si peu, j'ai eu l'audace (c'est cela, l'"audace", j'en rougissais moi-même) de demander au Cambodgien... son adresse à Paris. "Je voudrais vous rendre visite, écouter, même une seule fois, un peu de ce que vous avez pu recueillir... Je voudrais savoir si vous allez y arriver, dans vos efforts pour retrouver votre héritage musical !"... Il m'a inscrit son adresse. Il ajouta qu'il s'absentait parfois de longues périodes... Et nos amis traduisaient... J'espère le revoir à Paris.

Eve ne put s'empêcher de dire :

— Toi qui ne me parlais jusque-là que du passé de Strasbourg, où j'habite, où habite François !...

— "Une musique détruite !" répéta Thelja qui semblait ne pas l'avoir entendue.

2

Au sortir du concert de la veille, Karl avait proposé à Irma de l'accompagner tranquillement à pied.

— Il fait si doux ! avait-elle remarqué, levant le nez vers le ciel nocturne étoilé.

Ils marchaient en silence ; peu après, ils se retrouvèrent dans le lacis de la "Petite France". Ils prirent soudain plaisir, dans un engouement complice, à aller d'un pont à l'autre, à s'extasier en admirant le demi-croissant de lune dans l'eau des canaux ; le paysage prenait un air de décor d'opérette. Irma s'entendit rire ; ils se précipitaient vers un quai, découvraient une placette désertée, comme si, d'emblée, ils avaient improvisé ce jeu de la nuit.

Soudain lassés, ou étonnés, ils s'arrêtèrent pour contempler l'eau sombre à leurs pieds. Irma, le torse ployé, les cheveux dénoués, leva la tête vers le ciel qui s'obscurcissait. Elle sourit à Karl :

— Nous voici en récréation ! s'exclama-t-elle, et elle songea à sa visite au village, ce même jour en compagnie d'Eve : tous les tourments de la longue journée lui parurent irréels.

Karl, alerté par sa fugitive tristesse, succédant à sa grâce rieuse, Karl s'approcha d'elle et, sans réfléchir, lui prit les deux mains :

— Vous êtes si tendre ! Et votre voix… Irma, je vous en prie… essayez-moi !

Irma, désappointée par cette fougue inattendue, bafouilla, choisit d'en plaisanter :

— Voyons, vous êtes si jeune !

Karl continua, il était lancé : ses mots sortaient comme s'il avait attendu trop longtemps :

— Vous ne parlez jamais de vous ! Vous êtes douceur !… (Il hésita, pria.) Dites-moi au moins quelle sorte d'homme jusqu'à maintenant vous avez aimé ! Je tenterai de vous plaire…

Irma s'était reprise : énergique, elle le morigénait, mais après une hésitation, elle remarqua :

— Nous allons au concert ou chez des amis ensemble. Vous devenez peu à peu un vrai ami… Restons ainsi ! C'est si rassurant pour moi, de ne plus être aussi solitaire dans cette ville-frontière…

— Vous esquivez ? Pensez un peu à moi… – puis, plus bas, il supplia : J'ai besoin de vous !

Ils s'étaient remis à marcher ; Irma lui avait pris le bras. Karl avançait, tête baissée, comme s'il l'avait oubliée ; il se lança

dans une conversation presque mondaine. Avec cette femme appuyée contre
lui, dont il entendait les talons résonner
sur les pavés, il semblait ne parler qu'à
lui-même :

— J'ai vu vos amis autour de vous, à
la soirée d'hier : cette Algérienne aux
yeux ardents, François, attendri si manifestement par elle. Et son amie photographe qui parlait peu : lorsque ce jeune
Allemand si beau s'approche, toute sa
face à elle s'illumine ! Ces couples sont-ils
dans le bonheur ? Je ne me le demande
pas ; mais je vous regarde, Irma ! Comme
cet autre soir, vous gardez le même
sourire lointain, vous vous adressez à
chacun de nous avec votre inlassable
douceur, un peu lointaine. Laissez-moi
vous approcher !

J'ai laissé partir mon ami khmer que
je vous ai présenté ce soir... Je me sens
plein d'audace soudain, peut-être à
cause des vers d'amour de la cantate
d'Ohana, peut-être au contraire parce
que, toute la journée auparavant, j'ai
été plongé dans le trop lourd passé
d'horreurs du Cambodge, évoqué par
mon ami musicien...

Il se tut un moment, tandis qu'Irma,
lui prenant le bras, marchait en silence.

— Permettez-moi de venir chez vous
au besoin plus souvent et pas seulement

pour vous emmener au concert !... Ne soyez pas rétive ! Ne restez pas au bord ! Vivez-vous vraiment dans cette ville, vous semblez toujours loin…

Ils arrivaient à la place de l'Homme-de-Fer ; Karl se vit quitter Irma devant son immeuble, lui donner un baiser sur chacune des joues, comme s'il était un jeune frère, un cousin, un voisin.

— Vivez-vous vraiment dans cette ville ? répéta-t-il, vivement.

Irma le fixa, interloquée ; ses paupières de myope battirent une seconde. Elle se domina, et rit :

— Vous me traitez en "Française de l'extérieur", comme on dit ici !

Karl se dérida, sous la contagion du rire de sa compagne : elle devenait espiègle, différente. Il la prit par les épaules, avec l'envie de lui dire : "nous n'allons pas nous quitter ainsi !"

Irma, dans un élan, ouvrit la porte, lui prit la main, entra avec lui dans l'ascenseur ; ils montèrent jusqu'au septième étage.

Sur le seuil de l'appartement, alors qu'Eve cherchait ses clefs, ouvrait, allumait dans le couloir, Karl continuait le discours qu'il avait débité à la manière d'un sourd ; est-ce que vraiment Irma l'écoutait ? Il parlait, parlait, tandis qu'ils suivaient le long couloir encombré d'étagères de livres, qu'ils s'installaient dans le salon circulaire, aux fenêtres sur trois côtés dominant le centre de Strasbourg encore illuminé dans la nuit. Ils prenaient place l'un face à l'autre, elle debout, cherchant des yeux quelle boisson lui servir, et Karl parlait sans reprendre souffle, il se hâtait sans raison : il s'était mis à dérouler son histoire, sa vie ici, ses attaches familiales. Il racontait, comme si cette femme qu'il aimait, qui commençait à peine à s'en douter, lui avait demandé auparavant une confession nécessaire... Il semblait qu'il ne cesserait pas son flot de paroles, lui jusque-là si discret, plutôt taciturne.

Il était minuit ; Irma lui servit un cognac et choisit un porto pour elle ; elle décida de s'asseoir et de l'écouter. Par les fenêtres ouvertes, la nuit sur la ville aux clochers illuminés glissait autour d'eux, léchait jusqu'aux flaques de la lampe de la table basse sur laquelle ils posaient ou reprenaient leurs verres ; "la nuit, pensa fugitivement Irma adoucie, nous enveloppe presque tendrement..."

Karl était alsacien certes, mais un Alsacien d'ailleurs. Il racontait, sur un ton de chroniqueur (Irma ne disait mot, buvait à petits coups, attentive) : son père, autrefois petit colon en Algérie de l'Ouest, près de Mostaganem, un petit port sur la côte, son père était revenu, peu après 1962, dans l'Alsace ancestrale. Il était issu d'une lignée d'Alsaciens partis en 1871, expatriés pour ne pas devenir citoyens allemands : trois générations après cet exode en Algérie coloniale, la famille paternelle de Karl se retrouvait de retour. De retour vraiment ?…

Au siècle dernier, une vingtaine de familles s'étaient donc installées dans ce village du bord de mer ; familles endogames qui ne mariaient leurs enfants qu'entre elles ; protestantes, pour la plupart et qui établissaient parfois des liens avec d'autres familles alsaciennes, transplantées, elles aussi, mais au pied des montagnes de Kabylie…

Irma ouvrait grand les yeux : depuis qu'elle entretenait une amitié avec Eve, elle s'était trouvée en relations avec des familles émigrées… Celles-ci résidaient, comme Eve, à Hautepierre – pas Djamila, l'Antigone de la troupe de théâtre, mais d'autres jeunes regroupés autour de Jacqueline, cette femme au grand front et à la voix rauque qu'Irma n'avait vue qu'une fois, à la soirée d'Eve… Eve, s'instaurant, à sa manière, mémorialiste des gens de Hautepierre, avait évoqué les amours passées et tumultueuses de Jacqueline et d'un certain Ali… "Orage et tangage" avait-elle résumé préférant

parler de sa voisine Touma, la mère justement de l'amant, ou de l'ex-amant de
Jacqueline.

Irma se détacha de ces récits de quartier – "Hautepierre, Maille Béatrice" disait
Eve sur un ton emphatique, pour plaisanter. Tout ce temps où Irma s'absentait, ses yeux n'avaient pas quitté Karl.

Ironie du sort : ce jeune Strasbourgeois
qu'elle avait cru vraiment d'ici – elle
pensa "ancré ici" –, Karl donc parlait à
présent de sa mère :

Aussitôt après 1945, alors que l'Alsace
redevenait française, on était venu chercher la mère de Karl, une jeune fille de
seize ans, jamais sortie de son village,
au nord de Strasbourg, pour la conduire
en Algérie, sur la côte ouest – l'Algérie
préservée des tumultes de la guerre mon-
diale. Elle y épousait un petit-fils, ou
arrière-petit-fils d'Alsaciens, le père de
Karl – l'endogamie était la règle du petit
groupe, même sur sol algérien, et, tous
les vingt ans, on revenait aux villages
du premier départ, rechercher de jeunes
épouses alsaciennes ! (Pour s'excuser
de l'aspect dérisoire de tels usages, Karl
ajoutait : "un peu comme ces Siciliens
d'Amérique, raconte-t-on, qui se font
envoyer des fiancées du village d'origine, des jeunes filles jamais vues, sinon
par la famille restée là-bas, et qu'ils

viennent attendre à la descente du bateau, le cœur tout palpitant, pour les épouser.")

Mariée en Algérie, la mère de Karl n'avait pas failli à la mission qui lui était dévolue : elle avait regardé de loin les familles d'ouvriers arabes, avait empêché son fils, dès qu'il avait trottiné dans la cour ou sur le bord des vignes, d'aller jouer avec les enfants "indigènes". Comme les autres Alsaciennes, elle avait la manie de la propreté ; elle lavait et relavait l'enfant, le changeait pour chaque repas, le couvait : ainsi, un coin d'Alsace était reconstitué en vase clos dans cette Oranie du bord de la Méditerranée, et ces épouses de colons croyaient protéger ainsi leurs enfants de l'étrange, des "barbares" peut-être… Un peu plus tard, Karl serait allé au collège : interne au lycée Lamoricière d'Oran probablement, mais la guerre d'indépendance (on disait "les événements") avait éclaté ; après deux ou trois ans d'incertitudes, il avait fallu se replier là, en métropole… au village maternel. Puis, le père avait été rapatrié à son tour : ayant tout perdu, vieilli avant l'âge, se taisant et se ratatinant jusqu'à sa mort brusque, à la suite d'un accident cardiaque. Karl ne se souvenait plus de grand-chose de sa terre natale : les effrois de sa mère, les groupes de paysannes avec enfants, accroupis au bord des champs ou vivant dans des masures en terre battue où il n'avait jamais pénétré…

"Si, rit-il un peu amèrement, je me rappelle une odeur : une odeur d'encens et de foin mouillé, un peu rance, que ma mère décelait sur mes habits, sur ma peau, le soir, avant de me déshabiller pour prendre mon bain du soir ! Cette odeur… je crois qu'elle seule me reste de ce pays demeuré mystérieux pour moi !"

Irma s'étonnait : ainsi Karl avec lequel elle allait régulièrement au concert ou à l'opéra, qu'elle avait pris pour un "Alsacien de souche", voici qu'il lui parlait, avec quelle émotion et uniquement à travers ses interdits d'enfant, d'un pays, l'Algérie, où, c'était sûr, elle ne mettrait jamais les pieds.

Alsace, Algérie : les deux mots tanguaient soudain. Elle leur trouva une résonance commune, une musique qui semblait les accoupler, à moins que ce ne fût plutôt une même blessure ancienne, des cicatrices en creux qui, conjuguées, risqueraient de réapparaître… Oui, vraiment, une algie sourde les reliait : Alsace, Algérie. Irma murmura, du bout des lèvres, ces deux noms de pays, de terroir noir, lourd d'invasions, de ruptures ou de retours amers…

Les visages de Thelja, d'Eve si frêle, mais avec son ventre de six mois et son entêtement à soutenir Irma en déséquilibre cet après-midi, et jusqu'à la voisine, Touma, à peine entrevue avec sa fillette Mina, vive et noiraude, tous ces visages de femmes entouraient, semblait-il, Karl qui s'était tu. Il se demandait pourquoi il s'était mis ainsi à tout ramener de son passé familial…

Irma rêvait ainsi, assise sur le bras d'un fauteuil, son verre à la main. Elle considérait, l'air absent, mais vaguement attendri, Karl, de nouveau intimidé.

— Vous revenez à moi, chère Irma ? fit-il, la voix hésitante.

Il se disait que, pour l'amour de cette femme, il maîtriserait son impatience contenue depuis des mois…

— Vous parliez, balbutia Irma, et je n'en reviens pas : votre père était petit colon en Algérie ! En somme, vous seriez, vous, un "pied-noir" de Strasbourg !

— Tout juste ! ironisa Karl qui ne vit dans sa pointe enjouée qu'un intérêt à son égard. "Si je parvenais peu à peu à l'amuser…" soupira-t-il.

Plus gravement, il hasarda :

— Est-ce que ma généalogie vous a intéressée ?

Irma allait répliquer, sur un ton déchiré :

— Surtout pour moi… sans généalogie justement, sans attaches, sans racines !

Elle sourit, n'ajouta rien. Elle sut que, de longtemps, elle ne dirait mot de ses tourments à cet homme plus jeune qu'elle. Cet homme qui, ce soir, la touchait (une fièvre latente en elle qu'il réveillait, qu'elle dissimulerait)… Si par hasard un lien sérieux devait s'ensuivre, si quelque chose d'aérien comme la musique devait s'installer entre eux, que surtout il ne se doute pas combien elle béait, pourquoi elle se percevait parfois comme une algue emportée sur n'importe quelle vague… Las ! Oui, elle était, elle aussi, une émigrée, mais sans point de départ, et par là même sans espoir d'arrivée. Sans même un dessin de navigation ; en somme sans trajet…

*

Elle raccompagna son visiteur peu après ; lui tendit sa joue sur le seuil. Il quêta un éclair de son regard, parut hésiter, sur le point de faire quelque remarque, il sourit simplement pour finir :

— Au revoir, Karl… et merci !

Il lui prit la main, ne la lâcha pas ; elle ne résista pas, attendit. Il renonça à dire ce qui lui brûlait les lèvres, se détourna brusquement et s'éloigna vers l'ascenseur.

Quand, Karl disparu, Irma ferma la porte, qu'elle appuya son dos contre le bois, les yeux baissés, elle se sentit alors tellement lasse. Elle se dirigea droit vers sa chambre.

Dans la pièce à côté, elle entendit les ébrouements de ses perroquets de Madagascar : tout le temps où elle était au salon, ils avaient patienté dans le calme avant qu'elle n'entre chez eux, et qu'elle bavarde, comme chaque soir avec eux… Elle renonça : "ne pas pleurer, songea-t-elle hâtivement, devant mes chers inséparables !"

Elle se déshabilla, se coucha dans son lit, tandis que, à côté, les deux compagnons s'agitaient ostensiblement.

Au milieu de la nuit, dans son lit trop large, elle se réveilla ; livrée à l'insomnie des heures durant ; les pensées nouées de toute sa journée précédente, entrecoupées de bribes du récit de Karl, s'emparèrent d'elle. A peine allait-elle s'assoupir que le plafond de sa chambre sembla envahi par un vol d'étranges oiseaux silencieux, noirs mirages.

Le père de Marey se leva difficilement de son fauteuil, dans la salle fraîche et sombre où Jacqueline et Thelja pénétraient.

Jacqueline avait prévenu Thelja : "le père est bien fatigué : soixante-dix ans passés certes, mais sa santé – l'état de son cœur – inquiète ses proches. Il classe tout actuellement ; il doit aller en maison de repos, non loin de Strasbourg, près du mont Sainte-Odile."

Thelja salua le dominicain qui posa un moment son regard sur la jeune femme :

— Ainsi, vous êtes de l'Est algérien ?

Thelja acquiesça, intimidée.

— Je viens de classer tous ces cartons ! continua le père en désignant d'un geste la table, à côté, chargée de dossiers. Je vous laisse ! continua-t-il, en se levant. Je vais à la chapelle. Je reviendrai dans une heure.

Il sortit à pas lents. Elles s'assirent… Un jeune séminariste frappa, puis entra :

— Le père m'a demandé de vous apporter à boire : du thé, du café !… Je vais aussi mieux vous éclairer, et il se dirigea vers les fenêtres donnant sur la cour.

Thelja, près de la petite table, soudain ensoleillée, se plongea dans un monceau de dossiers : ses doigts ouvraient hâtivement une boîte pleine de fiches, posée à côté… Elle sourit à peine à Jacqueline qui rapportait un plateau avec une théière.

— Nous voici, pour une heure au moins, transformées en archivistes ! Le père (cousin de ma mère en fait, mais que j'appelle mon oncle) ne m'aurait jamais parlé directement de tout ce passé, si vous n'étiez pas venue !…

Puis elle se saisit d'un cahier, l'ouvrit, le feuilleta. Thelja, absorbée dans ses fiches, l'entendit soupirer, peu après :

— Thelja, ce cahier jaune, c'est toute la vie du père, au foyer rue du Polygone !… Il nous livre tout ainsi, en vrac, avant de quitter Strasbourg…

Thelja se retourna, sourit, rêveuse, à Jacqueline :

— Au moins, dit-elle, cela ne disparaîtra pas !… Enfin, pas tout à fait…

Elle considéra le thé fumant, ne prit pas la tasse. Avec une brusque fièvre, elle s'assit dans un coin, se saisit d'un second carton plein de fiches – sur chacune, la photographie d'un homme jeune le plus souvent, originaire d'El Oued, de Biskra, de Batna ou de Tébessa, regardait Thelja de loin… depuis ces années cinquante où, les uns après les autres, tant de ces "Français musulmans" (comme on appelait alors ces colonisés), souvent à peine démobilisés, s'installaient au foyer nord-africain du père de Marey, pour travailler comme manœuvres ou plombiers, menuisiers, électriciens, deux ans, trois ou davantage. Revenus de ce Sud algérien, qui commençait, dès 1954 et 1955, à être entraîné dans la guerre, ils se retrouvaient, en Alsace, suspects, pourchassés, détenus pour avoir conservé ou transporté des tracts nationalistes, vite considérés comme comploteurs pour telle cotisation versée, de bon gré ou non, aux "hors-la-loi", parfois préservés ou sauvés grâce à la protection du dominicain…

Justement, Jacqueline, le cahier jaune à la main, ne peut garder pour elle la foison de souvenirs écrits avec minutie :

— Thelja, écoutez ! Le père a tenu son journal chaque jour depuis décembre 1953, quand le foyer, en ouvrant, n'est constitué que de deux baraques divisées en trois chambres, de vingt lits chacune… Il écrit, les premiers jours :

"Pas encore d'eau, d'égout ou d'électricité ; au bureau, j'éclaire à la chandelle. L'eau est cherchée dans des brocs chez le tailleur de pierre, en face du foyer."

Puis il ajoute, à la page suivante :

"Les soixante lits sont pris d'assaut !"

Jacqueline continue, comme si elle dévidait un roman :

— Ça s'améliore en 1955. Le chauffage des chambres est assuré… Tenez, je saute, je saute, mais voyez ce que note alors le cousin de ma mère !

"Les tulipes sont en fleur depuis le 20 avril jusqu'au 20 mai !" Mais oui, il est précis. Deux pages avant, il a recopié des statistiques (Jacqueline enfle le ton, comme pour un discours) :

— A Strasbourg, il y a cent trente-sept familles mixtes, vingt-sept familles musulmanes ! Donc vingt-sept épouses arabes ou berbères ont traversé la Méditerranée et se sentent comme vous, chère Thelja, des "passagères", des "exilées", je ne sais comment vous les définirez ?

Et Thelja, dans une émulation ironique :

— Je me sens une éphémère… à Strasbourg !

— Donc, grâce aux notes du père, nous savons qu'il y a eu vingt-sept éphémères à Strasbourg, il y a un peu plus de trente ans de cela !

— C'est un journal, ce cahier jaune ? Plutôt une histoire de l'émigration ! remarque Thelja.

— Cette même année cinquante-huit, après avoir décrit des contrôles de police chez lui, et divers incidents violents auxquels sont mêlés ses pensionnaires, il rappelle cet épisode : un gérant du foyer qu'il devait apprécier est arrêté. Ecoutez :

"Boubaker a été arrêté le 22 septembre à six heures du matin, et transféré à

Metz à la maison d'arrêt !"... (Un silence, Jacqueline est émue.) Le 30 septembre, le père ajoute qu'il va à Metz voir Boubaker et lui apporter du linge ! Il ne peut le voir. Il laisse la valise avec des recommandations !... Je saute : l'année suivante, le 21 mai 1959 cette fois, c'est l'arrestation de Zemmouri, "le septième gérant du foyer" dit-il.

Et de nouveau, notre brave père écrit :

"4 juin. Je vois Zemmouri au parloir, rue du Fil." (Il n'y a plus de prison là-bas, maintenant ; seulement un commissariat ! remarque Jacqueline.) Cette fois, on a la suite de l'histoire : il a noté, pour le jeudi 9 juillet suivant :

"Dix-huit heures, Zemmouri arrive souriant au foyer. Il est muni d'un non-lieu !" Cette phrase est soulignée en rouge, deux fois !

Silence entre les femmes. Jacqueline reprend :

— Cela continue, jusqu'à la fin de la guerre d'Algérie : les petites fêtes, la violence autour, les arrestations de la police !... Le cahier s'arrête ensuite. Le bon père est resté jusqu'à l'année où le foyer a été fermé !

Thelja se remit à feuilleter ses fiches : les photos d'identité défilaient sous ses doigts. Elle recevait pour ainsi dire à vif, les visages jeunes, ou d'âge mur, d'inconnus – un regard droit posé sur le photographe, avec sérieux ou une attente, une rapide inquiétude le temps de la pose. Elle imagina les épaules, les bras, les muscles ahanant sur les chantiers, les stations de tant d'exilés dans les rues, les retours au foyer, dans les chambres à vingt, au début sans eau ni électricité, les rafles ensuite, les enquêtes. Ils n'étaient pas venus comme elle, en "éphémères", autant dire en oiseaux de passage, ils avaient peiné, envoyé leurs économies à la tribu à El Oued ou à Batna. Chaque soir, assommés de fatigue, ils s'étaient endormis dans les baraquements de cette rue du Polygone… Chaque nuit, vaincus par le labeur, quelquefois par la peur. Tous, sous le regard, le plus souvent bienveillant, du père de Marey.

Qui rentrait à présent. Qui proposait aux deux femmes de leur faire apporter à nouveau du thé chaud.

— Non, dit Jacqueline. Nous étions plongées dans cette histoire ! Une véritable "mémoire de l'émigration" a remarqué mon amie !

Thelja, devant l'interrogation du regard du prêtre, expliqua qu'elle était de Tébessa, que son père était mort pendant la guerre "à la montagne" ajouta-t-elle très vite, que sa mère vivait encore là-bas

— Et vous ? demanda le père.

— Depuis l'année dernière, j'ai une bourse d'histoire de l'art, à Paris... A Strasbourg, je voudrais écrire sur le siège de 1870 !... (Et elle s'arrêta.)

Le père, soudain détendu, lui dit avec douceur :

— L'un des vôtres, enfin l'un des nôtres, en 1871, avait treize ans. Né près de la place Broglie, il a quitté notre ville avec sa famille, pour ne pas devenir allemand.

— L'un des nôtres, reprit en souriant Thelja. Vous parlez de Charles de Foucauld, mort à Tamanrasset et premier auteur d'un dictionnaire touareg !

— Je relisais un extrait de ses *Ecrits spirituels*. Savez-vous qu'un des religieux de notre ville, un grand arabisant d'aujourd'hui, a trouvé, en citation, dans... je crois... Ibn Qotaïba, presque les mêmes phrases de poésie mystique que chez le père de Foucauld.

— Ibn Qotaïba ! s'exclama Thelja qui se rappela que Halim lisait, du critique linguiste, un texte bilingue qu'elle avait parfois consulté.

— Ibn Qotaïba a vécu à Bagdad au IXe siècle. Ses livres pour analyser la poésie classique arabe avec ses lois, et ses rythmes, furent des ouvrages de référence... jusqu'à ce que cette capitale fût livrée aux flammes par les Mongols, des siècles plus tard…

Simultanément, elle et le bon père, en se regardant, pensèrent à la mort violente de Foucauld, dans un Sahara insurgé…

"Parti de Strasbourg en expatrié, puis en quête mystique, sur les routes d'abord du Maroc inconnu, en retraite ensuite à Nazareth, pour finir, élisant domicile au désert algérien, il s'absorba de plus en plus dans la méditation et l'étude !…" Tout en rêvant ainsi à ce trajet du dernier mystique alsacien, Thelja se retint pour ne pas s'exclamer : "mais c'était hier !"

Jacqueline avait rangé les cartons, ainsi que le cahier jaune. Elle se pencha pour embrasser le cousin de sa mère. Thelja, sur le seuil, s'inclina :

— J'espère revenir, lire toutes ces archives et… vous rendre visite !

— Si Dieu nous prête vie ! répondit le père de Marey qui se leva, après avoir soufflé.

4

Irma, une fois au lit, rêva à Thelja qui ne faisait que passer dans cette ville (elle se

reprit avec hargne), dans cette "cité courant d'air". Thelja au moins se savait de
passage, pensa-t-elle...

Irma sentait l'ardeur muette qui la
liait, le temps de ce court passage, à ce
François dont elle avait noté les tempes
blanchies, le regard naïf, les longues
mains : à un moment de cette soirée
chez Eve, Irma avait surpris le silence
attentif de cet homme, comme s'il se
préparait (il ne quittait pas longtemps
des yeux l'Algérienne) à une imminente
souffrance ou à un arrachement... Thelja,
venue en coup de vent, qui partirait de
même, semblait avoir pour fonction de
réveiller François ; elle le réveillerait,
c'est-à-dire, le laisserait dans le désarroi
et la bascule : il ne serait plus jamais
installé, c'était sûr ; même si, pour finir,
il décidait de vivre en reclus ou si, au
contraire, comme autrefois, il se lançait
dans des voyages exotiques, d'emballe-
ment tardif, aux Indes ou en Extrême-
Orient – (il les avait rapidement évoqués
devant Irma, dans cette soirée). C'était
pour cela, que cette nomade brune, au
prénom de neige, avait débarqué, pour
replonger ce quinquagénaire (qu'Irma
aurait pu sentir proche d'elle, par son
âge autant que par sa mélancolie discrète) dans l'errance ou l'inguérissable
nostalgie.

Irma, qui ne pouvait se rendormir, se leva, se prépara dans la cuisine une infusion. Elle attendrait la première aube : elle n'écouta pas de musique, ne prit pas de livre ; elle songeait aux êtres qui, ces jours-ci, lui faisaient une ronde. La protégeaient ?

Elle entra à pas de loup dans la toute petite pièce où étaient installées deux hautes cages, pour le couple de ses inséparables. Les deux perroquets sommeillaient ; elle les avait prénommés, un jour de gaieté fantasque, Socrate et Sophocle. Socrate, aux couleurs vert paradis et bleu nuit parsemé de taches d'or, ouvrit un œil lourd dont le regard se ficha, impassible, sur Irma ; il ne bougea pas. Il la fixait, endormi encore, l'examinant dans un demi-songe… Elle resta dressée devant les hauts barreaux de la cage. Après cet étrange tête-à-tête, elle se résigna et sortit, rassérénée : ils étaient là, ses deux amis !

Elle prit place dans le salon, sans allumer. Par la grande fenêtre de face, elle apercevait une partie de la tour de la cathédrale, sur fond d'un ciel gris tourterelle… L'aube approchait.

Irma revint à sa vie à Strasbourg : c'était donc entendu, elle ne quitterait plus cette ville, mais elle n'irait plus au village "de la résistante" – elle pensait aussi : de "la mère amère".

Avant son arrivée ici, avant que le doute sur "la mère amère" ne se mette à germer en elle, elle avait eu un ami américain. Un collègue de ses années à l'étranger, rencontré une fois par hasard à Paris : il l'avait invitée à dîner pour le soir même, lui avait avoué combien, quand ils enseignaient dans ce collège, au New Hampshire, il avait été attiré par elle en silence. (Irma, étonnée, répliquait : "pardonnez-moi ! Je suis si distraite !")

Huit jours après, ils étaient amants : en elle, s'était réveillée une vague allégresse. Cela tombait bien : Tom commençait une année sabbatique à Paris et en Bourgogne.

Leur liaison dura une année : lui de plus en plus chaleureux et ardent, parfois vaguement attristé à cause d'elle. Irma n'était jamais froide dans ses bras, mais le reste du temps en dehors des nuits, elle se révélait immanquablement distraite. Si bien que lorsqu'il retourna à Boston, qu'il se mit à lui écrire régulièrement de longues lettres en anglais – avec des post-scriptum dans un français maladroit et un peu puéril –, elle s'étonna : était-ce le même homme, celui qui l'avait accompagnée au restaurant, au concert, chez des amis, ou dans des flâneries sur les berges de la Seine, en dehors de Paris, les dimanches de soleil ou de froid acéré ?

Elle s'appliqua à lui répondre, tenta de lui dissimuler qu'elle l'oubliait avec une surprenante rapidité. Elle espaça ses réponses, reprit les anciennes flâneries qui lui parurent aussi délectables. Tom lui téléphona : le son de sa voix l'émut, elle fut plus aimable, sincèrement aimable, et par la suite, le rappela. Il reprit confiance ; annonça qu'il viendrait à la fin du semestre.

Quand il arriva deux mois après, elle ne lui écrivait plus ; c'était déjà trop tard. Depuis quinze jours, le doute s'était levé en elle : sur ses origines, sur ses parents inconnus. – Un homme âgé, le père d'une jeune consœur, rencontré dans un cocktail, l'avait interrogée : sur sa mère adoptive, sur ce village d'Alsace où elle disait être née.

— Y êtes-vous au moins allée ?... Avez-vous pensé que cela pouvait être votre vrai lieu de naissance ? Cette femme, dont vous portez le nom et que vous dites n'avoir jamais rencontrée, pourrait être votre véritable mère, pourquoi pas ?...

Elle avait fixé celui qui l'interpellait ainsi, de ses yeux élargis. Il répéta, plus faiblement devant la réaction ébahie d'Irma : "pourquoi pas ?" et il tourna les talons. "Il me juge idiote", se dit-elle machinalement... Quelques secondes après, elle se répéta : "cette femme dont vous portez le nom... votre mère ?" Alors l'interrogation de l'homme vrilla son angoisse tapie depuis longtemps et qui, d'un coup, affleura.

Elle décida, dans cette même soirée, qu'elle irait, au moins une fois, en Alsace. Puis elle tenta d'oublier l'incident. Un mois après, quand elle eut à remplir une fiche de vœux pour une affectation administrative, elle écrivit, sans hésiter, le nom de l'hôpital de Strasbourg qui figurait parmi ceux de plusieurs villes de France.

Elle avait relaté cela à ses amis : Eve et Hans, assis face à elle, un dimanche, chez elle (ils étaient venus admirer les inséparables : les deux exilés de la Grande Ile avaient opposé une morgue silencieuse et raidie à la curiosité des visiteurs). Le bras de Hans enlaçait les épaules d'Eve qui écoutait intensément, Irma, la solitaire.

Alors, elle leur avait déversé en vrac (paroles plates, disant la douleur, mais sans douleur) l'étrange de sa vie.

Elle leur raconta l'essentiel : son nom bien français parce qu'une jeune résistante qui n'avait pu sauver les parents l'avait gardée, elle, bébé, l'avait inscrite sous son nom : "en somme, elle m'a sauvé la vie et j'ai été reconnaissante envers cette inconnue !"

Elle évoqua sa mère adoptive, "ma vraie mère", qui ne supporta pas les souffrances d'un cancer terrible… Elle s'était suicidée quand Irma allait avoir vingt ans.

— Ce fut pour moi le seul drame de ma vie, jusque-là !… Je ne trouvai d'autre solution que de poursuivre mes études aux Etats-Unis !… Une double coupure, pour mieux oublier… J'ai appris l'anglais, après mon français maternel et l'allemand – c'était cette dernière langue, pensais-je, qui me reliait à ces parents assassinés que je n'avais jamais connus !

Quelques années après mon arrivée aux Etats-Unis, où, sur une remarque pincée de mon directeur de thèse, quand par hasard je dus dire que, malgré mon nom français, j'étais fille de juifs persécutés en Alsace, ce professeur américain me dit sèchement :

— Quand donc apprendrez-vous l'hébreu ? Quand donc irez-vous en Israël ?

Je n'y avais jamais pensé : mes parents, parlant allemand, qui devaient s'aimer dans cette langue, cela tombait bien, j'avais un faible pour la littérature allemande contemporaine !... Ce professeur m'avait parlé sur un ton vraiment cinglant. Peut-être étais-je alors une étudiante malléable et docile... Les deux années qui suivirent, j'appris l'hébreu. Puis l'été, j'allais en Israël, en vacances !

Au même moment, sans doute, l'interrompit Hans, je me trouvais en territoire de Gaza, parmi des amis palestiniens !

— Je ne suis allée, répondit Irma, qu'à Jérusalem.. Rentrée assez vite d'Israël, je suis revenue à Paris dans la petite maison que m'avait laissée ma mère adoptive et que j'avais fuie d'abord !... Je me dis, un certain temps, que je devais être une mauvaise juive.

De même, pour mon orientation : après tout ce savoir acquis (elle rit) en linguistique comparée, en me réacceptant française, j'ai repris, en quatre ans, de nouvelles études : ainsi me suis-je formée, sur le tard, comme orthophoniste !

Elle se tut. S'étant livrée ainsi à ses amis, elle eut comme une fulgurance :

— Pourquoi, mais pourquoi, une fois installée à Strasbourg, pourquoi ai-je tant tourné, avant de me résoudre à aller au village "de la mère amère" ?

Irma en peignoir, dressée dans son salon, se met à marcher, d'un mur à l'autre : quel aiguillon l'a poussée hors du sommeil, serait-ce la promenade de la veille, en compagnie de Karl ?

— "La mère amère" soliloque Irma, allant et venant d'une fenêtre à l'autre. Que demandais-je à l'inconnue, la renégate : simplement qu'elle dise tout haut mon prénom et mon nom – ou simplement, mon prénom : en français, en allemand ou en alsacien ! Si seulement, elle l'avait épelé devant moi, combien le bouleversement que j'en aurais ressenti aurait réparé l'essentiel ! Elle a cru, la pauvre femme, elle a cru que je lui demanderais le nom du père, mort ou vivant, et les circonstances de ma naissance, de mon abandon par elle… Comme si toutes ces incidences n'étaient pas "roman" inutile et lourd… Or, je ne quêtais que mon nom, ou mon prénom, mais repris par sa voix – dans la langue initiale, celle de la naissance, de l'amour, ou tout simplement hélas celle du vide !

Et Irma pleura, sanglota seule dans son salon, puis dans sa chambre. Elle alluma dans chaque pièce – il devait être presque midi. Elle finit par entrer dans la salle de bains, elle se pencha devant la première glace, retourna au salon, se figea dans le miroir au-dessus de la cheminée : mains en avant, air hagard ; elle allait de coin en coin, ne réussissant qu'à pleurer davantage, des hoquets lui secouant la poitrine.

Affolée, elle se dévisageait dans chaque glace, une voix en elle répétait, haletait : "mon nom, ou mon prénom, résonnant dans le vide !"

Le téléphone sonna.

Irma considéra ses mains tremblantes, son visage, dans le miroir en face, convulsé. Interloquée, elle s'interrogea : "Quelle heure du matin, ou de l'après-midi, était-il ?"

La sonnerie, qui s'était arrêtée, reprit, impérieuse.

— Allô ? fit la voix chavirée d'Irma qui ne comprenait pas, qui pensa une seconde à Eve et à Hans avec lesquels il lui avait semblé dialoguer.

— Qu'avez-vous ? interrogea doucement, et très bas, la voix de Karl.

Il s'arrêta une seconde, puis avec vivacité :

— Ne bougez pas de chez vous ! J'arrive. Je sonnerai deux fois. Ouvrez-moi ! Dans un quart d'heure...

Elle posa l'appareil. Elle retourna au miroir, devant la cheminée de marbre. Elle eut honte de ses paupières gonflées : "m'appliquer des compresses d'eau de rose", pensa-t-elle machinalement. Mais elle éteignit toutes les lampes ; tira le store face à elle. Le soleil inonda cette avancée du salon. Elle s'affala sur le canapé et ne bougea plus.

Quand Karl sonna deux fois, comme il l'avait annoncé, Irma lui ouvrit, revint sur ses pas en s'excusant.

— Installez-vous ! Laissez-moi le temps de m'habiller !

Elle allait filer dans la salle de bains : se laver le visage à grandes eaux, des compresses rapides, un peu de toilette. Karl la retint d'autorité et là, l'enlaçant dans le couloir, il murmura :

— Ou vous me faites un café, dans votre cuisine, ou je vous console, je vous embrasse, je…

— Venez, entrons dans ma chambre, nous ferons un programme après ! chuchota-t-elle.

SEPTIÈME NUIT

Lovée dans ses bras, mais pas dans le noir, elle évoqua abruptement, en mots plats, secs, rapides, sa tentative de mourir, une fois, autrefois, il y a longtemps.

— *Longtemps ? demanda-t-il.*

Elle hésita, réfléchit :

— Je n'avais pas encore dix-huit ans !

Il attendit, l'étreignit ; de sa main, caressa l'épaule nue de la jeune femme : celle-ci, le visage blanchi sous la flaque de la lampe, le regard absent. Puis elle sourit, se détendit, lui rendit sa caresse, se lança dans le récit : elle se sentait à la fois près de lui, soudain attendrie, et lointaine, attirée ailleurs, fichée dans cette petite ville de l'Est algérien.

— Une amourette... chaste, mais ardente (sa voix renâcla, puis débita assez vite, sur un rythme plus étale, l'histoire). Le visage de cet amoureux, je ne m'en souviens plus, c'est étrange ! Seulement qu'il était très brun, presque noir. Il venait du Sud. Sa maigreur, sa noirceur – et ses cheveux souples, ses boucles lui retombant sur le front –, bref son exotisme sans doute agit sur moi. Egalement sa réputation, au lycée de garçons... Cette année-là, mon oncle m'avait mise interne. Le lycée de garçons ne se trouvait pas très loin : les rumeurs circulaient de nous à eux tout le long de la semaine... Il passait pour un cancre et fier de l'être. Il affichait en outre son indiscipline.

Elle se tut, recroquevillée. Ayant ainsi projeté devant son amant étranger l'image du premier amoureux (le regard noir, de ce dernier, sous ses boucles, se ranima, étincela devant elle), elle comprit : l'adolescent romantique "venu du Sud" lui parut à l'instant comme un jeune frère, celui qu'elle aurait aimé avoir – trouble à peine incestueux, remarquait-elle, si longtemps après.

— Il y eut entre nous, plusieurs fois, quelques baisers, continua-t-elle. Cette année-là, je prenais des risques : je présentais de fausses autorisations de sortie et je m'évadais, des fins d'après-midi ; l'été, c'était l'été, je rentrais assez tard : tout bêtement, j'errais avec ce jeune homme dans des quartiers inconnus de moi, du côté d'une gare de marchandises. Les fermiers qui débarquaient leurs caisses et leurs colis nous épiaient d'un œil soupçonneux : ils devaient me prendre pour une Française, mais avec cet autochtone, ce moitié Peul ! Allez savoir ce qu'ils pensaient… En tout cas, dans la pénombre, je lui abandonnais mes lèvres, c'était comme si je sentais tous ces regards avides ! (Elle rit, presque mélancolique.) Je faisais ainsi la coquette avec lui. Je me rappelle soudain nettement ses mains : longues et nerveuses. Il avait une chevalière d'or ; je me moquais de lui, je la prenais la reprenais, et lui en profitait pour me toucher… A ce petit jeu, je l'ai giflé un jour… sous un arbre, dans la pénombre !

Elle rit à nouveau. François, dans le lit, s'éloigna d'elle ; ralluma un cigare. Elle s'assit en tailleur, sans façon, comme si elle s'accroupissait dans la poussière. Ironique, elle se moquait de la jeune fille qu'elle avait été.

— Presque dix-huit ans, t'ai-je dit ? Chez vous, ce serait quatorze ans ou treize, n'est-ce pas ? Les jeux acides de l'enfance... (Il ne répondit pas ; elle ploya dans ce passé, pas si lointain, songea François, c'était l'époque où il se querellait sans fin avec son épouse, où tous deux songeaient à se séparer définitivement !)

— J'aurais voulu qu'il m'écrive de longues lettres. Avec un faux nom de fille, il m'aurait envoyé des missives directement au lycée : il aurait pu me dire comment il me trouvait, lui proposais-je, me décrire "au physique, dans mon caractère, parler même de nos disputes, de nos promenades, que sais-je". Je les aurais ouvertes le cœur battant, avec le goût avivé du danger... Il écoutait mes propositions, il n'était occupé que par ma bouche, ou mes yeux ! Il haussait les épaules : à quoi bon des lettres ? Et l'on reprenait rendez-vous pour une autre escapade. Mais...

Thelja se souvint, sourit.

— Mais ? intervint François avec patience.

— *Quand je lui demandais (je me retrouvais souvent, le samedi soir, privée de sortie)* –, *quand je lui demandais de venir sous le balcon du dortoir donnant sur une ruelle, il venait... Seul, il s'asseyait en face, à même le trottoir ; il restait appuyé de biais contre un poteau électrique... Les filles accouraient pour m'avertir : "ton amoureux !" Je n'étais pas la seule à le trouver si beau.*

Un silence, dans la chambre. François éteint son cigare.

— *Pourquoi je décris longuement ce garçon ?*

— *Tu avais dit au début que tu l'avais oublié !*

— *Je voulais aller droit au but, revivre en t'en parlant un instant de trouble obscur !... Or je tombe dans ces émois sucrés !...* (D'une voix rèche.) *Caresse-moi, étreins-moi ! Embrasse-moi sur tout le corps.*

Elle lui tendit, dans ses paumes réunies, ses seins. Elle ne voulait pas se noyer dans le plaisir, seulement pencher dans les préliminaires, et qu'ils fussent ardents !

— *Tu peux même me faire mal !* proposa-t-elle.

Et elle sourit. Elle désira des morsures ; se vit avec des bleus... François la palpait, dans le demi-clair de lune. D'une main, elle avait éteint la lampe : la chambre restait claire, dans une buée grise. De la rue, montèrent les voix de quelques noceurs attardés.

— Ta bouche, quémanda-t-elle. Elle lui donna un long, un vorace, un interminable baiser. Elle se décida à le chevaucher, à réveiller le désir de son amant. Elle se découvrit experte, en de pareils moments, presque froide, à force d'attention. Avec la seule volonté d'aller un peu plus au-delà.

— Je te conduirai donc ! soupira-t-elle. Je serai la cochère… Pour finir (elle l'amènerait, le temps qu'il faudrait, à l'incendie, à toutes les flammes ensemble, et qu'il la dévaste, qu'elle en pleure, dans la plaine de la jouissance longue), lorsqu'elle le chevaucha, par houles successives, contrôlées, lorsqu'elle sentit que l'acmé approchait, avec une âpreté que depuis le début elle suscitait, elle retrouva l'ineffable volupté : enveloppant et étant enveloppée, ensemencée à profusion et ruisselante, creusée du torse, des reins, de l'intérieur des muscles des jarrets, des chevilles, du bout des orteils, épaules amollies, et seins élargis, enfin des lèvres, des dents, du fond, du tréfonds de la bouche, du palais, du velours intérieur des joues, ne restent, planant là-haut et pourtant tout contre l'enchevêtrement des bras, des jambes, ne restent intactes, *flottantes, nageantes que les paupières fermées, ouvertes mais en dedans. L'œil, profond, silencieux, labouré, l'œil immense et impénétrable du plaisir stabilisé.*

Puis la houle déferla, douce cruauté, sur le tranchant d'une impatience violente, "vite, vite", elle lui prit la main – à nouveau, la sensation de trôner au-dessus du phallus, d'en être traversée, gonflée, là-haut, muée en un point infime, étincelant, palpitant, lueurs d'éblouissement, le sperme monte, surgit, va éclabousser – elle prend la main de François, "oh oui", tandis que la scansion verticale du balancement s'accélère, que l'arbre des corps s'emballe outre mesure – vite, la course infinie, l'épée devenant lumière en soi, auréolant la tête, noyant les seins, les reins, mer déferlante, infinie, c'est alors que sa main à lui, elle s'en empare, l'enfonce dans sa propre bouche car elle crie, elle hurle le plaisir et craint toutefois, ultime précaution, d'en ébranler la demeure.

Elle retomba contre le corps de l'homme, en sueur. Presque asphyxiée, elle reprend lentement respiration… Elle est ensuite secouée par le rythme de la poitrine de l'aimé, lui qui halète encore de fatigue.

Thelja s'endormit quelques minutes, ou davantage, ses jambes ceinturant les

hanches de l'amant. Elle dormit quasi-
ment accroupie.

Elle rouvrit les yeux, sourit et aspira
sur la peau de l'amant – il dormait à
son tour – les gouttes de transpiration
sur ses flancs. Elle attendit sans plus bou-
ger son réveil.

— J'ai bu tout ce que tes muscles ont
sécrété… pour moi, avoua-t-elle, peu
après. Demain matin, je voudrais te
laver : comme une mère ou… (elle hésita,
c'était bon de jouer, même épuisée) ou
comme une esclave !

Ils se rendormirent, déliés l'un de
l'autre ; au point du jour, elle l'entendit
allumer, contrôler l'heure, éteindre de
nouveau et la chercher de l'autre côté du
lit, seulement pour la toucher, la retrouver.

— C'est l'heure, je crois, pour toi !
— Tant pis pour le travail, ils atten-
dront ! J'ai envie de partager un peu de
ta grasse matinée !
— Alors, n'allume pas !

Elle se réinstalla dans ses bras, lui ten-
dit, dans la pénombre, ses lèvres : "juste
un baiser gentil, un baiser d'oiseau !"
Dans la demi-aube, le corps émietté du
long plaisir de la nuit, elle put parler :
— Est-ce que je peux reprendre, pour
toi, mon premier souvenir ?

Il s'installa à demi sur les oreillers, la cala dans ses bras, grelottante à cause de la fraîcheur, attendit.

— C'est quand j'ai voulu vraiment mourir ! commença-t-elle. Mourir, je ne sais encore pourquoi, par moments, une lueur me revient : j'ai voulu intensément mourir... à cause de la joie, comment dire, d'une joie impersonnelle : je cherche pourquoi, parfois, je crois approcher de... Un éclair de vérité survient, comme cette nuit, ou tout à l'heure, parce que le plaisir était si plein...

François tend la main pour prendre un cigare, et du feu ; mais il n'allume pas, il ne fume pas. Il attend ce qui est en train de sourdre dans cette voix qui hésite. Il étreint les épaules de Thelja tremblante de froid. Il la couvre d'une des couvertures.

— Quelques mois avant mes dix-huit ans... La fin de la classe de philosophie... Toute l'année se déroula dans la solitude – il y avait cette aventure légère avec ce "voyou du désert" comme disaient les autres. Une solitude, quand même : toute l'année, oui, je désirais quelquefois mourir, c'est-à-dire, pensais-je me dissoudre dans l'air, ou exploser en silence... La constance de ce désir, cette année-là, devenait, comment dire, l'envie de m'envoler. Cela paraît étrange, ce désir d'Icare au féminin et dans une ville arabe en outre, une irrésistible pulsion vers l'espace. L'espace m'attirait !

Elle se tait. Elle reste ancrée dans ce pensionnat, non loin de la poussière dorée qui enrobait l'arc de Caracalla.

— Je t'ai parlé hier de cette amourette. Toutes les pensionnaires de l'école en étaient spectatrices… Moi, ce n'était pas la vanité, non, c'était le danger !… Mon oncle, s'il avait été mis au courant, serait venu me reprendre, un fusil à la main. Il aurait décrété, comme dans un mélodrame de province : "tu nous as déshonorés !"

Et là, devant toutes, même devant la directrice libérale qui m'aimait bien, c'était sûr, me disais-je, il me tuerait ! Ainsi, presque une année durant, je vivais dans cette hantise : le jeune homme brun, mes lectures avides et désordonnées de philosophes, la recherche d'une joie pure, mon attirance de l'espace et, en sus, l'ombre de l'oncle vengeur, en somme, ce que j'appelle ma solitude qui me mena…

— A un suicide ? demanda-t-il.

— Tu peux appeler cela ainsi : c'est la scène que je tente de faire revivre, du moins. ("Ainsi pelotonnée contre toi, j'enchevêtre mes jambes aux tiennes, je tente de comprendre pourquoi j'ai voulu mourir… mourir dans l'ivresse !")

315

Elle raconta la scène : cela prit du temps ; un temps moins heurté. Il la retint contre lui ; il lui caressa lentement les seins qu'elle avait opulents, ses jambes longues, il la retourna à demi pour retrouver le creux au niveau des reins, pour suivre d'un doigt prudent la tige de la colonne vertébrale et à force de parcourir ainsi, quasi scientifiquement, toutes ses lignes – comme pour lui signifier qu'il aimait non seulement sa chair, son éclat, sa vie, mais encore son squelette, ce qui la ferait immortelle, ou la prolongerait dans une nuit incertaine –, ce corps et l'idée de ce corps, il le dessina silencieusement et d'être ainsi parcourue la fit déboucher, yeux ouverts, presque sûre d'elle-même, sur la scène première qui la hantait. Qui lui faisait rechercher le plaisir depuis combien de temps, avant lui, après lui, surtout – parce qu'il était tout ouïe, avec ses doigts et son regard –, surtout, liée à lui, elle son amante.

Elle remonta le temps :

— Nous nous étions évadés pour deux jours, à la capitale... Là, je me vois dévaler un très long escalier, face au port. Devant moi, le vide, un immense vide plein et bleu, dans une lumière dorée, face à moi la mer et les mâts des bateaux figés. Comme si j'allais d'un coup plonger. M'envoler et plonger ! Soudain, au bout

de la rampe d'escalier, sur le bruyant boulevard de la Marine, le tramway débouche, bondé et dans un cahotement... Alors, j'improvisai : comme si tous mes élans contenus au cours d'une année entière me propulsaient pour l'instant ultime !

Il l'enfourcha. Il se mit sur son ventre, il ne chercha pas à la pénétrer, non, simplement l'alourdir, la meurtrir, lui faire sentir la terre, ainsi que son poids à lui, son corps d'homme de plus de la cinquantaine avec un passé, une histoire, une histoire de terre, de ville autrefois vidée, de retours, d'accidents. Qu'elle ne s'envole pas, qu'il la marque.

Elle s'accrocha à lui, tandis que, mû par une seconde vague de tendresse, moins âpre, plus molle, il l'entoura de ses bras – "voici que je l'enfante, elle !" se dit-il, et dans le même mouvement, il se retint car il sentait qu'il risquait de bander et qu'il ne pourrait faire autrement que la fouailler. Or il fallait que sa parole à elle jaillisse neuve, entre eux, entre leurs corps, contre eux enchevêtrée à eux deux. C'est cela : ils luttaient de concert et d'amour, pour qu'elle triomphe de sa hantise, qu'elle la tire et l'exhibe en pleine lumière.

Elle finit par dire :

— J'ai plongé. Je me suis jetée. Je me suis couchée sur la chaussée, juste avant que n'approche le tramway lancé... *Le chauffeur freina, la machine crissa... Je m'évanouis. On me retira de dessous l'acier, intacte, à peine contusionnée. Je me réveillai, peu après, dans l'ambulance ! L'amoureux, le séducteur trop brun et si léger* – *il m'avait joué, juste avant, une scène de fausse jalousie et j'en avais perçu tout le dérisoire* – *en était bouleversé. Il pleurait à mon chevet. Quand j'ouvris les yeux, il me baisa les mains, respectueux. Il ne comprenait pas ma folie...* "Un jeune frère" *ai-je pensé, tellement je le trouvai vulnérable ; j'étais calme et durcie... Mais je renonçai à lui dire quoi que ce soit !*

— "Pourquoi ? Mais pourquoi ?" *s'exclamait-il interdit. Moi, je n'avais qu'une seule explication : j'avais désiré m'envoler, là, sur-le-champ, pour me dissoudre dans le vide !... Le vide bleu.*

— *T'envoler, Neige ! reprit François qui alluma son cigare.*

Ils restèrent liés, tout désir retombé. Elle avoua :

— *Au cours de toutes ces nuits qui se succèdent désormais dans cette ville* – *cette ville autrefois vidée* –, *peut-être m'approcherai-je du pourquoi de cet autrefois, car, nuit après nuit, nous nous entrepénétrons davantage, corps et âmes à la fois, non ?*

François ne répondit rien, fasciné devant l'ardeur qui lui faisait répéter "corps et âmes"...

— Tu es bien ? interrogea-t-il un peu plus tard. Il était allé se doucher ; il s'habillait. La fatigue de la nuit s'était dissipée.

— Dis-le-moi donc, je t'en prie, insista-t-il. Tu es bien avec moi... je veux dire, dans l'amour ?

Elle ne répondit pas. Elle lui tendit ses lèvres. Elle lui emplit le palais d'une salive abondante. Elle prolongea, de sa langue, la succion jusqu'à la limite extrême où elle ne put respirer.

— Quittez-moi ! Votre travail vous attend !

Elle se dressa, nue, sur le lit et lui entoura de ses bras le cou, les épaules. Dans un grand rire.

La porte derrière lui claqua.

VIII

ANTIGONE DE BANLIEUE

1

Toute cette nuit, jusqu'au mercredi matin, Irma reste dans les bras de Karl. Ne parle pas ; ne soupire pas ; redemande du plaisir : cérémonial de lenteur, d'un dialogue muet, plutôt grave. Elle murmure quelquefois, non pour dire, laisse échapper des bribes de mémoire dont elle se dépouille, sans même s'entendre elle-même ; elle sourit d'autres fois, replonge dans les étreintes de nuit, de nuit malgré déjà l'aube couleur d'orange. Ils s'accouplent encore, puis s'assoupissent. Le temps, pour eux, court, yeux bandés, dans la chambre close.

Irma se réveille en sursaut :

— Quelle heure ?… J'ai si faim !

Ils ont oublié de manger depuis la veille, "depuis quatre heures de l'après-midi", dit Karl. "A présent, quatorze heures d'horloge ont dû s'écouler ; non, bien davantage" ajoute-t-il, tendrement ironique.

Irma se précipite vers la cuisine. Revient pour annoncer qu'elle a des œufs de ferme, des fruits. "Je nous apporte un plateau !" annonce-t-elle.

Peu après, sans quitter le lit, ils mangent dans la même assiette : quatre œufs brouillés, du pain de seigle, une orange partagée en deux...

— Dormons à nouveau ! propose-t-elle, et elle constate, mais sans le proclamer haut : "Rassasiée d'amour et de nourriture !"

Le matin est bien avancé alors qu'Irma dort encore. Discret, Karl, réveillé à son heure habituelle, a pris une douche ; il attend en lisant dans le salon inondé de lumière.

Irma apparaît vers dix heures, le visage inquiet mais reposé :

— Là, tu es là !... Sais-tu ce que j'ai oublié depuis...

— Depuis avant-hier ! sourit Karl en venant à elle, en l'embrassant. Debout, hésitante, elle palpite, encore dans son premier trouble :

— Que m'a-t-il pris ? J'ai vraiment oublié, hier, toute la journée, ma malade, Lucienne...

Elle tend la main vers le téléphone, posé entre eux, quand celui-ci précisément sonne.

Irma se saisit du récepteur, ne dit mot, écoute presque sans entendre, sans comprendre… Une voix de femme aiguë se déchire et, de là-bas, répète, alarmée, fléchissant : "Irma… Oh Irma !"

Karl prend l'appareil, tout en enlaçant les épaules d'Irma. La voix d'Eve résonne, comme surgie d'un autre pays :

— Irma, quel malheur !… Ce n'est pas juste, hoquette-t-elle.

Loin, sur la rive oubliée de la détresse, elle sanglote haut, divague en pleine dérive.

Eve crie, oui, elle crie, elle appelle à l'aide.

2

Une heure auparavant, rue de la Nuée-Bleue, à l'entrée du commissariat de police : sous un grand porche, sur le côté, se tient un jeune garde, en uniforme.

Jacqueline arrive à pied de son appartement, rue de l'Arc-en-Ciel. Elle a marché à grands pas, d'abord le long de la rue Brûlée, bousculant même un passant, au niveau de l'hôtel de ville (l'inconnu figurera ensuite parmi les premiers témoins). Après avoir longé rapidement la rue du Dôme, elle a traversé à la place Broglie, s'est engagée résolument dans la rue de la Nuée-Bleue.

A la terrasse d'un café de la place, deux ou trois consommateurs oisifs ont tourné la tête vers elle. Elle allait si vivement – aucun d'eux n'a vu son visage, ni l'expression de son regard, seulement sa silhouette : une jupe large à carreaux, un pull noir décolleté qui lui laisse les bras nus, comme si l'on était en mai, pas en mars… Elle se hâte ; les trois curieux échangent des propos à caractère grivois.

Jacqueline n'atteint pas le porche du commissariat. Juste avant d'entrer, sans qu'on sache pourquoi – peut-être quelqu'un l'aurait-il hélée, au coin de la rue du Fil ?… Une voix d'homme, une voix d'annonciateur, l'appelant par son prénom à elle. Elle s'est à demi retournée, a hésité, puis s'est avancée.

Un pas, un seul pas de sa jambe gauche, tandis que son torse s'est incliné, près du garde impassible, comme statufié. Juste avant, un groupe de trois ou quatre passants a pénétré en bon ordre sous le porche. Le garde debout témoignera à son tour.

A cet instant, le coup est parti. Un coup de feu : au claquement sec, par deux fois ; a suivi un silence, dans cette rue étroite où à ce niveau-là, habituellement, voitures et cycles divers ralentissent.

Un coup de feu, par deux fois. Jacqueline a vacillé, a levé un bras, est tombée par terre : le garde se précipite vers elle, puis, regardant d'où l'on a tiré, il se ravise, veut s'élancer tout en dégainant une arme de sa main gauche : c'est trop tard.

Au même instant, un jeune homme, très brun, au visage sec et durci, traverse la rue en deux enjambées ; va pour s'incliner vers Jacqueline (elle, sur les dalles du trottoir, le corps en chien de fusil, mais le visage dans un bras plié...). Et la blessure, dans le dos, qui saigne...

L'inconnu tend son arme vers le garde, et répète, hébété :

— Tu vois... Mais tu vois ! Je l'ai prévenue !

La foule, dans un même mouvement, l'encercle. Puis l'homme est ceinturé par le policier, un second arrive de l'intérieur, un petit gros qui gesticule.

Visage de Jacqueline à terre, avec un demi-sourire qui lentement se fige. (Qui regarde, qui la regarde parmi les curieux ?) Soudain, une lourde ménagère de passage s'agenouille et murmure "Sainte Marie… O Madone !" avec des bribes de prière psalmodiée.

On a arraché le revolver au jeune homme. Un nouveau policier, sorti le dernier, tente d'entraîner le meurtrier. Qui soudain résiste. La foule est maintenant contenue au-delà d'un cercle élargi… Quelqu'un insulte l'inconnu que trois policiers entraînent. Un grand gaillard barbu surgit hors de la foule, va pour frapper celui à qui l'on vient de mettre les menottes ; de son pied avec une godasse lourde, il donne un coup violent au tibia du coupable. "Chien !" hurle-t-il, puis il ajoute, très haut : "chien d'étranger !" Il tourne sa face convulsée vers le public : qu'ils hurlent avec lui !

La foule recule ; quelques-uns se dispersent, puisque la violence rôde, telle une bête, queue pendante et bave coulant de sa gueule… L'imprécateur à la face rouge jette alors un regard de dédain vers Jacqueline, à terre.

Sur ce, fendant la foule des curieux figés et tardant à partir, dans ce tumulte, apparaît Djamila, la crinière fauve visible :

— Non… Non ! hurle-t-elle.

Jacqueline n'entendra plus. Dans le brouhaha qui enfle, une sonnerie stridente approche : c'est l'ambulance.

Djamila est à genoux ; deux infirmiers vont pour soulever Jacqueline… Le meurtrier entraîné par les policiers vers l'intérieur du commissariat s'est retourné une seconde, avant de disparaître. Dans cet éclair, l'un des deux infirmiers jette un linge blanc sur la face de Jacqueline au sol.

— Trop tard ! Je suis arrivée trop tard ! – C'est Djamila qui gémit, d'une voix rauque.

Elle s'accroche aux brancardiers, les hommes en blouse blanche qui, le visage impassible, commencent à transporter la victime.

— Vous la sauverez ! sanglote Djamila.

Elle rentre à leur suite dans le fourgon de l'ambulance. Elle tend la main, au niveau du visage masqué de Jacqueline.

La foule commence à s'éclaircir. La portière de l'ambulance claque. La sonnerie reprend son nasillement qui énerve, avant le démarrage.

Un carillon, de l'autre côté de la placette voisine, sonne la demie de neuf heures, ce mercredi matin.

— Ali a tué son amante française !

La rumeur vole en moins d'une demi-heure jusqu'à Hautepierre, Maille Béatrice.

Des garçonnets arrivent en trombe chez Touma qui, stupéfaite d'abord, entre en transe, se lacère les joues, tout en s'accompagnant d'un chant ancien, obsidional.

La petite Mina, son chat dans ses bras, ne comprend rien à l'orage ; elle fuit chez Eve. Eve au salon vite envahi par des voisines alsaciennes, et une ou deux femmes émigrées. "Jacqueline tuée !... Oui, votre amie ! Ali s'est rendu !" Eve écoute, se raidit d'abord, une main posée sur son ventre où l'enfant remue.

Eve se retrouve seule. Mina a disparu... Eve est envahie d'une panique silencieuse. Affolée, elle ne sait où joindre Thelja ; elle se saisit du téléphone pour appeler Irma à l'aide.

3

Je ne bougerai pas, rester près de toi, Jacqueline !... Ne pas quitter cette chambre d'hôpital. Ne pas répondre aux médecins, assistants, professeur avec sa suite d'internes qui déferlent depuis une heure ; n'osant me dire de sortir, ils ont demandé au chef infirmier (par hasard quelqu'un de ma rue, au quartier du

Neudorf) : "est-elle une parente ?" "une amie ?" "quelqu'un de la famille ?".

Je ne réponds pas. Je ne vous répondrai pas. Qui suis-je ? Djamila ou Antigone ? Ni l'une ni l'autre. "Pas sa fille, certainement !" a chuchoté une aide-soignante.

Moi, assise au pied du lit. Faisant celle qui ne comprend pas : ni le français, ni le latin, ni... Quelqu'un a commencé en alsacien : je me suis contenue pour ne pas l'insulter dans son dialecte : par dérision, puisqu'il était noiraud – peut-être métissé d'Arabe et de mère alsacienne – oui, j'ai été tentée de l'insulter de leur injure raciste d'ici : Hachkele !, "bougnoule" en alsacien !

J'ai frémi. Je me suis tue. Ne pas leur parler. Ne pas bouger de devant toi, mon amie, et pourquoi ne pas le dire, puisque c'est trop tard, puisque c'est toujours trop tard : "O Jacqueline, nous ne partirons pas en Italie comme c'était convenu, après les cinq représentations prévues ! O Jacqueline, je te le dis – je devrais le crier, je finirai par le hurler, dans cette ville de plomb – toi, mon amour ! Savez-vous, bonnes gens, Jacqueline est mon seul amour !"

Moi, l'émigrée révoltée contre les siens, ayant coupé les amarres, dédaigneuse de la prétendue solidarité du groupe, moi, l'émigrée de nulle part et qui commençais

329

à respirer sur les planches d'une troupe de théâtre amateur de quartier, moi la pseudo-Djamila et Antigone pour de vrai, ou le contraire, je m'annonce comme l'amoureuse de cette reine morte, la si belle, si ardente qui, mains ouvertes, allait vers tous !...

Et je n'ai même pas pu le lui dire ! J'attendais notre départ en Italie comme d'autres rêvent de leur voyage de noces... Moi et toi dans les Pouilles, chez ta sœur – "toute de sagesse, de calme et de sérénité, tu verras" disais-tu à propos de Marie ton aînée, mariée et heureuse à l'extrême sud de la péninsule. Moi, je n'avais qu'un but : avouer à Jacqueline mon amour. Pour le lui dire, seulement. Mon amour sans espoir : elle répétait si souvent, se moquant d'elle-même, elle m'attendrissait alors : "que veux-tu, mon faible, c'est mon penchant envers les hommes, enfin les jeunes hommes qui me semblent trop vite au cœur tendre !"

Et moi, je patientais ! Lui dire que je l'aimais, que je serai son amoureuse, sans espoir de retour !... Si je le lui avais dit et si, tournant la tête, avec cet éclair presque violet dans ses prunelles, par ironie ou par tendresse, elle m'avait souri, quel miracle nous aurait alors enveloppées de son vertige ?.

On a mis un drap sur le corps entier de Jacqueline : cette fois. Djamila s'est dressée, les mains tremblantes, en avant, au niveau de ses hanches, comme si elle s'était brûlée.

Entre dans la chambre d'hôpital un officier de police en civil, paraissant la cinquantaine. Deux de ses adjoints restent à la porte.

L'homme s'assoit face à Djamila, l'air grave. Il la questionne lentement : "Vous êtes une amie ? Une parente ? Vous veniez rue du Fil par hasard ?"…

Djamila, habitée par sa douleur, douleur nue et rêche, sur le point de s'ensauvager – Djamila le regarde, les yeux vides. Patient, l'homme répète, en d'autres termes, ses questions. Elle s'agite, contemple la longue forme blanche, sous le drap : "on va l'emporter ? pense-t-elle, engoncée, elle, dans un froid coupant. Mais où ? A la morgue ? Chez elle ? Chez…"

Le policier en civil attend. Djamila le fixe dans les yeux, affronte sa patience ostensible… (Une minute, son esprit vagabonde vers son père, son père, venu de l'Atlas marocain, qui se sentait avoir réussi, dont le café-hôtel, trente ans durant, avait abrité des émigrés, mais aussi, lors de la guerre d'Algérie, des inconnus qu'on cachait… Son père lui racontait comment il affrontait les rafles de policiers, ceux justement de la rue du Fil, son père mort il y a cinq ans…) Elle revient à la chambre, à Jacqueline encore présente…

— Que voulez-vous donc savoir ? finit-elle par murmurer.

C'est décidé, elle fera effort pour se souvenir : Jacqueline, vers cinq heures du matin, lui a téléphoné…

Djamila avait proposé de venir de suite : prête à se précipiter à pied, en taxi, ou par le premier bus, de son lointain quartier jusqu'à la rue de l'Arc-en-Ciel !

— Non, m'a répondu fermement Jacqueline. Sois à neuf heures au commissariat le plus proche de chez moi : rue de la Nuée-Bleue et rue du Fil.

— Mais, ai-je protesté, je peux arriver dès sept heures chez toi ! Je t'accompagnerai !

— Je t'en prie, a soupiré Jacqueline, je veux dormir… Je mets le réveil à huit heures ! J'en ai pour quinze minutes à pied de chez moi !… J'ai tant envie de dormir !

— J'y serai et avant neuf heures ! ai-je promis.

Djamila éclate en pleurs :

— Je suis arrivée cinq minutes trop tard !

— Vous n'auriez rien pu empêcher, a rétorqué l'officier de police.

Djamila se tait… ("Vais-je le leur dire ? Vais-je collaborer avec les flics ? Vais-je la venger, elle ?… Oui, vomir, tout dire !")

— Je voudrais déposer un témoignage selon les formes (elle souffle, elle hésite)… Quand Jacqueline a téléphoné, oui, il devait être peu avant cinq heures du matin. Elle a dit d'abord : "Ali vient de sortir d'ici, il y a… un quart d'heure peut-être ! Il est entré chez moi de force, cette nuit" – elle a même crié, en répétant : "de force, il faut que tu le saches !" Elle a ajouté : "il a dû entrer par la cuisine, dont la fenêtre donne sur une courette. Il a cassé le carreau ; il m'a attendue dans le noir, sans allumer !"

Jacqueline, elle, s'est arrêtée ; j'entendais sa respiration au téléphone. Elle a repris, sans pleurer, elle a ajouté : "tu sais, il m'a violée, le salaud !… Je me suis débattue, j'ai lutté ! Il m'a violée !… Il avait d'abord sorti son revolver, il l'a posé sur la table… Il avait coupé le téléphone !… Il vient de partir ! Je lui ai dit . Demain matin, à la première heure, j'irai au commissariat te dénoncer !

Je le lui ai dit pour qu'à la fin, il me tue !… Mais il est parti !… J'ai fini par me rappeler l'autre téléphone, au bout du couloir, dans le bureau ! Je t'appelle pour que tu sois avec moi, quand je porterai plainte !"

J'ai encore protesté : "je viens maintenant ! J'appelle un taxi !" Elle n'a pas voulu : "Je ne veux que dormir. J'ai mis le réveil !"… Si j'avais suivi mon premier élan, conclut, la voix cabrée, Djamila, j'aurais été avec elle, elle ne serait pas morte !

Sur quoi, la jeune fille, le torse droit, les yeux secs, se lève, fait face à l'officier.

— Monsieur, je vous suis, je veux déposer mon témoignage !

Elle hésite, elle ne se retourne pas, ne veut pas faire face à Jacqueline, allongée sous le drap. Une dame de l'administration hospitalière vient annoncer qu'à la fin de l'après-midi, le corps de la victime, après les formalités à la morgue, sera transporté dans la famille.

— Quelle famille ? sursaute Djamila qui partait.

— Mais… sa famille qui l'a demandée, répond sèchement la dame.

5

— La seule maison alsacienne où je suis rentrée, ce fut aujourd'hui celle du mari de Jacqueline ! Pour la voir elle, et morte : l'époux, un psychiatre dont elle était, depuis longtemps, séparée, me dévisageait avec les yeux du ressentiment : "elle a été tuée par l'un des vôtres !" accusait-il en silence.

En quittant ce quartier de la Robertsau, je me suis dirigée vers Hautepierre, chez Eve et Touma, espérant presque que, chez les émigrés, la mort ne serait pas la mort ! Elle emprunterait un autre cérémonial : un masque blanc, celui délavé de la tragédie en train peut-être de fondre…

Touma ne pleurait pas. Elle m'a parlé en arabe, puis en *chaoui* – bien que j'aie tendance, ces dernières années, à oublier le berbère chaoui ! Elle m'a fixée et a dit, d'une voix rauque :

— Fille de ma terre !… – elle s'est tue, puis a murmuré des lambeaux de prière. Elle a ajouté, d'un ton lyrique : Dieu a choisi de me frapper encore, loin, si loin de la terre de mes pères !

Alors, tandis que je prenais place chez elle (vous le savez, je vous ai téléphoné, je vous ai dit : "ne m'attendez pas cette nuit, je resterai chez Touma ! Elle a besoin de moi !"), sa fille aînée est arrivée : silencieuse, droite, avec une allure de princesse d'Orient. Un enfant de quatre ans dans ses bras. Elle travaille comme comptable dans un grand magasin à Mulhouse…

Elle est donc entrée, silencieuse. Elle a embrassé sa mère, a posé l'enfant – un garçon joufflu et tout blond – sur le lit. Puis elle l'a repris peu après, bien qu'endormi.

Elle s'est tournée vers moi, et je ne sais qui lui a dit, mais d'emblée elle m'a parlé en arabe algérien :

— J'ai pris un congé de huit jours, dès que j'ai su ! Ma mère a le diabète ! Je ne veux pas qu'il lui arrive un accident. Je veillerai sur elle.

Elle ajouta :

— Je me nomme Aïcha, et toi ?

— Thelja, répondis-je.

— Tu es, m'a-t-on dit, originaire presque de ma région !

— Des Aurès en effet.

Aïcha si belle – les yeux un peu globuleux mais d'une étrange transparence, un sourire de Madone mélancolique lui tirant le visage sur le côté –, Aïcha se mit à évoquer son frère :

— Ali, commença-t-elle, et elle parla cette fois en français, avec de temps à autre des mots étranges. Je compris, à cause de leurs consonances germaniques, qu'elle émaillait chacune de ses phrases d'un mot en alsacien. Désirant me parler de son frère, en fait, tout en s'adressant à moi, n'était-ce pas plutôt un dialogue avec le frère meurtrier, qu'elle amorçait, qu'elle libérait devant moi ?...

Cela devint manifeste pour l'un des épisodes qu'elle se mit à relater, à brûle-pourpoint. Je ne disais rien ; de temps en temps, je me levais, je jetais un regard dans la chambre où Touma, habillée de sa djellaba flottante, d'un rose saumon vif, reposait, le souffle scandé, à rythme intermittent, par de profonds sanglots qui remontaient à la surface, sans toutefois la réveiller. Je contemplais une minute le visage large et bouffi de la dormeuse. Je revenais vers Aïcha, assise devant la table de chêne de la cuisine-salle à manger, elle qui ne s'arrêtait pas de se confier :

— Je sais ce qu'Ali ne m'a pas pardonné ! Quand notre père est mort (elle eut un sanglot, se reprit), parce qu'il était en congé de longue maladie – mais nous, nous ne le savions pas ! – donc les six mois auparavant, il décida de nous emmener partout ! Il avait acheté une "quatre chevaux". Il nous a promenés en Allemagne, le long du Rhin, deux jours durant, jusqu'à Cologne. Il avait un ami, un Algérien comme lui, qui avait épousé une Allemande. On a passé la nuit chez lui. On a dormi, Ali et moi, dans le salon : les deux hommes parlèrent jusqu'au matin de leurs campagnes militaires. Ils avaient fait ensemble la campagne d'Allemagne. C'était à cause de cela que mon père était revenu en Alsace, en 1962, demandant son affectation à Belfort, ou en Allemagne, dans les troupes françaises d'occupation. Il avait fait venir ensuite Ali avec ma mère... Moi, je suis née à Strasbourg.

Et elle pleura longuement : son enfant assoupi dans ses bras, elle reprit ses confidences :

— Ali m'en a voulu plus tard, je le sais ! Cela remonte à la mort de notre père. Mon frère s'était mis à aller, dès qu'il sortait de l'école, au manège. Il s'était pris de passion pour l'équitation. Peut-être parce que mon père avait débuté dans les spahis et qu'il avait l'habitude, nous enfants, de nous dire, fièrement :

— Nous, les hommes de notre tribu, nous sommes tous de très bons cavaliers ! C'est inné.

Ali revenait ce jour-là, la cravache à la main et portant ce pantalon large de cavalier, qui m'avait paru ridicule, la première fois. Je l'ai regardé et j'ai crié :

— Ali ! Nous voici orphelins !

J'ai crié une seconde fois, et toujours sans pleurer : "orphelins !"... Je l'ai dit en alsacien ce dernier mot, à cause du médecin qui venait de sortir et qui, en dégringolant l'escalier, m'avait de la même façon apostrophée :

— Vous voici tous les deux orphelins !

Ce mot alsacien *weiselkend*, je l'avais redit, pour moi toute seule. J'étais restée sur le seuil de la chambre de mes parents ; ma mère était accroupie. (Ils avaient toujours leur lit par terre, à même le tapis de haute laine.) Mon père reposait allongé, comme s'il dormait, à peine plus raidi que d'habitude, son visage paraissant calme, avec sa barbe fine, si noire. D'un noir luisant. Mère égrenait une longue litanie coranique.

Moi, debout, je dévidai, comme pour me venger : *"weiselkend, weiselkend"*, et la pensée de mon frère ne me quittait pas. Quand j'entendis le loquet de la porte d'entrée s'ouvrir, je me précipitai dans le couloir et je lui lâchai ma phrase, peut-être pour lui faire mal, peut-être pour me venger à mon tour, mais de quoi...

— Nous voici tous deux orphelins !

C'était le médecin, et sa méchanceté inconsciente qui me traversait !

— Et Ali ? dis-je, car elle avait soudain perdu le fil de son récit, les yeux dans le vague et oubliant jusqu'à l'enfant sur ses genoux.

Elle se secoua à ma voix, parce que, m'approchant d'elle, je lui effleurai les cheveux…

— Ali, soupira-t-elle, je sais que c'est à partir de cet instant qu'il m'en a voulu ! (Elle s'était remise, je ne sais pourquoi, à l'arabe, parce que je l'avais approchée sans doute.) Je lui ai répondu dans la même langue :

— Pourquoi, à toi si petite alors, il en aurait voulu ?

Après un arrêt, elle ajouta, un peu calmée :

— Ali, mon frère, la cravache à la main, est devenu tout blanc. Le sang s'est retiré entièrement de son visage. Il m'a bousculée. Il ne m'a rien répondu. Il a marché comme un automate jusqu'à la chambre des parents. Il a regardé longuement le spectacle que je ne pouvais oublier : mon père, sur le matelas par terre, couché… Mon père, si beau, même mort ! sanglota Aïcha.

Elle s'essuya les yeux, reprit presque froide :

— Après, Ali alla s'enfermer dans sa chambre. Il me semble qu'il ne me parla plus, durant toutes ces années !

Cette jeune femme est-elle venue, me dis-je, pour redonner à son frère sa force, ou son honneur perdu, ou l'assister dans ses tourments ? Elle souffre : après avoir, fillette, crié à son frère : "orphelins, tous deux nous voici orphelins !" – elle l'avait crié en alsacien –, elle a, dix ou douze ans après, épousé un Alsacien pour continuer à souffrir, à aimer, dans cette langue-là précisément : la langue pour le frère.

Elle vient de loin ce soir aussi ; pas pour assister la mère isolée et perdue dans une souffrance d'avant ces histoires. Elle est revenue, Aïcha-la-vie, pour s'instaurer gardienne d'Ali.

Pour ne plus se sentir ni elle, ni lui, *"weiselkend !"* ; orphelin en alsacien.

HUITIÈME NUIT

Pourquoi, cette nuit que nous ne passons pas ensemble, je vous parle tellement de cette fille de Mulhouse, surgie, en ce jour de malheur, pour entrer, avec quelle impatience, dans son rôle de gardienne du frère meurtrier ?

Cette nuit où vous me manquez, où je ne vous ai pas demandé dans l'un de nos hôtels successifs, ou peut-être dans la maison de votre mère où nous n'avons pas dormi une seule nuit, mais où nous avons fait l'amour en plein jour – je me souviens du soleil entrant du jardin par le balcon… Cela se passait avant-hier seulement, cela me semble dater du mois dernier car le deuil qui nous enveloppe tous nous est devenu rideau aux franges noires, hachurant le temps, assombrissant nos heures d'amour les plus proches… Cette matinée où j'avais pénétré dans votre repaire familial avec circonspection, tout en m'abandonnant dans vos bras, j'aurais dû vous demander :

— Est-ce ce lit que vous partagiez avec votre épouse italienne, quand vous veniez tous deux le week-end chez votre mère ? Et j'imagine, non, je suis sûre que cette Italienne dont j'ai surpris le prénom : Laura (il était inscrit en longues lettres élégantes sous sa photo posée sur la cheminée de cette chambre), oui, je suis sûre que Laura – grande, avec des épaules de sportive et une opulente chevelure blonde, à crans, une Italienne du Nord donc – était du genre physique, et de caractère un peu semblable à votre mère, femme volontaire, entêtée avez-vous dit : si bien que vingt ans de votre vie déroulés entre ces deux femmes, je ne sais ce qui, en vous, s'est peu à peu attristé…

Peu importe que nous nous parlions tant alors que nous faisons si souvent l'amour, peu importe ce flux verbal que je vous adresse depuis que je vis sous ce ciel alsacien –, ce flux, quand je partirai, va tarir brusquement en moi... Ainsi, je vous parle, je vous cherche, je tends mon esprit vers vous et vers vos fantômes, mais l'important n'est pas là, François : ni dans la langue, ce français en moi qui coule, et qui, malgré moi, serait vain miroir tendu vers le couple que nous formons ici, ni dans ce que je ne dis pas, lorsque je vous fais face, puisque je suis venue dans votre ville et jusque dans la maison où votre mère est morte, jusque dans le lit où vous avez dormi si souvent avec l'Italienne morte – l'important n'est pas dans les mots qui m'habitent, ni même dans les êtres qui s'effacent en moi devant vous (Tawfik, mon garçon dont les yeux larges, par instants, comme dans un arc-en-ciel d'une ou deux secondes apparaissent, disparaissent), ni dans la voix de Halim au téléphone, l'important entre vous et moi, je l'éprouverai la nuit prochaine – peut-être, pour cela, ne sera-t-elle pas vraiment dernière nuit, plutôt une intacte première nuit qui ne finira pas, l'important...

J'ai quitté la maison de Touma qui dort dans sa djellaba saumon vif et qui ne gémit plus, j'ai laissé Aïcha endormie avec, dans ses bras, son fils alsacien dont je ne sais pas le prénom, l'important, François, et je vous appelle, je vous hèle, et répétant votre prénom, j'accepte en vous toute votre histoire, ce que j'en sais (le garçon trottinant dans Strasbourg vidé, le jeune homme revenant plus de dix ans après étudier à l'université, puis rompant momentanément avec la mère durcie, lui qui chercha, des mois durant, dans des cartons, des rapports, des mémoires, traces visibles du père mort en déportation...).

Quel est ce secret qui, entre nous, dorénavant, se tisse ? Juste avant que les corps ne s'attirent ? Juste au moment où ma faim ne connaît nulle rémission ? Juste parce que ma gaieté dans le plaisir vous laisse interloqué ? Juste parce que mes mouvements de jambes, de hanches, de bras trouvent soudain – et je ne m'en lasse pas – comme une liberté d'aube ?... Je le sais, avec vous (et je ne dirai pas : comme autrefois avec Halim, car avec Halim, nous en parlions, nous cherchions ensemble jusqu'à l'instant où ses prunelles couleur de miel chaud semblaient, tout contre moi, se mouiller, puis virer au foncé, presque au noir), et je le sais de vous, à cause de votre âge, de votre corps plus lourd mais qui me recouvre mieux, à cause de vos longues et fortes jambes (la première fois, je ne vous l'ai pas dit et il faudra bien que je vous l'avoue, c'est à cause de vos jambes musclées, bronzées, au poil léger et roux, de leur longueur arc-boutée, nerveuse, que mon désir s'aiguisa).

Le secret entre nous ? Je tourne, je tourne loin de vous – je vous cherche, c'est même la première fois que je cherche vraiment un homme, car faire ainsi l'amour attise davantage et la connaissance et le mystère… Quoi d'essentiel entre nous ? Un vertige lent, je n'aime pas le dire ainsi… Je tourne autour de quoi ? Qu'ai-je dit de moi à toi, mon amour, enfin je te tutoie nuit et jour et je ne sais plus en quelle langue je te parle, ni celle de ma terre – la langue nouée et rauque dans laquelle, une fois pour toutes, ma mère s'est emmaillotée –, pas davantage celle que je partage avec Halim, celle avec laquelle il me caressait et grâce à laquelle je l'avais aimé, car ce dialecte d'Oran et des limites occidentales, c'était comme si nous jubilions ensemble, il s'écoulait, et quand nous sommes revenus au français – en bons "chercheurs" intellectuels dans cette capitale présomptueuse, quelque chose entre nous s'est sclérosé, je comprends enfin pourquoi Halim s'est mis à me tromper avec des filles des rues, des vagabondes, toujours de l'Ouest, et qu'il se remettait, dans son parler nu, à rire comme autrefois !...

Dans quelle langue, François, je vous parle, si c'est en français comme à Paris, c'est normal, je vous vouvoie : vous avez vingt ans au moins de plus que moi, je pourrais être votre fille – mon père vivant aurait votre âge, ou un peu plus. Or, je le constate, quand nous marchons dans Strasbourg, personne ne peut le deviner, vous gardez votre allant, je me mets à porter plus que mon âge – à la fois une sévérité de mon maintien, une pression discrète de ma main dans la vôtre, dans le frôlement de mes épaules contre vous, du heurt léger de mon genou contre le vôtre lorsque nous nous asseyons à une terrasse, face à la statue de Gutenberg, c'est moi qui oublie tout, mon corps vient à vous dans cette cité de toutes les mémoires, puis, la nuit, dans chaque chambre, je redeviens complète, autonome, nue ou habillée qu'importe ! Je vous attends chaque instant. Je ne fais aucune concession. Je surprends le moindre de vos élans, je ne devance aucun de vos appels. Je vous épouse chaque seconde et seulement alors, sûre de vous, je vous emporte et m'emporte par le même flux, ou la double violence, ou parfois le silence.

Oh, François, combien au cœur de nos nuits, j'aime le silence qui lie nos souffles : le rythme de notre double respiration, notre alliée ailée. Et si ma voix, dans le noir, s'élève et roucoule, je l'écoute avec votre ouïe. Je m'étonne moi-même de dire mon désir à la fois si précis, âpre parfois et si neuf. Et cette curiosité de mes sens, de nos sens, qui nous dédouble et nous confond, qui me rend riche longtemps mais comme sans visage, soudain notre langage de nuit évaporé...

Le silence, notre rançon, François. Avant, après, pendant. Je partirai de cette ville avec ce don de notre durée conjuguée. Je fermerai les yeux dans le train, sans dormir dans ma couchette, jusqu'à Paris : tenter de me rappeler la couleur de la première chambre, l'écho prolongé des bruits de la seconde chambre, le réveil au matin tandis que nous hésitions à surgir de la volupté étirée et du sommeil entre deux eaux, les voix au-dehors nous rappelant le jour, cette écharpe de sons dans la troisième chambre, près de l'écluse, le jour bleu et gris du matin finissant dans la chambre de jeune homme, la quatrième chambre aussi, je crois, et le noir total de la chambre suivante où nous n'avons pas fait l'amour, où j'ai seulement caressé tes jambes l'une après l'autre, où j'ai laissé ton sexe dressé sans même te toucher, te tournant le dos, faisant semblant d'être la dédaigneuse alors que c'était le choix orgueilleux de la chasteté décidée, cette même chambre où, plus tard, nous nous sommes réveillés, nous nous sommes dévisagés sans répit avec, pour finir, un seul long baiser coulé, la chambre suivante était-elle la sixième, peut-être la septième je ne sais plus, mais dans ce retour du train m'éloignant irréversiblement de Strasbourg, ma mémoire méticuleuse des chambres d'amour ne me trahira pas... Alors qu'à la fin du voyage, la gare quittée, retrouvant un Paris presque gelé, je l'appréhende, subrepticement je risque de t'oublier, de te renier, je m'oublierai aussi, je me métamorphoserai, il le faudra bien : est-ce cette exigence cruelle qui m'aurait ainsi armée ?...

Ce n'est pas encore la fin du voyage, je ne dors pas encore dans le train du retour, il n'y a pas encore de retour, jamais de retours, François : je t'appelle donc à présent, je te hèle... Je suis entrée pieds nus chez Eve : j'avais prévenu que je dormirais probablement dans le fauteuil du salon, près de la cheminée : je suis un chat de la nuit, François, ce soir qui ne sera pas notre nuit, mais celle de la mère souffreteuse et de sa fille revenue, celle du meurtrier emmené dans

*sa geôle, la nuit de Jacqueline hélas,
déjà allongée dans son cercueil qui sera
plombé dès demain, non, non, non, je
t'appelle pour ce non aussi, François !*

*Hans dort dans l'autre chambre, auprès
d'Eve. Il est arrivé à l'annonce du malheur ; il ne repartira plus. Il l'a affirmé ;
il veille sur l'état de son amoureuse et que
surtout, malgré son bouleversement, elle
puisse garder l'enfant !... Nous l'espérons.*

*Moi, je me pelotonne au fond du fau-
teuil. Je pourrais tenter de faire un
numéro de téléphone, celui que tu m'as
donné, au début ; je chuchoterais un
message : "je t'appelle, François. Je te
nomme. A la nuit prochaine !"*

*Mais je ne bouge pas. En un éclair,
me revient le corps de Jacqueline, sur le
lit allongé, près du cercueil ouvert : son
visage de cire, aux paupières à peine
gonflées et je revois, dans cette maison
du mari qu'elle avait quittée, un visage
d'intruse : face d'épouvante et de souffrance de Djamila, survenue la dernière,
toute en noire, dressée sur le seuil de
la vaste pièce aux baies ouvertes... Elle
n'avance pas, l'Antigone d'hier, elle ne
fixe que les pieds de la morte.*

*Son bras s'élève, dans un geste pure-
ment théâtral, comme pour conjurer quel*

autre ange noir qui, au-dessus de nous tous, invisible planerait, Djamila l'apercevant elle seule... Image de la fureur mimée, impuissante ou hyperbolique : son bras s'abaisse, tout son corps penche, une seconde, sur le côté, comme si elle vacillait, ou qu'elle s'aveuglait... Elle disparaît soudain à reculons, fantôme effacé, illusion presque de mes yeux, ai-je pensé dans un nouveau trouble.

Ne me reste stable, immobile, que la masse assise de Touma dormant, enfin calmée, sous le regard plat d'Aïcha, l'enfant dans ses bras... Et toi, François, où dors-tu, où rêves-tu de moi ?

Depuis que je vis dans cette ville, nombril de l'Europe, pour la dizaine de personnes autour desquelles je gravite – chorégraphie de hasard, s'organisant instinctivement autour d'Eve et de moi presque jumelles, elle enfin enracinée et moi dans un lent mouvement circulaire –, depuis que je passe mes nuits à Strasbourg et avant que ne commence la dernière, quel déplacement étrange se déclenche, quelle violence latente s'est déchaînée dans cette composition ? Pourquoi Jacqueline s'est-elle trouvée à terre et serais-je venue de si loin, de Paris certes, plutôt d'Alger, ou de mon oasis natale près de Tébessa, pour assister à la chute fatale de cette Alsacienne ayant prodigué à foison l'amour et le partage ?...

— *Demain, me dis-je (mais je m'adresse aussi à toi, François), demain devait être l'avant-première de leur pièce ! Où se tapit, en cette nuit, Djamila, figure de la douleur en cavale ?...*

J'ai ensuite dit votre nom, une fois, deux fois, ou davantage. J'ai fini par sombrer dans un sommeil flottant jusqu'à ce que j'affleure dans la matinée déjà entamée. Eve me couvre les pieds d'une couverture de laine douce.

J'ouvre les yeux, je souris à l'amie, je lui demande mollement un bol de lait chaud. Elle me salue d'un regard triste – aussitôt bondit à ma face la mémoire du malheur, tel un châle secoué de poussière.

Les doigts d'Eve sont près de mon visage : elle me tend quelques dattes et pose devant moi un verre de lait : ce sont les mêmes gestes du matin, autrefois dans notre enfance, lorsque nous dormions tantôt chez l'une, tantôt chez l'autre...

Je pense aussi que j'ai faim, comme si j'avais fait l'amour, toute la nuit, avec toi, François. Je bois lentement le lait chaud, les dattes sont dans ma main et Eve alourdie s'accroupit à mes pieds.

IX

ALSAGÉRIE

1

Dans la salle du théâtre, deux projecteurs seulement éclairaient la petite
scène. Dehors, sur une affiche simplement collée à la porte, avait été
annoncé "un hommage à Jacqueline,
par les comédiens de La Smala", phrase
écrite hâtivement avec un feutre noir.

Il était seize heures. Thelja avait prévenu au téléphone François qu'elle
l'attendrait peu avant l'heure. Il arriva ;
la serra dans ses bras, elle et lui visi-
blement émus. Ils entrèrent dans le
noir où une trentaine de personnes
environ avaient déjà pris place. Thelja
ne put reconnaître Eve et Hans à l'intérieur : Hans, revenu en hâte la veille
de Heidelberg, avait dû emmener Eve
chez son médecin, le matin. Si "tout se

passait bien", avait-il promis, ils se retrouveraient là...

La scène restait vide, bien qu'il fût évident que tous les comédiens se trouvaient dans les coulisses. Un jeune homme, puis un second firent un ou deux pas sur scène, reculèrent : un troisième, sur le côté, les rappela ostensiblement. Ils paraissaient ne pas s'être encore concertés sur l'ordre des interventions.

Finalement, de la musique fut envoyée : variations nostalgiques d'un luth andalou :

— Sans doute pour couvrir leur discussion sur le déroulement de ce qu'ils préparent ! remarqua quelqu'un.

— Jacqueline absente, il n'y a plus personne pour les diriger ! regretta François.

Le public patientait, lorsqu'enfin deux comédiens se présentèrent ensemble.

Le premier débita un poème qu'il avait écrit, le matin même, sur leur "sœur, leur mère, leur"... Thelja n'écouta plus le lyrisme naïf du jeune homme. Le second préféra chanter une élégie ancienne, en arabe littéraire, qui célébrait "la disparue", "la belle entre les belles" : sa voix était grave et sensuelle, peu de spectateurs comprenaient les vers arabes d'un poète du passé ; ils se disaient que le comédien improvisait à sa manière sa douleur…

Le luth, qui s'entendait en sourdine, s'arrêta. Les deux comédiens se mirent sur le côté : entra alors la procession de tous les autres, en costume de scène. A la fin, les jeunes du coryphée, puis en dernier le vieux Tirésias formèrent un arc de cercle. Le silence s'installait quand, habillée de blanc, paraissant plus grande que d'ordinaire, entra Djamila-Antigone. Résolument, elle s'avança en avant-scène et, d'une voix forte, s'adressa à l'assistance :

— Nous avons discuté entre nous jusqu'à la fin : certains pensaient que le meilleur hommage à… (elle hésita à peine) "à notre chère disparue aurait dû être de jouer de bout en bout la pièce de Sophocle. Notre réalisatrice avait terminé avec nous son travail ; la dernière fois qu'elle est montée sur ces planches, avant-hier matin, c'était pour les costumes… Elle en avait été satisfaite. Nous aurions pu, nous aurions dû, ce soir, jouer devant vous et s'imaginer qu'elle se trouve là, dans la salle… Qu'elle nous regarde !…

Certains d'entre nous ne se sont pas senti le courage de jouer sans elle !… Je le regrette. On me demande, moi qui aurais dû être Antigone, de parler d'elle, de parler pour elle… Je vais essayer.

Elle s'arrêta, se mit à arpenter la scène dans toute sa largeur, une première fois, une seconde, tête baissée, visage concentré : elle oubliait l'assistance, elle cherchait, elle cherchait quoi : ses mots, ou quelle ombre à ressusciter. Quelqu'un avait remis le disque du luth arabe, très faiblement, comme pour lui rappeler que le silence serait insupportable, que…

De fait, elle s'arrêta et fit front, avec un élan de son torse, soudain en lionne, plutôt en lionne blessée :

— Je vous avertis tous – elle eut un large geste du bras, en direction du cercle d'acteurs qui l'entouraient –, sachez-le, si je dois parler, ce n'est certainement pas en Antigone ! Oh non ! (et sa voix, en s'élevant, frémit, de colère ou de douleur). J'interviens devant vous simplement en Djamila… – elle hésita – Antigone la sacrifiée ? Moi qui suis là, bien vivante, j'avais flairé dès le début qu'il y avait danger. Se déroulaient de simples répétitions d'une troupe de banlieue ; or, j'avais l'impression que Jacqueline et moi nous jouions avec le feu, que quelque menace obscure était tapie là, derrière ces rideaux !

Quelle loi étrange a fait que ce soit justement elle qu'on sacrifie ? Elle… ce "on", c'est bien sûr nous tous, pas seulement ses comédiens, "mes petits" disait-elle : nous d'abord… comme si la menace, ou même la haine qu'on sent parfois planer sur nous – nous, les émigrés pour toujours –, nous la lui avions déléguée pour nous en alléger ! Vous, les amis, vous ne comprenez pas ce qui s'est passé, d'où sort ce tueur fou, cet ancien amant éconduit qui lui a enlevé la vie : pratiquement devant tous ! Et qu'il se soit livré aussitôt ne change rien à l'affaire : il nous l'a kidnappée, notre amie. Derrière ce qu'on appellera demain "un crime passionnel", je le sais, moi, qu'il n'y a pas seulement qu'une passion fatale !

Nous devions, nous les jeunes, pour la plupart de Hautepierre, jouer la tragédie : pour Jacqueline et grâce à Jacqueline ! L'esprit de la tragédie s'est dissipé avec elle… Ne reste que le drame, qui, bien sûr, a à voir avec les enquêtes de police, avec la justice !… (Elle eut un rire déchiré.) Bientôt, en coulisses, les autres, mes compagnons iront se rhabiller, retrouver leur peau, et moi, toute seule, je reste à discourir, habillée de blanc !… Le blanc de la vierge Antigone !

Djamila se tut, et son rire semblait encore planer au-dessus de nous.

L'un des deux projecteurs avait sa lumière qui baissait : quelque machiniste devait avoir ordre d'annoncer la fin de la cérémonie, de clôturer les adieux. Le demi-cercle des figurants muets et en costume, sur un signe du vieux Tirésias, se mit à quitter lentement la scène : et la gravité, déployée devant nous, s'effaçait peu à peu... Seule, dans le silence et le vide, Djamila dressée !

— C'est alors que tout a risqué de dériver, me sembla-t-il. – C'est Thelja qui, une heure plus tard, raconte à Eve qui avait dû, soutenue par Hans, se lever, partir avant la fin... – Djamila s'est retournée pour constater que la scène était déserte... Que la flaque du dernier projecteur allumé ressemblait à une lune, par une nuit d'hiver...

Eut-elle peur, notre Djamila ? A-t-elle réalisé seulement alors que Jacqueline était bien morte ? Elle a repris son discours sur un tout autre ton, comme si elle devenait à son tour fantôme : (Thelja hésita, encore tout émue) dans ses dernières paroles, elle m'est apparue, cette jeune fille habillée de blanc, comme surgie de la ville même, d'un Strasbourg que je devine à peine, une des plus belles statues de femme de votre cathédrale : oui, Djamila-Antigone, cherchant à retenir désespérément un peu de la présence fugitive de notre Jacqueline, s'est muée pour moi en une voix ancienne de Strasbourg !

— Une voix ! répéta faiblement Eve, allongée.

— Elle a dit – et ceux mêmes qui, dans la salle encore noire, s'étaient déjà levés se figeaient, attentifs, avant de partir en silence, comme des voleurs –, Djamila a dit : je ne me sens ni de Hautepierre, ni même de mon quartier du Neudorf, Jacqueline est morte, vous l'avez tuée, et moi, je ne me tiens plus à la périphérie ! Non, que vous le vouliez ou non, je me place désormais au cœur de votre Strasbourg ! Ecoute-moi, ma Jacqueline, je m'immobilise désormais sur le seuil de la porte de l'auguste cathédrale, celle de tous les temps, de votre Moyen Age et d'avant, celle de la crypte et celle de la flèche, en plein ciel dressée, je me vois, oui, devant le grand portail avant que les deux battants ne soient ouverts, la toute première fois : je la connais bien, allez, votre histoire, je l'ai étudiée et voici que, Jacqueline assassinée, j'intériorise votre passé. Vous, vous avez oublié le jour de l'inauguration de la cathédrale, c'était au XIIIe siècle, vers 1270 et des poussières, je me souviens que nous n'étions pas en mars, comme aujourd'hui, mais en septembre !…

Dans le noir, quelques spectateurs chuchotaient : "que raconte-t-elle ?" – "elle délire !" Elle continua, comme si elle inventait et jouait une nouvelle pièce, comme si elle répétait, justement, devant "sa" Jacqueline :

— Oui, cette première cérémonie m'a impressionnée ; je vous la rappelle : c'était le jour de la nativité de la Vierge. Un évêque (Strasbourg alors ni allemande, ni française, mais "ville libre", il faudrait le souligner), l'évêque, après avoir fait trois fois le tour de la cathédrale, suivi d'une procession impressionnante, frappa trois fois au portail principal avec sa crosse. Et toute la procession chantait.

Auparavant, rapporte-t-on, un prêtre devait se laisser enfermer. Voyez-vous, ce petit prêtre, probablement le plus humble d'entre eux, était censé jouer ce jour-là… le rôle du diable ! Oui, du diable !

Quand la procession demande l'ouverture des portes, une voix de l'intérieur interroge : "Qui est le Roi glorieux ?" et les gens de la procession de répondre en chœur : "Le Seigneur des hosties est le Roi glorieux !"

Alors les portes s'ouvrent ; dans la cohue, une ombre – le pauvre petit prêtre jouant le mauvais rôle – se glisse et se noie dans la foule. Qu'importe, les portes se sont ouvertes : l'évêque entre pour consacrer la nouvelle cathédrale en traçant sur la cendre, du bout de sa crosse épiscopale, l'inscription du double alphabet, l'alpha et l'oméga !... Comme c'est étrange !

Alors, s'écroulant presque, elle délira, regardant hagarde autour d'elle sans voir personne, sans nous voir :

— Où suis-je ? Qui suis-je ? Le petit prêtre devant jouer le rôle du diable, pour que les portes s'ouvrent ? Et pourquoi ce double alphabet, ce serait nous, les enfants des banlieues, les doubles de qui, de vous, de l'archevêque si vénérable avec sa procession ?...

Dans la salle, continua Thelja, douloureuse, alors que le dernier projecteur lentement s'éteignait, des voix disaient haut : "qu'on l'emmène !" – "Mais elle perd la raison, la pauvre !" et ce fut en effet le vieux Tirésias, plus tellement vieux, à moitié démaquillé, en fait, un maigre jeune acteur tout noirci qui, sur la scène, emmena Antigone... qu'est-ce que je raconte, qui entraîna Djamila toute en blanc, dans le noir...

Dans le salon, où Eve, très lentement, se remettait – (où la petite Mina avec son chat n'apparaît plus : car elle a été emmenée par Aïcha, à Mulhouse) –, Hans, assis en tailleur à même le sol, dans un coin, se mit à parler :

— Djamila, parce qu'elle avait à quitter à la fois ce théâtre et Jacqueline, a fait ses adieux à sa manière ! Moi, je voudrais parler aussi de notre amie abattue : une scène qui s'est passée là, en bas, pas très loin de la Maille Béatrice… C'était il y a deux mois environ, en hiver : Thelja n'était pas parmi nous alors – ajouta-t-il assez bas, la tête tournée vers Thelja… Naturellement, je n'en aurais jamais parlé, et même pas à Eve, c'est une parcelle de la vie de Jacqueline : mais elle a disparu… Puisque cette scène me revient en mémoire, peut-être laissera-t-elle trace parmi vous !…

Hans hésita une seconde. Eve, de son fauteuil où elle se trouvait étendue, lui sourit :

— Cela devait être un samedi après-midi, reprit-il, ou un dimanche. J'avais garé la voiture à deux cents mètres d'ici… J'allais faire une course rapide : au moment de démarrer, assis au volant, j'aperçois sur le trottoir, face à moi, un couple en conversation vive. Elle, de dos ; le jeune homme, très brun, je ne savais pas alors qu'il était le fils de Touma, notre voisine, mais je l'avais déjà croisé une ou deux fois dans l'escalier... Il parlait avec passion ; il prit des deux mains les frêles épaules de la femme. Il la secouait, tout en parlant, et je ne sus s'il la suppliait ou la menaçait... Elle s'est détachée vivement, avec colère me sembla-t-il, et, quand elle tourna la tête, je l'ai reconnue : "mais c'est Jacqueline !" Elle avait passé une soirée chez nous... Sans réfléchir, je suis sorti de la voiture, étant brusquement sûr que Jacqueline était menacée, se débattait... Je me suis trouvé face à eux. J'ai souri à Jacqueline, je lui ai proposé calmement :

— J'ai la voiture... Laissez-moi vous raccompagner en ville !

Je lui ai pris le bras. J'ai regardé dans les yeux l'homme interloqué. Il n'a rien dit. J'ai entraîné Jacqueline... Dans la voiture, je n'ai rien demandé :

— Vous habitez au centre-ville, je me souviens !

Elle a fait oui en silence et, tandis que nous roulions, elle s'est mise à pleurer... Des sanglots en silence, ses deux mains essuyant son visage, elle soudain comme une petite fille...

J'ai préféré alors l'emmener dans une winstub, près de la "Petite France", où je savais, à cette heure, ne pas trouver de monde… Elle a bu un verre de vin chaud et là, calmée, un peu durcie, elle s'est mise, à ma surprise, à me parler de son père.

— De son père ? s'étonna Eve. Elle a évoqué devant moi quelquefois son enfance à Strasbourg, à la Robertsau…

— Oui, continua Hans, son père était allemand. Il avait épousé sa mère pendant les années d'occupation. Un vrai coup de foudre entre eux… Il avait quitté une épouse en Allemagne, avec deux filles, des jumelles… En 1944, il avait, a-t-elle dit, déserté l'armée. En 1945, il resta à Strasbourg avec un modeste emploi, dans un grand magasin. "Silencieux" disait Jacqueline, et elle ajouta : "probablement le seul vaincu de la ville !"

… Dans ce café, souriante et calmée, elle se laissait aller. Elle avait d'abord ironisé :

— C'est sans doute parce que vous êtes allemand, vous aussi venant à Strasbourg pour une femme aimée, que, pour la première fois depuis si longtemps, je parle tout haut de mon père… Je suis de Strasbourg, et je me sens pourtant, quoi que je fasse, toujours d'ailleurs ! D'où peut-être, ces dernières années,

mes amours avec des amis étrangers !
J'ai quitté mon mari psychiatre, malgré
des années de longue complicité : mais
il ne supportait plus que mon travail se
passe toujours… "avec des marginaux,
disait-il, des romanichels, des saltiman-
ques !" (Elle rit.) Il appelait cela "mes
dérives". Il réussissait dans son métier ;
il avait des patients, des notables de la
ville ! Quand j'ai quitté sa belle maison
et sa belle assurance, je pense que finalement, il a dû être soulagé. Je le déran-
geais !… Après, il y a eu Didier, un Corse
qui voulait que je le suive à Montpellier…
Non ! Et Ali que vous avez vu : une histoire qui a duré trois mois, guère plus…
(Elle haussa les épaules.) Il s'en remettra, je l'espère.

— Elle vous a donc parlé de son
père ? intervint Thelja, dans le court
silence qui suivit.

— Elle disait qu'enfant, alors qu'elle
apprenait l'allemand au collège, elle
n'avait jamais pu parler allemand avec
son père… Il parlait alsacien avec sa
femme, et très mal français… "Un jour,
raconta-t-elle, pour son anniversaire
j'avais appris un texte allemand. Je l'ai
répété. A l'école, j'étais la meilleure en
récitation poétique. J'avais douze ou
treize ans, je crois. Je l'ai appelé, le matin,
dans ma chambre. Il est entré. J'ai voulu

déclamer, ou dire au mieux… la fin de la nouvelle de Büchner : *Lenz* – et Jacqueline, alors, récita par cœur le texte original :

> Le lendemain matin, il arriva à Strasbourg par un temps gris et pluvieux ; il avait l'air tout à fait raisonnable, parlait avec les gens ; il fit tout comme faisaient les autres, mais il y avait en lui un vide affreux, il n'éprouvait plus d'angoisse, plus de désir…

— A cet instant de l'extrait, Jacqueline s'est mise à pleurer, comme dans la voiture, en se cachant des deux mains la face…

J'étais bouleversé ; c'était aussi parce qu'elle récitait par cœur un de mes textes préférés ! Parce que Lenz qui, comme vous le savez peut-être, a existé, a vécu à Strasbourg, quand Goethe s'y trouvait – il était de son entourage et, par la suite, tomba amoureux à son tour de la fiancée alsacienne de Goethe –, Lenz, à travers les mots de Büchner – lui aussi écrivant à Strasbourg, mais cinquante ans après –, Lenz, si malheureux, prenait les traits du père taciturne de Jacqueline… Jacqueline qui, devant moi, pleurait !

Elle se calma. Elle raconta que ce jour-là, finalement, son père une fois entré dans sa chambre, elle ne put que

bafouiller, en alsacien, "bon anniversaire"… C'était, dit-elle, son plus déchirant souvenir ; elle rectifia : "En dehors
du jour où j'appris la mort accidentelle
de mes parents partis dans leur petite
voiture et qui, pour la première fois,
avaient choisi de voyager… en Bavière !"

Voilà, termina Hans, je voulais vous
faire revivre avec moi ces deux ou trois
heures de mon amitié avec Jacqueline !

Pour couper avec l'émotion collec-
tive, Thelja se leva, et rappela à François qu'ils avaient projeté une visite au
cœur de la ville.

Thelja et Eve s'embrassèrent longuement, Eve seule à savoir qu'elle ne rever-
rait pas Thelja avant un certain temps.

La visite avait été prévue par Thelja,
lorsqu'ils étaient sortis du théâtre.

— Le seul endroit où je n'aie pas
pénétré à Strasbourg : dans la cathédrale.
Et c'est Djamila qui, par sa déploration,
me l'a rappelé ! Allons un moment chez
Eve, puis précipitons-nous là-bas, avant
la nuit !

— Nous pourrons même dormir au
petit hôtel juste en face, proposa François. Il ajouta : Avec un peu de chance,
nous aurons la plus belle des chambres. La façade occidentale et même

une partie de la flèche seront à votre fenêtre, quand vous vous réveillerez !

A son tour, il s'était remis à la vouvoyer et Thelja se demanda si c'était parce qu'il savait que cette neuvième nuit serait la dernière...

3

— Oh, emmenez-moi donc ! Je voudrais pleurer et je ne peux pleurer, emmenez-moi le plus loin possible ! avait-elle hoqueté, au bras de François, tandis qu'ils sortaient du théâtre.

Thelja en avait presque voulu à Djamila de n'avoir exposé que sa propre peine, de ne pas avoir rendu plus palpable la présence de Jacqueline – en mots, en silence, en émotion. Ou alors, songeait-elle, tous auraient dû représenter, au moins une fois, la tragédie de Sophocle, et Djamila, ne parlant au public qu'en héroïne antique, aurait témoigné plus justement de leur bouleversement à tous : à Thèbes ou à Strasbourg, l'impuissance devant la mort n'est-elle pas aussi aride ?...

C'est pourquoi, après l'évocation toute simple de Hans, Thelja, une fois seule avec François dans la voiture, avait remarqué d'une voix tranquillisée :

— C'est donc avec vous que, pour la première fois, j'entrerai à la cathédrale !

Or ils y arrivèrent juste lorsque le double portail se fermait au public.

Aussi, main dans la main, presque comme des touristes, firent-ils lentement, dans la lumière fléchissante du soir, le tour de l'imposant édifice. François évoquait, de mémoire, l'arrivée de Goethe, en 1770, étudiant de vingt ans se précipitant, dès son arrivée, à cette esplanade :

— *"Lorsqu'enfin j'aperçus ce colosse par l'étroite ruelle et qu'ensuite je me tins devant lui… il se produisit sur moi une impression d'un genre très particulier, que j'emportai obscurément en moi… !"* récitait François qui expliquait que longtemps après, Goethe écrivait et tentait d'analyser, dans son autobiographie, sa réaction si vive. – Je me rappelle, il a, plus loin, cette phrase – et François eut un geste vers la haute tour : *"l'agréable se montre dans le gigantesque !"*

A cette évocation, après qu'ils eurent contemplé ensemble la statue de la Synagogue aux yeux bandés et qu'ils furent revenus vers le grand portail, Thelja s'entendit dire qu'à son retour à

Paris, elle relirait certes Victor Hugo décrivant son ascension des trois cent soixante-cinq marches, pour arriver à la lanterne de la flèche, et surtout Gérard de Nerval qui, parmi tous les écrivains du passé à avoir été fascinés par ce chef-d'œuvre gothique, lui paraissait le plus proche.

— Parce qu'il vient à Strasbourg au retour de son voyage en Orient ? plaisanta François qui installait son amie à la terrasse d'un café, juste en face de la façade occidentale.

— Pas seulement, répondit Thelja. Nerval est, des poètes français, certes le plus proche de "mon" Orient, mais aussi du romantisme allemand, n'est-ce pas ?

François ajouta :

— Irma, votre amie orthophoniste, qui fait d'Elias Canetti son auteur de chevet, doit connaître en détail le séjour strasbourgeois de ce dernier : il montait chaque jour jusqu'à la flèche, un pèlerinage quotidien en somme !

En fait, François se réfugiait en cet instant dans des évocations littéraires car il ne parvenait pas à oublier les mots de Thelja : "Quand je retournerai à Paris", avait-elle commencé.

Un silence s'établit. Dehors, derrière la vitre, les groupes de touristes stationnaient, aussi nombreux.

— Je n'ai pas oublié, reprit doucement François, votre intérêt pour l'abbesse Herrade. Quand nous nous lèverons, nous pourrons contempler, sur le côté représentant les vierges sages, la troisième statue à gauche de l'Epoux, celle qui, dit-on, représente l'abbesse… Si demain nous trouvions du temps pour visiter l'intérieur, certains des vitraux reproduisent, je crois, des enluminures du *Jardin des délices*.

Thelja écoutait soudain avec passion : ainsi, il n'y aurait pas eu de disparition totale des images conçues par l'abbesse ? Ainsi, un peu de l'art inventif de cette femme subsistait parmi les tailleurs de pierre d'autrefois, et les verriers, et même les orfèvres ?…

— Pour la rosace que vous apercevez si bien de là, il est rapporté que ce fut un maître orfèvre, le concepteur : il aurait mélangé de la poussière de diamant et de pierres précieuses à sa préparation de verre !

— Et pour quel effet ?

— De cette façon, la "rose de gloire", comme on l'appelle, capte davantage de lumière et, en emprisonnant celle-ci dans la pierre, la fait étinceler à l'intérieur, vers le chœur et l'autel, et tout le temple en est alors baigné !

Ils se levèrent. Après avoir flâné dans les rues avoisinantes, Thelja s'entendit proposer, car elle se voyait incapable de rappeler que le lendemain, à l'aube, elle partirait :

— N'allons point à l'hôtel pour ce soir ! Après avoir dîné, je veux bien aller dormir dans votre maison de famille !

NEUVIÈME NUIT

— *Alsace, Algérie... Non, plutôt Alsa-gérie !*

— *Alsagérie, en quelle langue ce mot ? Dans la tienne, dans la mienne ?*

— *Redis ce mot dans ce noir de notre chambre, redis-le !*

La fenêtre est ouverte sur le jardin embaumant dans la nuit éclaircie...

— *Dans le noir seulement, ou dans l'amour, je crois, même à midi, je te tutoie désormais. Redis-moi ce mot : épelle-le lentement, si lentement... comme si tu me caressais avec,*

— *Al za gé rie !*

— *Ce mot, il tangue !*

— *Dis-le maintenant à ton tour. Je me souviens, il y a longtemps, ou un jour à venir, peut-être, dans un lointain, dans un venir de l'avenir, je me souviendrai, en tout cas – dans l'un de mes rêves dont il ne me reste souvent qu'un bruit, à l'aube – toi, oui toi, tu apprenais ma langue !... Alors tu aurais dit, si nous l'avions inventé – ni chez toi, ni chez moi, ou dans les deux parlers à la fois : "el za djé rie" !*

Elle rit ; son rire perlé juste avant un silence.

— *Je dis le mot comme toi ; ou non, pas tout à fait : Al-ssa-gé-rie ! et je traîne sur le s, je le double car j'y entends une douceur... Ta douceur !*

— *Et moi, une douleur. "Alza-gérie." Je le coupe ainsi en deux, pour arriver vite sur toi.*

— *Toi, mon égérie !... Or il y a ce z juste avant.*

— *Le z dans mon alphabet d'enfance n'est pas pourtant une trace de souffrance, non. Cette consonne annonce la beauté et l'éclat : z comme "zina". Zina, l'adjectif signifie belle ; comme substantif, il désigne l'accouplement. Il y a donc un couple dans "Alsagérie", un couple heureux, un couple faisant l'amour. Comme nous, à présent, dans cette pénombre, devant la fenêtre ouverte...*

— *El* ou *Al*, s ou z, *que ta voix le*
redise : Alsagérie...

— *Pourquoi est-ce que je ne tutoie*
que dans la nuit, que dans la "zina" ?
Alsagérie donc, mon chéri, une cicatrice
s'ouvre dans ce vocable ?... A cause
du suspens, peut-être... Alza ou Elssa,
on perd le souffle à peine sur un quart
de ton, avant de finir dans un murmure !

— *Alsagérie qui se dédouble dans le*
sifflement ou le zézaiement, il semble
pour moi s'éteindre en une fuite qui
découvre lentement quel horizon ?...
Ecoute encore : le mot, sa musique penche et s'ouvre, puis quand il expire, c'est
sur un ciel de brume, ou son désert.

— *J'allume ?*

— *Non ! Garde-moi. Regarde-moi.*

— *Je t'écoute.*

— *"Alsagérie" : palpe mes lèvres*
quand je redirai ce mot qui nous
résume... Tes doigts me connaissent, me
regardent !

Prudentes, précautionneuses caresses.
Dialogue tactile. Les doigts sur le contour de l'autre visage. Visage debout.

— *Je te le dirai cent fois ce mot qui*
n'est que pour nous, mais après, mais
commence pour moi un récit. Ou disons
un aveu...

— *Lequel ?*

Ton presque déchiré : une voix vacille, va se briser, s'effacer.

— J'aimerais tant t'aimer ! soupire-t-elle.

Les doigts de l'amant reprennent leurs tâtonnements d'aveugle ; bouche entrouverte de l'amoureuse. Qui s'endort.

Par la fenêtre – ils sont couchés dans la chambre de la mère, dans la maison de la mère, un village entre Strasbourg et le Rhin –, le prunier en fleur du jardin exhale ses senteurs acides… Les deux corps nus ont soudain froid, sous le drap froissé.

Mais l'aurore approche ; le premier jour du printemps 1989 va commencer.

NEIGE
OU
LE POUDROIEMENT

*La beauté fait le vide – elle le crée
... Au lieu du néant, un vide quali-
tatif, pur et marqué à la fois, l'ombre du visage de la beauté lorsqu'elle
se retire.*

MARIA ZAMBRANO
Les Clairières du bois, 1977

1

Six mois passèrent. Au cours de l'été 1989, à Paris, Thelja donna rarement de ses nouvelles à ses amis : deux, trois fois, guère plus.

Fin août, ou peut-être les premiers jours de septembre, elle disparut.

2

Plus de traces de Thelja, à Paris : elle paya jusqu'à la fin juillet le petit studio qu'elle occupait, ne signala pas son départ, ne rechercha pas la caution déposée pour deux mois ; même chez l'avocate parisienne dont elle classait les dossiers, trois après-midi par semaine depuis juin, on ne la revit plus.

L'avocate, qui prenait sa retraite, avait été heureuse que la postulante à son annonce fût une étudiante algérienne. Elle avait dit à Thelja, de sa voix chaude, un peu cassée : "l'Algérie, mademoiselle, du moins celle de la guerre d'indépendance, a été pour moi une longue passion de jeunesse !"

Thelja, dans le vaste appartement quai de Béthune, avait travaillé vite et en silence, les deux premières semaines de juillet. Puis l'avocate, Thérèse, lui avait laissé les clefs de son appartement ; elle lui avait proposé une avance, avant de partir dans le Midi jusqu'à fin août.

Ce fut elle, à son retour, qui donna l'alerte : tout le travail de classement avait été fait. Mais, durant le mois d'août, des lettres, envoyées de province et d'Algérie pour "l'étudiante brune" comme l'appelait la concierge, s'étaient amoncelées sous la porte.

Thérèse, après avoir parlé avec Halim à Alger – elle avait trouvé les coordonnées du mari de Thelja sur un cahier oublié là, avec un imperméable –, jugea nécessaire d'avertir la police.

Au commissaire dubitatif ("Si je vous disais le nombre de personnes, par centaines, qui, du jour au lendemain, ne donnent plus signe de vie à leurs proches ?" avait-il soupiré), l'avocate insista :

— Je le crains : il ne s'agit pas d'une simple absence, mais d'une disparition !

Thérèse s'était prise d'affection pour la jeune femme : elle ne savait rien d'elle, sinon qu'elle avait laissé un mari et un enfant à Alger. Sinon, aussi qu'elle rédigeait un mémoire sur le chef-d'œuvre d'une femme, une abbesse du Moyen Age dont Thérèse avait oublié le nom...

— Quelle différence entre l'absence et la disparition ?

Quelle différence entre la lumière du jour réfractée par les vitraux, au-dessus du chœur et de la nef centrale, à l'orient, dans la cathédrale là-bas où je n'ai pas encore pénétré – et la lumière papillotante, au-dehors, d'un jour d'été éclatant, rue de l'Ail ou sur le pont du Corbeau d'où, dit-on, l'on jetait autrefois des femmes dans l'Ill, celles convaincues d'être sorcières, ou d'autres accusées d'infanticide ?...

Mais je ne veux plus revoir le jour de Strasbourg, seulement la nuit... Seulement la lueur de chaque nuit d'été... Moi, l'errante, la mendiante, la "déchaussée", dans cette ville, revenue...

Halim ne pouvait arriver à Paris avant huit jours. Il encouragea Thérèse à s'informer, à questionner… Il n'avait, lui, que l'adresse du "patron" de thèse de Thelja et en cette fin d'été, celui-ci était encore à l'étranger. Il évoqua aussi des "amis à Strasbourg", précisant que lui ne les connaissait pas. Que l'avocate prenne toute initiative qu'elle jugerait utile ; ce serait du temps de gagné.

Trois lettres avec un cachet postal d'Alsace, restées fermées, portaient le nom du même expéditeur : c'est ainsi que, le soir même, Thérèse téléphona à François ; se présenta, justifia ses craintes…

— Depuis sa visite parmi nous, en mars dernier – dit le Strasbourgeois –, j'ai revu Thelja deux fois, lorsque je suis venu en visite à Paris…

Thérèse demanda la date de la dernière rencontre. "Fin juin, non… les premiers jours de juillet !" François se troubla : il venait à peine de comprendre : Thelja s'était-elle vraiment évanouie ?

— Je dois vous préciser, ajouta, après une hésitation, l'avocate, que vos dernières lettres sont ici, restées non ouvertes…

François éprouva un bref soulagement : il avait fini par conclure que Thelja refusait même de lui écrire.

— Ne serait-elle pas en voyage ? Un désir brusque d'évasion, comme nous pouvons, chacun, en avoir !…

— A Alger, j'ai appelé sa famille : elle prenait des nouvelles de son fils, chaque dimanche, par téléphone ! Or, depuis plusieurs semaines, rien ; le silence.

François, comme réveillé, demanda les coordonnées de l'avocate ; promit de s'informer à son tour, tout d'abord, auprès d'une amie d'enfance de Thelja, installée en Alsace. "Je pense qu'elle doit avoir des nouvelles plus récentes !"

Il rappellerait, dit-il, le lendemain.

En posant l'appareil – il se trouvait dans la maison de sa mère qu'il s'était mis à réaménager –, il éprouva le besoin de sortir, de rouler en voiture, à grande vitesse. Dans une heure, ce serait le crépuscule… Sans réfléchir, il s'aperçut, peu après, qu'il tournait le dos à la ville : qu'il fonçait vers le Rhin, vers l'Allemagne. Il traversa le pont de l'Europe, comme si Thelja se trouvait à ses côtés, il l'entendit soudain évoquer, sur un ton amusé, les trois princesses venues se marier à Strasbourg, en futures reines de France ! Il s'arrêta dans une brasserie de Kehl. Il ne savait ce qu'il fuyait : qu'était-il donc arrivé à Thelja ? Se cachait-elle d'eux, de lui et d'eux tous… et, dans ce cas, pourquoi ?

Les dernières lettres qu'il avait envoyées, il se mit à en entendre des bribes : comme s'il avait parlé, des jours entiers, à une sourde-muette et qu'il ne le savait pas !... Il lui avait proposé des vacances à Lisbonne : il avait écrit des pages et des pages pour lui en donner le goût. A nouveau, ce soulagement qu'il savoura quelques secondes, de se trouver délivré du malaise – amertume et malaise – qui l'avait tenaillé, ce dernier mois !

Je circule chaque nuit... Des bribes de paroles m'enserrent, m'auréolent, parfois ce sont des mots de François... Il parlait tant, ces nuits du printemps passé, il parlait à mi-voix, à lui ou à moi je ne savais : je croyais alors que je n'écoutais pas tout. Je croyais !...

Or, dans le demi-somme, celui qui murmure, celui qui laisse son ouïe même pas recevoir, s'ouvrir à peine, se laisser frôler dans les courbes et les arabesques de l'attente en veilleuse, oui, dans les limbes, entre veille et nuit, entre pénombre vivante et Elysée des morts – (le nocher n'est pas loin, je le vois naviguer sur un fleuve d'huile luisante, éclairante) –, les mots de l'entre-deux, du couple qui ne s'enlace plus, seulement repose, eux faces creuses de l'huître à peine entrouverte, eux dans un noir de transparence, jambes liées et oreilles par la langueur amollies – oh, ces mots oiseaux de la nuit d'amour, ces mots goutte à goutte, perles noires ou grises du chuchotement, ces mots après les jeux lents des corps, ensommeillés et versant dans l'oubli ! Mots de chacun sur cette pente, et poussière, et dune glissante de l'amnésie amoureuse, dans le silence des caresses vides, les voix s'arrondissent, s'enlacent au-dessus... Bris de discours en train de lacher leur maille, leur trame : tâtonnements des corps peu à peu épuisés, ne subsiste qu'une musique des mots s'affaiblissant sur les lèvres à peine exhalant une traînée de souffle, à l'instant où le somme, voleur d'Eros, paralyse.

Du temps où elle lui répondait, par de brèves missives courtoises, quelque-fois gentilles, à ses lettres si longues, les semaines après son départ de Strasbourg, au printemps... A sa première visite – et c'était vrai qu'il avait eu un congrès, une journée entière de discussions épui-santes, François avait attendu Thelja, le soir, à son hôtel du boulevard Raspail où il avait ses habitudes... Elle était arrivée, essoufflée, en retard : neuf heures déjà.

Hésitant à accepter son invitation à dîner. Il comprenait qu'elle ne resterait pas après, qu'elle ne partagerait ni sa chambre, ni son lit. Elle venait en visiteuse ; ils dînèrent, fatigués et contraints, tous les deux – lui, finalement, s'en voulant à lui-même, ne proposant même pas de rester le lendemain, les jours suivants. Elle souriante, au moment de l'adieu : souriante, mais lointaine.

La seconde fois, il vint exprès pour elle : il lui demanda, quelques jours auparavant, au téléphone, se remettant à la tutoyer comme du temps de leurs jours à Strasbourg : "je t'en prie, essaie de te libérer, cette fois, pour… pour nous !" Elle hésita, se tut une seconde, puis répondit très vite : "je verrai ! Je vous laisserai un mot à votre hôtel !" Elle raccrocha : peu de temps auparavant, elle lui avait annoncé qu'elle prenait un travail de secrétariat, à mi-temps, pour l'été.

Quand il arriva à Paris, la semaine suivante, il trouva un message de Thelja. "Je n'ai plus de téléphone, écrivait-elle ; ni de lieu à moi, d'ailleurs. J'ai décidé de travailler tous les jours chez l'avocate qui m'emploie : en deux semaines, je terminerai ce qui est prévu pour plus d'un mois. Après…

Soyez à l'île Saint-Louis, au quai de Bourbon. Vous passerez devant trois hôtels particuliers XVIIIᵉ ; à la façade de chacun se trouvent des inscriptions, la première, à propos de Philippe de Champaigne «peintre et valet de chambre de la reine mère», puis la seconde, deux pas plus loin, sur le peintre et poète Emile Bernard qui a vécu en Egypte au début de notre siècle, et surtout, une troisième évoquant Camille Claudel, avec une citation d'elle, fort émouvante…

Je passe chaque jour par là ; je vous indique cela de mémoire. Au bout du quai, côté Seine, se trouve un banc de pierre. Attendez-moi là, le premier jour de votre arrivée de préférence, à dix-sept heures (je risquerai de vous faire attendre cinq minutes, ou dix)… et, tant pis, si, par malheur, il pleut."

Elle signa en lettres arabes.

Il vint et l'attendit sur le banc, quai de Bourbon, son regard posé sur la tour Saint-Jacques, de l'autre côté, et il tournait le dos aux trois inscriptions. Il avait lu celles-ci en s'approchant, toute sa pensée tendue vers Thelja, qu'il savait terminant ses obligations non loin, quai de Béthune… Elle tardait ; il se sentait patient ; soudain, une lancée douloureuse, en lui, le surprit : un souvenir lointain, si lointain, quinze ans auparavant, ou davantage…

Il s'était promené une fois sur ce même quai, avec… avec sa fiancée, Laura, et ensemble, ils avaient lu l'inscription mentionnant que Camille Claudel avait habité cet immeuble de (il se redit à présent les dates) "1899 à 1913". François se rappela : "1913", l'année de son internement, la malheureuse !

Thelja (quelle coïncidence étrange que ce retour aux mêmes ieux) qualifiait d'"émouvante" la citation, tirée d'une lettre de la sculptrice à Rodin : *"il y a toujours quelque chose d'absent qui me tourmente."* Cette phrase qui disait, ô combien, sa vulnérabilité, qui annonçait, oh si justement, son martyre, était dorénavant creusée à jamais dans la pierre : elle, Camille, une créatrice pour le marbre, et le bronze !

François pensait à cela, en attendant Thelja. Tentait aussi d'oublier Laura constatant que cette évocation serait à jamais sa plaie non refermée. Car il entend encore la voix de la morte lire l'inscription : "il y a toujours quelque chose…"

C'était un soir, un soir d'hiver, il se rappelait l'immense écharpe rouge et noire qui enveloppait Laura à cause d'un brouillard humide. Elle avait répété,

Laura-la-morte, de cette voix voilée et qui traînait un peu : *"quelque chose d'absent qui me tourmente !"* et, tout en lui volant un baiser, car, en marchant bras dessus bras dessous, il l'étreignait – il se souvenait, comme si c'était hier, combien il était très, très amoureux, jeune mais aussi amoureux –, elle avait ajouté, avec cette même ironie que plus tard il qualifierait de cinglante :

— "Quelque chose d'absent", cela ne te conviendrait ! Mais, rassure-toi, tu ne finiras pas comme cette sœur de Claudel !...

Il restait plongé dans ce souvenir, hanté soudain par cette voix, à son tour "absente" qu'il entendait, également par cette ironie qui par la suite le blessa, quelquefois même sembla le déchiqueter ; hanté oui, quand une main froide, en lui secouant l'épaule, rencontra sa nuque, puis son cou. Il se retourna, joyeux :

— Neige, murmura-t-il, et il lui ouvrit les bras, en se levant.

— Vous êtes en avance ou est-ce moi qui suis en retard ? dit-elle, dans ses bras, se laissant étreindre, se détachant ensuite.

Ils s'assirent, mais il lui prit les deux mains, les garda. Du souvenir précédent, semblait-il, quelque chose d'incertain persistait : peut-être était-ce sa jeunesse

passée qui revenait en poussée impré-
visible.

De fait, François, assis sur ce banc de
pierre, sans lâcher les mains de Thelja,
François semblait presque expansif. Avec
comme une espérance inattendue.

— Neige… Oh oui, ma Neige brûlante, tu me manques !

Elle avait doucement libéré ses mains.
Il chercha à l'embrasser. Attira, de son
bras qu'il venait de glisser sous la chevelure de Thelja (elle avait laissé pous-
ser ses cheveux), le visage de la jeune
femme. Elle résista à peine.

Il but un baiser qui, serré d'abord,
s'ouvrit peu à peu pour lui.

— Le dernier baiser ! songea-t-elle,
les yeux élargis, emplis soudain de
larmes.

Elle se libéra lentement de l'étreinte.
– A présent, deux mois plus tard, il interroge ce regard, et ces larmes : lui, sur-
gissant de ce baiser ardent comme d'une
eau froide, il ne s'était pas attardé à
cette effusion, "un chagrin ?" avait-il confusément pensé. A présent, il interprète
ce regard perdu, cette tristesse de Thelja
(elle a donc pensé : "le dernier baiser")
trop tard donc, vraiment si tard : à cause
de "ce quelque chose d'absent" en lui, sa
lenteur distraite aux autres, seule Laura,
acide, la décelait autrefois – autrefois,

hier, juillet dernier au quai de Bourbon et Thelja dans ses bras...

Celle-ci était restée un moment tout contre lui ; il pesait contre son épaule gauche et elle le laissait lui caresser distraitement sa chevelure. Il remarquait, ses cheveux n'étant plus si courts, qu'elle n'avait plus cet air de garçonne un peu sauvage, plutôt ("Avait-elle maigri ?" Il n'osa le demander) une pâleur vulnérable, adoucie par ses boucles noires virevoltant sur la nuque.

Un long moment s'écoula sans qu'ils parlent – tous les deux, liés par la pensée mélancolique de leurs nuits de Strasbourg.

Une nuit où j'avais demandé répit, ou repos peut-être... un lac entre nous, de béatitude ou de rassasiement. Une nuit où je me souviens être restée dans l'encorbellement des bras de François... Nuit de suspens où il parlait, se taisait, me coulait un baiser au creux de mon oreille – qui mugissait au plus profond de moi, me réveillait une seconde –, puis, dans la langueur revenue, François continuait...

Il disait (je me souviens tandis que j'erre, l'ouïe tendue vers la nuit sereine, allégée de formes humaines, seulement un chien en liberté ici ou là, des chats fuyant, des ombres de saule ou de tilleul dans l'eau obscure), il disait, François :

— Du temps où je revins vivre dans cette ville, et étudier à l'université, je traînais dans des quartiers excentriques, m'asseyant auprès de vieux passants oisifs, de pêcheurs sur les quais de l'Ill, de vagabonds par groupes rigolards ou muets... Je marchais, Neige, je quêtais aussi... Un certain Martin, un retraité, avait pris l'habitude de converser avec moi, assis sur le même banc... Il évoqua, par hasard, l'hiver 1939-1940, "qui restera le plus rigoureux du siècle" affirmait-il ; il expliquait qu'il faisait partie des mobilisés — il servait chez les sapeurs-pompiers —, qu'il était resté dans Strasbourg jusqu'au 14 juin 1940, juste avant que les Allemands n'arrivent et que tous les ponts extérieurs, donnant accès au centre de la ville, n'aient sauté, "dans un vacarme étourdissant" précisait-il...

Moi, je désirais vraiment dormir cette nuit-là. François continuait, revenait au récit du retraité sur le banc. à la place Saint-Etienne, je crois :

— Strasbourg évacué, jeune homme (c'était Martin qui parlait), le plus étrange, ce fut le silence des lieux, le vide sonore, le vide total au cœur de Strasbourg !... Toutes les horloges et toutes les cloches de la ville avaient cessé leur fonction

(c'était la manière de raconter de Martin)... C'était un vide... horizontal, un creux sonore impressionnant – et là, bien sûr, c'était François se rappelant, à la suite du vieil homme !

Malgré ma somnolence, je me laissais bercer par la voix de François, sèche et incisive parfois : je l'écoutais, je l'oubliais, je l'entends des mois après, il me semble que, dans son sillage, je quête ce vide vierge, ce silence "horizontal" disait François, à la suite de Martin...

Au réveil de cette nuit – je me souviens, une nuit chaste –, François avait rappelé :

— Te rappelles-tu l'évocation du sapeur-pompier : toutes les horloges et toutes les cloches de la ville, durant ces longs mois du désert dans la ville, "avaient cessé leur fonction" comme il disait !

— Je me le rappelle, comme s'il nous l'avait raconté à tous deux !

— Une exception pourtant : tout était immobile, paralysé, sauf lorsque nous approchions (c'est Martin qui raconte) de l'église Saint-Thomas. Sa tour au grand cadran et son horloge qui continuait à sonner l'heure. La seule de toute la ville... Et toujours, avec cinq minutes d'avance sur l'heure officielle, selon une vieille habitude d'avant...

François me rapportait, trente ans après l'avoir écouté, adolescent sur la place Saint-Etienne, le récit du sapeur-pompier : un peu de cette mémoire gelée de Strasbourg...

L'église Saint-Thomas, avec son horloge en avance de cinq minutes, je devrais donc à présent aller vérifier ce cadran de la tour, je devrais ne plus entendre aucune horloge, et même pas, à dix heures du soir, le glorieux carillonnement des cloches de la cathédrale – qui, je l'apprends, grâce au sapeur-pompier, se sont tues, elles aussi, durant ces mois de Strasbourg déserté !

Ni le vieux Martin ni François ne m'accompagnent désormais : je suis la seule vivante de la nuit, ici, je suis les yeux de la nuit à Strasbourg !

4

Irma, cet été-là, passait ses nuits tantôt chez Karl, tantôt chez elle. Cela perturbait le quotidien de ses oiseaux, les deux inséparables. Un matin où elle rentrait juste à l'aube, elle trouva Socrate, la cage ouverte, allant et venant dans la pièce ronde... Elle ferma la porte ; le laissa libre : il l'avait accueillie avec morgue. Quand l'oiseau s'endormirait, elle l'enfermerait, c'était sûr.

Elle sortit une heure après, amusée de se voir de cette façon culpabilisée... Elle traversait à pied, à cette heure matinale, la place du Marché-aux-Poissons : elle comptait aller de ce pas jusqu'à l'hôpital (le cas de sa malade Lucienne lui tenait toujours à cœur et, si celle-ci avait cessé de crier continûment, son état ne s'améliorait pas). Soudain, sur un coin de la place, elle crut reconnaître une silhouette de dos ; elle se hâta, héla :

— Thelja !

Thelja se retourna : elle était debout devant un étal de poissons, attentive. Elle eut un moment d'hésitation, salua Irma, lui souriant calmement.

— Je suis arrivée hier, dit-elle. Pour Eve et leur bébé !

— Vous repartez déjà ?

Thelja ne répondit pas, se retourna pour considérer les poissons exposés, revint, presque avec effort, vers Irma ("Je semble l'avoir dérangée !" pensa rapidement celle-ci), puis continua, comme si c'était une conversation de la veille :

— Je cherchais des barbeaux... De quoi ce poisson a l'air exactement ?...

— Des barbeaux, reprit machinalement Irma.

— Mais oui, toute ma pensée, depuis mon retour ici, est... vous ne le devinerez pas, pour Georg Büchner ! Il revient, au cours d'un deuxième séjour à Strasbourg... Il n'est plus l'étudiant en médecine ; il s'est livré à des activités politiques dangereuses en Allemagne : il est poursuivi, ses amis sont arrêtés, il est en danger ! Le voici à Strasbourg de nouveau, mais en réfugié politique... Il a des problèmes de papiers – nous dirions maintenant : de carte de séjour.

— Et les barbeaux ?... Puis Irma se ravise : mais oui, je me souviens, ce sont ses travaux scientifiques, et de grande portée à cette époque !

— Oui, il achète au marché ces poissons, les moins chers : il étudie leur système nerveux... Ce qui me fascine, c'est dans quel contexte ce poète de vingt-deux ans se plonge dans de telles expériences scientifiques... Il y travaille des mois... Peu après, dans la même année... 1836 je crois (elle pense : "en somme, hier presque !"), il écrira sa nouvelle : *Lenz*, puis... (Elle conclut, douloureuse.) Il mourra l'année suivante, à Zurich, et dans quel désespoir !

Irma regarde la jeune Algérienne ; son excitation lui rosit le visage. *Lenz* : Eve lui a raconté les souvenirs de Hans à propos de Jacqueline... Elle, fillette qui aurait voulu réciter Büchner en allemand à son père !...

Thelja s'est interrompue, confuse :

— Ce matin, je ne sais pourquoi, des ombres absentes m'ont… tourmentée !

Irma se retient pour ne pas rappeler Jacqueline morte maintenant. Puis elle s'entend proposer avec vivacité :

— Venez ce soir chez moi dîner : je vous préparerai du saumon frais ! Si vous êtes chez Eve, nous pourrions tous…

Thelja secoue négativement la tête ; rêveuse, elle murmure :

— J'ai dit à Eve que je partais cet après-midi !

Elles s'embrassent. Irma poursuit son chemin, se hâtant car elle a pris du retard… Une sensation impalpable l'a saisie : que Thelja n'était pas vraiment de passage… Elle se dit ensuite que la promeneuse avait sans doute rendez-vous avec François, qu'elle avait été importunée par l'invite improvisée, que…

Je me suis laissé surprendre, et pourquoi ? Jusque-là, à peine l'aube éclaircit-elle de sa grisaille bleue les rues profondes du centre-ville, je me terre – comme lors de ma première visite, je vais d'hôtel en hôtel pour dormir le matin. On me croit débarquée d'un avion ou d'un train ; alors que j'ai, toute la nuit, navigué dans l'ombre de

Strasbourg. Ville offerte à moi seule !… "La ville des routes" l'appelait-on à l'origine ; les miennes, entremêlées ici…

Une seule fois, oubliant le soleil qui se levait, habitée tout entière par le souvenir du poète allemand qui avait traversé à la fois le Rhin et l'Ill, pour, trouvant le gîte rue de l'Ancienne-Douane, se sentir enfin à l'abri, tout en s'inquiétant pour ses amis hessois restés dans les geôles, ce matin-là, hallucinée par le siècle passé, au marché aux poissons, j'ai rencontré Irma, surprise…

J'ai menti : je n'ai pas revu Eve depuis longtemps ; cette visite que je leur ai faite pour le bébé, il y a plusieurs semaines déjà, m'a servie opportunément !… Irma partie, j'ai décidé : j'irai rendre visite au père de Marey, le dominicain. Je ne parlerai pas de Jacqueline : je sentirai sa présence dense entre nous… Le père m'a proposé, au téléphone, il y a quelques jours : "et ces archives de la rue du Polygone ?"… "Elles m'intéressent, je les dépouillerai !" J'ai pensé : "pourquoi pas ? Me replonger, et à Strasbourg, dans mes lieux d'enfance grâce aux traces d'exils multiples et presque effacés : migrations qui étaient certes celles de la faim, de la sueur, et, à cette époque, de la peur…"

Irma, face à face avec Lucienne – qui a maigri, s'est ratatinée, surtout ne crie plus, soupire quelquefois en silence, dort des jours entiers –, Irma, ce même jour, contemple le visage ridé et amaigri de la vieille Alsacienne, visage presque apaisé et qui somnole…

Irma oublie tout à fait Thelja et leur rencontre de l'aube.

5

A la nouvelle qu'on était sans nouvelles de Thelja – Eve l'apprit par François au téléphone –, la jeune femme, gorge serrée, tourna dans son appartement, soudain sans but.

Le bébé dormait toute la matinée, tranquille, trop tranquille, pensait-elle parfois. En fait, il ne la dérangeait jamais, ni ne la troublait : ni par ses pleurs, ni par des gazouillis. Comme s'il vivait ailleurs, blotti dans son berceau, un royaume pour lui tout seul. Contemplant de temps à autre ses petites mains qu'il tournait et retournait à la lueur du moindre rayon de soleil.

Hans ne rentrerait de Heidelberg qu'à la fin du jour. Eve avait convié François

à venir passer la soirée chez eux. Peut-
être que de parler ensemble de leur amie,
des pistes de recherche s'éclaireraient-
elles.

Et elle continuait à errer dans les
chambres, livrée au désarroi...

*O mon amie, ma sœur jumelle, pas
tout à fait ma semblable,*

*O ma partageuse d'enfance, mon asso-
ciée des rires perdus, des jeux oubliés,
sourcière de mon Sud inentamé,*

*O ma complice sans les secrets, ma
connaisseuse de formules magiques, de
rites protecteurs, et jusque de ma douleur,*

*O mon aventureuse de tous les pas-
sages comme des chemins de traverse,
des frontières,*

*O ma questionneuse de mes bonheurs
et de mes feux, tu palpitais, tu t'écla-
boussais de nos rires,*

*O toi qui éclairais de l'arrière ma
route, dans quel labyrinthe vais-je te
chercher devant,*

*Elle disait, notre Déméter de Haute-
pierre aujourd'hui toutes mailles filées,
elle répétait, elle qui fut tirée d'entre nos
rangs pour être l'assassinée : "Antigone
va seule à la tombe et le revendique !"*

*Neige, ô neige qui poudroie en cha-
cun de nous, tu m'aurais laissée, tu
cours devant, tu te précipites mais où...*

Ainsi Eve pleura, à chaudes larmes, à continus sanglots, telles les improvisatrices de la terre natale, aux longs cheveux répandus, joues lacérées, aux mains tendues vers les cieux et les dieux, suppliantes, oui, telles les poétesses que deux fillettes de Tébessa, effrayées et fascinées, contemplaient autrefois sur les chemins du cimetière.

J'attends, une fois la nuit amorcée, que les bus s'arrêtent, que les voitures se fassent plus rares, que les derniers piétons rentrent des restaurants, du cinéma, de l'opéra, que les noctambules se dispersent, que les lieux retrouvent leur virginité : alors, la ville écoule son vide jusqu'au lendemain. Réapparaît le Strasbourg d'autrefois, celui qui ne s'est jamais effacé, la ville de François, le garçon de cinq ans... Ce 2, ce 3 septembre, nous approchons de l'automne ; je suis sûre que cette fois, l'hiver avec givre et glace, ne viendra pas !

A la dernière soirée, en mars, ce fut, pour nous, trop tard pour entrer à la cathédrale... Je me suis exclamée, alors que nous nous installions, en terrasse, devant le portail occidental : "cela veut donc dire que je reviendrai ? Que je reviendrai pour elle !"– et François avait répliqué mélancolique :

— Un peu pour moi aussi, j'aimerais ! – Il s'était repris : L'essentiel, après tout, est que vous reveniez !

Je me souviens de cette soirée : surtout du ciel, de ses rougeurs par taches, puis de la lumière vespérale au gris liquide, toute ruisselante autour de nous... Mon compagnon a évoqué le narthex où nous aurions pu, une minute au moins, stationner : autrefois, racontait-il, juste après avoir franchi le seuil et s'être inclinés devant la Vierge au trumeau, deux ou trois gardiens se tenaient, pour la nuit, dans chaque coin. Ils laissaient alors, dans ce vaisseau nocturne, leurs chiens circuler...

J'aimerais, dans ces nuits mes nuits, être métamorphosée en ces chiens libérés, flairant et cherchant sous les yeux du peuple des anges, des saints et des douze apôtres ! Je me voudrais gardienne veilleuse pour l'ultime traversée... Peu avant l'aube, j'entreprendrai l'ascension, le long de la façade sud, jusqu'au beffroi ; je commencerai à craindre le vertige quand, reprenant souffle, j'entrerai dans les spirales de la tour octogonale de maître Ulrich, puis à l'intérieur même de la flèche de maître Jean Hülz, et parvenue aux derniers degrés de l'escalier en escargot de la lanterne, je braverai le premier vent d'avant l'aurore, immobilisée en plein ciel, au sommet de la flèche de lumière, immense doigt dressé sur le plus haut toit de l'Europe.

Je ne redescendrai pas : après la nuit et juste avant le jour, le vide règne là-bas, debout, un cri dans le bleu immergé...

Eté 1993, Strasbourg/Paris
1997, Louisiana/Paris

TABLE

BABEL

Extrait du catalogue

COÉDITION ACTES SUD – LEMÉAC

Ouvrage réalisé
par l'Atelier graphique Actes Sud.
Achevé d'imprimer
en janvier 2007
par Bussière
à Saint-Amand-Montrond (Cher)
sur papier fabriqué à partir de bois provenant
de forêts gérées durablement (www.fsc.org)
pour le compte
d'ACTES SUD
Le Méjan
Place Nina-Berberova
13200 Arles.

Dépôt légal
1ʳᵉ édition : avril 2003
N° impr. 070018/1
(Imprimé en France)